2004

Le Livre de Poche Jeunesse

FORMATION
AGENT SECRET

GALLAGHER
ACADEMY

Ally Carter

Née en 1974 aux États-Unis, Ally Carter est diplômée de l'Université d'État de l'Oklahoma et de l'Université Cornell. Avant de se consacrer à sa passion pour l'écriture, elle travaille plusieurs années dans une entreprise agricole. Ses romans sont publiés dans plus de vingt pays et se classent parmi les meilleures ventes aux États-Unis.

ALLY CARTER

FORMATION AGENT SECRET

GALLAGHER ACADEMY

TOME 1

Espionne malgré moi

Traduit de l'anglais (États-Unis)
par Pia Boisbourdain

Remerciements

Ce roman n'aurait pas pu voir le jour sans l'aide et les encouragements de personnes merveilleuses. Je remercie Donna Bray et Arianne Lewin pour leur immense talent, leur gentillesse et leur professionnalisme ; mes amis et ma famille, qui m'ont toujours encouragée ; et surtout Kristin Nelson, qui m'a envoyé le mail par lequel tout a commencé.

Traduit de l'anglais (États-Unis) par Pia Boisbourdain

L'édition originale de cet ouvrage a paru en langue anglaise chez Hyperion Teens, an imprint of Hyperion Books for Children (New York), sous le titre :
I'D TELL YOU I LOVE YOU BUT THEN I WOULD HAVE TO KILL YOU

À la mémoire d'Ellen Moore Balarzs,
une vraie Gallagher.

CHAPITRE 1

Quand on est une adolescente, on peut avoir l'impression d'être invisible au point de se fondre dans le décor. Eh bien, c'est mon cas : on m'appelle Cammie le Caméléon. Mais j'ai plutôt de la veine, parce que, dans mon lycée, la discrétion est considérée comme une qualité.

Je vous explique : je fréquente un établissement pour apprenties espionnes.

Officiellement, bien sûr, la Gallagher Academy pour Jeunes Filles Exceptionnelles est une école réservée aux *surdouées.* Pas aux *espionnes.* On est donc libres, plus tard, de choisir un métier en adéquation avec nos brillantes études. Pourtant, quand vos professeurs vous apprennent l'art du message codé ainsi que quatorze langues étrangères, pas moyen d'être dupe. Ma mère, elle, se contente de lever les yeux au ciel quand j'ose dire que la Gallagher Academy est une école pour espionnes – même si elle en est la directrice. C'est aussi un ex-agent de la CIA, et c'est elle qui a eu l'idée que j'écrive ce livre, mon premier rapport d'opérations secrètes, pour consigner les événements du semestre dernier. Elle nous répète sans arrêt que le plus pénible, dans la vie d'un agent secret, ce n'est pas le danger, c'est la paperasse. Après tout, quand vous vous trouvez dans un avion en provenance d'Istanbul avec une tête nucléaire dans une boîte à chapeau, la dernière chose dont vous avez envie, c'est de rédiger un rapport.

Si vous avez une autorisation au secret de niveau 4 ou plus, vous savez sans doute tout de nous, puisqu'on existe depuis plus de cent ans (enfin, notre école, pas moi – j'aurai seize ans le mois prochain !). Dans le cas contraire, vous devez penser qu'on est une sorte de légende urbaine – au même titre que les propulseurs autonomes et les vêtements d'invisibilité. Alors, quand vous regardez notre magnifique manoir et nos pelouses impeccables, vous songez, comme tout le monde, que la Gallagher Academy pour Jeunes Filles Exceptionnelles est un internat snob où atterrissent des héritières désœuvrées.

À vrai dire, ça ne me dérange pas. Au contraire : comme ça, personne à Roseville, notre commune de Virginie, ne se pose de questions sur le défilé de limousines qui franchissent les grilles à chaque rentrée scolaire. Mais ne vous fiez pas aux apparences : même si l'allée qui mène au manoir semble aussi inoffensive que le chemin en brique jaune qu'arpente Dorothée dans *Le Magicien d'Oz*, elle est en fait truffée de rayons laser capables d'analyser les empreintes de pneus. Sans oublier les détecteurs de bombe et l'immense trappe qui peut avaler un camion entier. (Si ça vous fiche la trouille, je ne vous parle même pas de ce qui se cache dans l'étang !)

En septembre dernier, j'étais installée comme d'habitude à mon poste d'observation préféré, devant la fenêtre du deuxième étage. Les rideaux de velours rouge étaient tirés autour de la petite alcôve, et je comptais bien savourer le calme qui m'enveloppait. Dans vingt minutes, la musique résonnerait dans le manoir bondé et je perdrais mon statut de fille unique pour me fondre au milieu d'une centaine d'élèves, mes « sœurs » en quelque sorte. Tout à coup, comme pour confirmer mes craintes, une détonation a retenti à l'étage du dessus, où se trouve la salle d'histoire, suivie d'une odeur de roussi. Le professeur Buckingham a crié :

— Mesdemoiselles ! Je vous avais demandé de ne pas toucher à ça !

L'odeur s'est accentuée, et l'une des sixième devait encore avoir la chevelure en feu, car le professeur a hurlé :

— Restez tranquille. Restez tranquille, j'ai dit !

Puis elle a lancé des jurons en français que les sixième ne comprendraient sans doute pas avant la fin de l'année. Chaque rentrée, pendant l'orientation des nouvelles élèves, il y a toujours une fille assez prétentieuse pour essayer de s'emparer de l'épée de Gillian Gallagher. Celle avec laquelle elle a réglé son compte au type qui s'apprêtait à tuer Abraham Lincoln – le premier, celui dont personne ne parle jamais. Ce que les nouvelles ne savent pas, c'est que l'épée de Gilly est chargée d'assez d'électricité pour… mettre le feu à leurs cheveux.

Décidément, j'adore la rentrée !

À mon avis, notre chambre est un ancien grenier. Elle a de chouettes lucarnes, des fenêtres aux formes bizarres et plein de recoins où on peut s'asseoir, adossée au mur. C'est pratique pour écouter les bruits de pas et les « salut !!! » hystériques qu'on entend le jour de la rentrée dans tous les internats (mais c'est beaucoup moins habituel qu'ils soient lancés en portugais ou en farsi). Sur le palier, Kim Lee parlait de ses vacances à Singapour, et Tina Walters affirmait que « Le Caire, c'est super, beaucoup mieux que Johannesburg ». Et dire que, moi, j'avais dû rendre visite à mes grands-parents dans leur ranch du Nebraska ! Une expérience qui ne m'aidera jamais à m'évader d'un centre d'interrogatoire ou à désamorcer une bombe, ça c'est sûr…

— Hé, au fait ! Où est Cammie ? a demandé Tina.

Je n'avais aucune intention d'apparaître avant d'avoir trouvé une histoire à la hauteur des aventures internationales de mes camarades. (Les trois quarts d'entre elles ont des parents qui ont été ou sont encore des agents secrets travaillant pour le gouvernement.) Même Courtney Bauer avait passé une semaine à Paris, alors que ses parents sont tous les deux optométristes. Vous comprenez pourquoi je ne tenais pas à avouer que j'avais vidé des poissons tout l'été au fin fond des États-Unis !

Finalement, j'avais décidé de leur raconter comment j'avais réussi à décapiter un épouvantail avec de simples aiguilles à tricoter, quand j'ai entendu une voix à l'accent du Sud s'écrier :

— Hé ho ! Cammie !… Sors de ta cachette !

Liz, dans l'embrasure de la porte, prenait la pose à la manière de Miss Alabama… même si elle ressemblait davantage à une asperge vêtue d'un pantacourt et de tongs. Une asperge toute rouge.

Elle m'a demandé en souriant :

— Je t'ai manqué ?

C'était le cas, pourtant j'hésitais à la serrer dans mes bras tellement son coup de soleil faisait peur à voir.

— Qu'est-ce qui t'est arrivé ?

Liz a roulé des yeux avant de me lancer :

— Ne t'endors jamais au bord d'une piscine.

Comme si elle ignorait que ce n'était pas malin ! On a beau être toutes des surdouées, Liz a une bonne longueur d'avance sur nous : à neuf ans, elle a eu les meilleurs résultats jamais obtenus à la fin de l'année, ce qui n'a pas manqué d'attirer l'attention du gouvernement. L'été qui a précédé son entrée en sixième, des types très haut placés en complet noir ont rendu visite à ses parents. Trois mois après, Liz faisait partie de la Gallagher Academy. Cela dit, elle n'est pas vraiment de celles qui peuvent tuer un homme à mains nues. Si un jour je pars en mission, je tiens à ce que Bex m'accompagne et que Liz reste bien loin de moi, reliée à des ordinateurs. Je me rappelle encore la fois où elle a voulu lancer sa valise sur son lit. Celle-ci a heurté ma bibliothèque, où elle a démoli ma chaîne hi-fi et aplati la réplique d'un ruban d'ADN que j'avais confectionnée en quatrième.

« Oups ! » avait-elle laissé échapper en mettant sa main devant sa bouche. Alors qu'elle peut jurer en quatorze langues, Liz ne sait dire que ça quand elle provoque une catastrophe.

Soudain, je n'y ai plus tenu : malgré son coup de soleil, il fallait que je la serre dans mes bras.

À 18 h 30 tapantes, vêtues de nos uniformes, on descendait le majestueux escalier en spirale en direction du hall. Tout le monde riait (finalement, mon histoire d'aiguilles à tricoter avait produit son petit effet), sauf Liz et moi, qui gardions les yeux tournés vers l'entrée, en bas.

— Elle a peut-être eu un problème d'avion… a murmuré Liz. Ou de douane. Ou… Bref, je suis sûre qu'elle est juste en retard.

J'ai hoché la tête, le regard toujours fixé sur le hall, comme si Bex allait y surgir d'un instant à l'autre. Mais les portes restaient fermées, et la voix de Liz s'est faite plus aiguë lorsqu'elle a demandé :

— T'as eu de ses nouvelles ? Moi, non. Pourquoi on n'a pas eu de ses nouvelles ?

Pour être honnête, j'aurais été surprise qu'elle en donne. Quand Bex nous a dit que ses parents s'étaient tous les deux libérés pour passer l'été avec elle, j'ai compris qu'il ne fallait pas s'attendre à ce qu'elle nous écrive. Mais Liz avait apparemment une autre explication.

— Oh, mon Dieu ! Et si elle ne revenait jamais ? s'est-elle exclamée, de plus en plus inquiète. Elle s'est peut-être fait virer…

— Pourquoi tu dis ça ?

— Eh ben… Bex n'a jamais été très disciplinée. (Je ne pouvais pas la contredire.) Je ne vois pas d'autre raison à son absence. Mais toi, Cammie, tu sais forcément quelque chose, pas vrai ? C'est obligé !

Ce genre de remarque me rappelle que ce n'est pas toujours drôle d'être la fille de la directrice. Pourquoi ? Parce que les gens pensent A) que je suis au courant de trucs que j'ignore, et c'est énervant, B) que j'ai passé un accord avec la direction, ce qui est tout à fait faux. Évidemment, je dîne en tête à tête avec ma mère tous les dimanches soir, et elle me laisse *quelquefois* seule dans son bureau cinq secondes. Mais c'est tout. Dès que les cours reprennent, je suis une élève Gallagher comme les autres (à une différence près : je suis la fille victime des propositions A et B).

J'ai jeté un nouveau coup d'œil vers les portes avant de me tourner vers Liz.

— Je suis sûre qu'elle est en retard, ai-je affirmé en priant pour qu'on ait une interro surprise avant le dîner (rien ne distrait autant Liz qu'une interro surprise).

Pendant qu'on se rapprochait du Grand Hall – où Gilly Gallagher avait, paraît-il, empoisonné un type pendant le bal des débutantes –, mes yeux se sont tournés machinalement vers l'écran où on lisait : « Vous devez parler américain ».

Pourtant, je n'avais pas besoin de cette information. On nous demandait toujours de nous exprimer dans cette langue pendant le repas de bienvenue. Le mandarin, ce serait seulement dans une semaine. Enfin, c'est ce que j'espérais.

On s'est installées à notre table habituelle, et je me suis enfin sentie chez moi. Ça ne faisait peut-être que trois semaines que j'étais là, mais jusqu'ici seuls les nouvelles et les professeurs m'avaient tenu compagnie. Ceci dit, il y a pire pour une lycéenne que de se retrouver au milieu des sixième. Par exemple, surprendre son prof de langues anciennes en train de mettre des gouttes dans les oreilles de la plus grande sommité mondiale du langage codé – jurant qu'il ne ferait plus jamais de plongée sous-marine. (Croyez-moi, imaginer M. Mosckowitz en combinaison dégoulinante est vraiment horrible !)

Vu que j'avais déjà lu tous les anciens numéros de *L'Espionnage aujourd'hui*, les jours précédant la rentrée, je me suis beaucoup promenée dans le manoir, à la recherche de passages secrets tombés dans l'oubli. Mais j'avais surtout essayé de consacrer du temps à ma mère, qui avait visiblement la tête ailleurs. Tiens, au fait, est-ce que ça n'aurait pas un rapport avec la mystérieuse absence de Bex ? Et si Liz avait vu juste ?

C'est alors qu'Anna Fetterman s'est installée sur le banc, à côté de Liz, et s'est écriée :

— Vous avez vu ça ? Dites, vous avez vu ?

Elle tenait un petit bout de papier bleu, de ceux qui se dissolvent instantanément dans la bouche. (Même si on peut penser que ça a le goût de barbe à papa, ça n'a rien à voir, croyez-moi !) Je ne sais pas pourquoi ils inscrivent toujours nos emplois du temps sur du papier auto-désintégrant.

Mais Anna se fichait visiblement pas mal du goût du papier.

— On va avoir des cours d'opérations secrètes ! a-t-elle hurlé.

Elle avait l'air terrifiée, ce qui n'avait rien d'étonnant. Elle doit être la seule fille de l'Academy que Liz pourrait affronter en combat à mains nues. Même cette dernière roulait des yeux en entendant les cris hystériques d'Anna. Tout le monde savait que, cette année, on passerait de la théorie à la pratique. Pour la première fois, on était censées se retrouver dans des situations dignes de *vraies* espionnes, mais Anna semblait oublier que les cours seraient, malheureusement, sans aucun danger.

— T'inquiète pas, a répliqué Liz en lui arrachant le papier des mains. Tout ce dont Buckingham est capable, c'est de nous raconter des horreurs sur la Seconde Guerre mondiale en nous passant des diapos. Même si elle s'est cassé la hanche, elle…

— Mais Buckingham est partie ! s'est exclamée Anna, ce qui ne pouvait que me faire réagir.

— Non, elle est toujours là, ai-je expliqué. C'est juste une rumeur.

Il y en avait toujours des tas, surtout en début d'année. Par exemple, le bruit courait qu'une fille avait été kidnappée par des terroristes et qu'un des profs avait gagné cent mille dollars à *La Roue de la fortune*. (Ceci dit, maintenant que j'y pense, cette dernière rumeur était fondée.)

— Mais non, a rétorqué Anna. T'as rien compris. Buckingham est en préretraite. Elle doit se charger de l'orientation et de l'accompagnement des nouvelles, et c'est tout. Elle ne donne plus de cours.

On a toutes les trois tourné la tête pour compter les chaises autour de la table des professeurs. Effectivement, il y en avait une de plus.

— Qui va donner les cours d'opérations secrètes, alors ?

Juste à ce moment, un murmure s'est élevé dans l'immense pièce : ma mère franchissait les portes du fond, suivie par son équipe habituelle au grand complet – les vingt professeurs qui m'enseignaient leur art depuis quatre ans. Vingt professeurs. Vingt et une chaises. Pas besoin d'être un génie pour faire le calcul.

Liz, Anna et moi, on s'est regardées un instant. Puis on a contemplé nos professeurs en essayant d'élucider le mystère du siège supplémentaire.

En réalité, un des visages était nouveau, mais il n'y avait rien de surprenant à ça : le professeur Smith revient toujours de vacances avec une tête différente. Son nez était plus large, ses oreilles plus proéminentes, et il s'était ajouté un grain de beauté sur la tempe. En tant qu'individu le plus recherché des trois continents, il s'applique chaque année à devenir méconnaissable. Apparemment, des trafiquants d'armes veulent sa peau au Moyen-Orient et d'anciens tueurs à gages du KGB le traquent en Europe de l'Est. Sans compter une ex-femme très remontée quelque part au Brésil... Certes, ces expériences en font un excellent professeur de géopolitique mondiale, mais, à la Gallagher Academy, on l'apprécie surtout au moment de la rentrée. Chacune essaie alors de deviner quelle tête il a choisie pour passer un été tranquille. Il n'a encore jamais débarqué métamorphosé en femme, mais ce n'est sans doute qu'une question de temps.

Ma mère et les professeurs se sont assis à la grande table installée sur l'estrade, et la chaise supplémentaire est restée vide.

— Jeunes filles de la Gallagher Academy, présentez-vous, a lancé ma mère.

À chaque table, toutes les élèves (y compris les nouvelles) se sont aussitôt levées pour réciter en chœur :

— Nous sommes les sœurs de Gillian.

— Pourquoi êtes-vous là ? a-t-elle poursuivi.

— Pour apprendre ses talents. Honorer son épée. Et être les gardiennes de ses secrets.

— Quel but poursuivez-vous ?

— Défendre la justice et combattre les ténèbres.

— Combien de temps êtes-vous prêtes à lutter ?

— Tous les jours de notre vie.

On s'est assises, mais maman est restée debout.

— Bienvenue, chères élèves, a-t-elle déclaré avec un grand sourire. Cette année sera merveilleuse, j'en suis sûre. Je suis heureuse d'accueillir nos nouvelles pensionnaires. (Elle s'était tournée vers la table des sixième, qui frissonnaient sous son regard perçant.) Vous vous apprêtez à entamer l'année la plus ambitieuse de vos jeunes existences. Mais soyez sans crainte : nous sommes persuadés que vous saurez relever le défi. Quant à vous, les anciennes, cette année va être marquée par de nombreux changements. (Elle a jeté un coup d'œil à ses collègues, l'air pensif, avant de nous regarder à nouveau.) Le temps est venu de…

Les portes se sont ouvertes à toute volée sans qu'elle ait pu achever. Même mes quatre années passées dans un établissement pour espionnes ne m'avaient pas préparée au spectacle que j'avais sous les yeux.

Avant d'en dire plus, je tiens à vous rappeler que l'Academy est une *école pour filles*. Il n'y a jamais eu que des femmes pour nous faire cours, à part quelques professeurs de sexe masculin qui ont besoin de gouttes dans les oreilles ou d'un coup de bistouri pour passer inaperçus. Le type qui venait vers nous, lui, aurait donné des sueurs froides à James Bond en personne. Même Indiana Jones aurait ressemblé à un petit garçon à sa maman à côté du nouveau venu, avec sa veste en cuir et sa barbe de trois jours. Il s'est avancé vers ma mère et lui a adressé un petit clin d'œil… Ça commençait bien !

— Désolé du retard, a-t-il dit en se glissant sur sa chaise.

Sa présence était tellement surréaliste que je ne me suis même pas rendu compte que Bex s'était faufilée sur le banc, entre Liz et Anna.

— Un problème, les filles ? a-t-elle demandé.

— Où t'étais passée ? a voulu savoir Liz.

Anna ne l'a pas laissée répondre.

— Peu importe. Qui c'est, celui-là ?

Mais Bex est une espionne-née. Elle s'est contentée de hausser un sourcil et de lancer :

— Vous verrez bien.

CHAPITRE 2

Malgré les six heures passées à bord d'un jet privé, Bex avait l'air de sortir d'une publicité pour un cosmétique avec son magnifique bronzage doré. Du coup, je n'ai pas pu m'empêcher d'être mesquine. Je lui ai rappelé qu'on était censées parler avec l'accent américain pendant le repas. En tant que seule élève non américaine de toute l'histoire de l'Academy, Bex a l'habitude de faire exception. C'est que ma mère a commis une sérieuse entorse au règlement en acceptant la fille de vieux amis anglais dans son établissement – sa première décision controversée en tant que directrice (mais sûrement pas la dernière).

— Alors, ces vacances ?

Bex faisait des bulles avec son chewing-gum en nous défiant du regard.

— Bex, si tu sais quelque chose, tu dois nous le dire, a exigé Liz – même si ça ne servait à rien.

Personne ne peut obliger Bex à quoi que ce soit. Si je suis un caméléon et Liz le nouvel Einstein au féminin, Bex est la plus têtue de toutes les espionnes !

En voyant son sourire en coin, j'ai compris qu'elle avait sans doute préparé son petit numéro depuis l'avion (en plus d'être une tête de mule, Bex aime bien les mises en scène). Elle a attendu d'avoir toute notre attention – faisant durer le suspense jusqu'à ce que Liz soit sur le point d'exploser – pour lâcher avec nonchalance :

— C'est le nouveau prof.

Elle a coupé son pain en deux et l'a lentement beurré.

— Il a pris l'avion avec nous ce matin depuis Londres. C'est un vieux copain de mon père.

— Comment il s'appelle ? a demandé Liz.

À son air, j'ai compris qu'elle s'imaginait déjà en train de pirater le QG de la CIA pour récolter un maximum d'informations sur notre nouveau professeur.

— Solomon, a répondu Bex en levant les yeux vers nous. Joe Solomon.

Nos regards se sont tournés vers lui. Sa barbe embroussaillée et ses mains en perpétuel mouvement trahissaient l'agent tout juste revenu de mission. Autour de nous, la salle résonnait de murmures et de gloussements. La machine à rumeurs fonctionnerait sans doute à plein régime jusqu'à minuit ! Eh oui, ici, à la Gallagher Academy, on est peut-être des surdouées, mais on est surtout des *filles* !

Le lendemain matin a été une torture. Et ce n'est pas un mot que j'utilise à la légère, vu la profession de mes parents. Ceci dit, je devrais peut-être l'éviter et reformuler ma phrase : notre premier jour de classe a été particulièrement *difficile*.

On ne s'était pas couchées tôt, loin de là… Quand Liz nous a réveillées à 7 heures, deux possibilités s'offraient à nous. Soit se pomponner pendant une heure et se passer de petit déjeuner. Soit enfiler en vitesse nos uniformes pour avoir le temps de prendre un repas digne de ce nom avant le cours du professeur Smith, à 8 h 05.

D'habitude, dans ce genre de cas, l'appel des bagels et des gaufres l'emportait. Mais ça, c'était avant J.-S. (avant Joe Solomon). Aujourd'hui, la plupart des filles qui écoutaient le professeur Smith parler de l'agitation sociale dans les pays baltes avaient les yeux rehaussés d'un trait d'eye-liner, la bouche brillante de gloss… et l'estomac vide. À un moment, j'ai jeté un œil à ma montre, et je me suis rendu compte que 11 705 secondes me séparaient du déjeuner…

Après, on a eu culture générale et bienséance avec Mme Dabney. Malheureusement, cette fois, elle ne nous a pas proposé de thé. Puis l'heure de notre troisième cours a sonné.

Comme il y a plus rassasiant que le gloss à la cerise, j'ai fouillé désespérément dans mon sac à la recherche d'un bonbon à la menthe. J'en ai trouvé un… un peu douteux. Au moins, en cas de crise d'hypoglycémie, j'aurais une haleine fraîche lorsqu'on essaierait de me réanimer.

Liz est allée trouver M. Mosckowitz pour lui rendre un devoir facultatif rédigé pendant l'été. (Qu'est-ce qu'elle ne ferait pas pour quelques points d'avance, celle-là !) J'étais donc seule avec Bex quand on s'est engagées dans l'un des étroits couloirs qui mènent au sous-sol. C'était la première fois qu'on était autorisées à s'y rendre.

Face au grand miroir équipé de scanners optiques, on a essayé de ne pas cligner les paupières ni faire quoi que ce soit qui aurait pu les empêcher de vérifier qu'on était bien des seconde – et non des troisième tentant de se faufiler à l'étage inférieur. J'avais beau être Cameron Morgan, la fille de la directrice, j'étais quand même sur le point de découvrir un des secrets les mieux gardés de l'Academy. Et, à en juger par les poils hérissés sur les bras de Bex, je n'étais pas la seule à être impressionnée.

Une lumière verte a frappé les yeux d'un portrait derrière nous. Le miroir a glissé sur le côté pour révéler un petit ascenseur qui nous a aussitôt emportées vers l'étage inférieur… et vers nos destinées – pour faire dans le dramatique –, jusqu'à la salle réservée aux cours d'opérations secrètes.

— Cammie, a soufflé Bex, on y est.

On attendait en silence, scrutant nos montres (synchronisées) avec la même sensation : l'ambiance était vraiment différente, ici.

Le manoir Gallagher est en pierre et en bois. Il est orné de rampes d'escalier sculptées et d'immenses cheminées devant lesquelles on peut s'installer pour lire tous les détails de l'assassinat de Kennedy (la *vraie* version). Pourtant, la salle dans laquelle l'ascenseur nous avait déposées semblait appartenir à un autre siècle, et à un bâtiment différent. Les murs étaient en verre dépoli, les tables en acier inoxydable. Mais le plus étrange, dans tout ça, c'est que notre professeur n'était pas là.

Joe Solomon était tellement en retard que je commençais à regretter de ne pas avoir piqué de M&M's dans le bureau de ma mère.

Alors que les secondes s'écoulaient dans un calme absolu, Tina Walters, qui ne pouvait plus supporter le silence, s'est penchée vers moi pour me demander :

— Cammie, tu dois bien avoir des infos sur lui, pas vrai ?

La mère de Tina tient une rubrique de potins dans un journal local. Il était donc hors de question de révéler à sa fille les maigres renseignements que Bex m'avait donnés sur notre nouveau professeur. Mais Tina m'a bombardée de questions du genre « Il vient d'où ? », « Est-ce qu'il a une petite amie ? », « C'est vrai qu'il a tué un ambassadeur turc avec une tong ? ». Autant d'interrogations auxquelles je n'avais pas de réponse.

— Allez, a-t-elle insisté, j'ai entendu Mme Dabney dire au cuisinier que ta mère l'avait harcelé tout l'été pour qu'il accepte de venir nous faire cours. Tu sais forcément quelque chose.

L'interrogatoire de Tina avait malgré tout un avantage. Je commençais à comprendre, maintenant, la raison des appels téléphoniques que ma mère avait passés à voix basse ces dernières semaines et les portes closes. C'est à ce moment-là que Joe Solomon a fait irruption dans la classe – avec cinq bonnes minutes de retard.

Ses cheveux étaient légèrement mouillés, sa chemise blanche était impeccablement repassée, et il m'a fallu deux bonnes minutes avant de réaliser qu'il nous parlait en japonais. J'ignore si je devais ça à l'état rêveur qu'il m'inspirait ou à notre excellent niveau en langues.

— Quelle est la capitale du Brunei ?

— Bandar Seri Begawan, a-t-on répondu en chœur.

Puis il a demandé en swahili :

— La racine carrée de 97 969 est… ?

— 313, a répliqué Liz.

— Un dictateur dominicain a été assassiné en 1961, a-t-il déclaré en portugais. Comment s'appelait-il ?

On a clamé à l'unisson :

— Rafael Trujillo.

(J'insiste sur le fait que, malgré les rumeurs, ce n'est pas une élève Gallagher qui est l'auteur de ce meurtre.)

Je commençais juste à me mettre dans le rythme de notre petit jeu quand M. Solomon a ordonné en arabe :

— Fermez les yeux.

On s'est exécutées.

— De quelle couleur sont mes chaussures ?

Sans nous laisser le temps de répliquer, il a enchaîné :

— Depuis que je suis dans cette pièce, j'ai laissé des empreintes digitales à cinq endroits. Dites-moi où !

Un silence lui a répondu.

— Ouvrez les yeux.

Il était maintenant assis sur le coin de son bureau, un pied sur le sol et l'autre qui se balançait dans le vide.

— Vous êtes certes intelligentes, mesdemoiselles. Mais, d'un certain point de vue, vous êtes stupides, a-t-il affirmé.

S'il n'avait pas été scientifiquement prouvé que la Terre ne peut pas s'arrêter de tourner, on aurait toutes juré que ça venait d'arriver.

— Bienvenue au cours d'opérations secrètes. Je m'appelle Joe Solomon. C'est la première fois que j'enseigne, mais ça fait dix-huit ans que je travaille sur le terrain, et je suis toujours vivant. Je sais donc de quoi je parle. Et, ce que je peux vous dire, c'est que ce cours n'a rien de comparable avec les autres.

Mon estomac a gargouillé, et Liz, qui avait opté pour un vrai petit déjeuner et une simple queue-de-cheval, m'a lancé un « chuuut ! » sonore. Comme si je pouvais empêcher mon ventre de faire des siennes !

— Jeunes filles, il est grand temps de vous préparer aux choses sérieuses. (Il a pointé un doigt vers le plafond.) Le cours est fini. Dehors ! Tout le monde n'est pas capable de mener à bien des opérations secrètes, et c'est pour cette raison que je serai intraitable avec vous. Si vous arrivez à m'impressionner, l'année prochaine, cet ascenseur vous conduira au sous-sol numéro 2. Mais, si j'estime que vous n'êtes pas des surdouées du travail sur le terrain, alors je vous sauverai la vie en vous plaçant dans le groupe de recherche.

Il s'est levé, les mains dans les poches.

— Tout le monde se lance dans ce métier par soif d'aventure, mais je n'ai que faire de vos ambitions. Si vous restez bien sagement assises sur vos chaises, sans me prouver que vous n'êtes pas que de purs cerveaux, vous ne verrez jamais l'étage inférieur.

Du coin de l'œil, j'observais Mick Morrison, qui buvait toutes les paroles de notre prof, la bave au coin des lèvres, ou presque. Ça faisait des années qu'elle avait envie de se battre pour de vrai. C'est sans surprise que je l'ai vue lever sa grosse main.

— Ça veut dire que vous allez nous apprendre à nous servir d'armes à feu, monsieur ? a-t-elle crié comme si un sergent instructeur allait lui ordonner d'effectuer des pompes.

M. Solomon, contournant le bureau, s'est contenté de déclarer :

— Dans ce métier, lorsque vous avez besoin d'un revolver, c'est qu'il est déjà trop tard pour en faire usage.

Mick en a eu le souffle coupé.

— Mais le point positif, a repris le professeur, c'est que vos ennemis vous enterreront peut-être avec – autrement dit, que vous aurez droit à un enterrement.

Je me suis sentie devenir toute rouge, et mes yeux se sont remplis de larmes. J'avais la gorge si serrée que j'arrivais à peine à respirer. Joe Solomon me fixait. Dès que mon regard a rencontré le sien, il a détourné la tête.

— Ceux qui rentrent chez eux peuvent s'estimer chanceux, même si c'est dans un cercueil.

Il n'avait pas besoin de prononcer mon nom pour que les yeux de mes camarades se braquent sur moi. Tout le monde savait que mon père était parti en mission et qu'il n'en était jamais revenu.

On ne m'a pas surnommée le Caméléon pour rien. Pour quelqu'un qui fréquente une école d'espionnes, ce surnom est parfait, aucun doute. Mais quelquefois je me demande ce qui m'a rendue comme ça, calme et silencieuse, alors que Liz est une vraie pipelette et que Bex… eh bien… est Bex. Est-ce que ma discrétion est un talent hérité de ma famille d'agents secrets ou est-ce que c'est juste de la timidité ? D'un autre côté, je suis peut-être aussi la fille que les gens préfèrent ne pas voir. Un malheur comme celui qui m'a frappée pourrait très bien leur arriver, et ils n'ont sans doute pas envie d'y penser.

M. Solomon a avancé d'un pas vers la porte, et tous mes camarades ont reporté leurs regards sur lui. Sauf Bex, qui s'avançait lentement vers le bord de sa chaise, prête à m'empêcher d'aller arracher les magnifiques yeux verts de notre professeur lorsqu'il a dit :

— Faites de votre mieux, jeunes filles, ou mourez.

J'avais envie de courir droit dans le bureau de ma mère pour lui raconter ce qu'il venait d'insinuer sur papa – qu'il était lui-même responsable de sa mort puisqu'il n'avait pas fait *de son mieux*. Mais je suis restée assise, paralysée par la colère, et sans doute aussi parce que, au fond de moi, je savais que M. Solomon avait raison. Et je ne voulais pas l'entendre de la bouche de ma mère.

Soudain, Anna Fetterman a poussé les portes en verre et est apparue tout essoufflée devant nous.

— Je suis désolée, a-t-elle lancé à notre professeur en cherchant à reprendre sa respiration. Ces stupides scanners ne m'ont pas reconnue, et je suis restée bloquée dans l'ascenseur. J'ai dû écouter pendant cinq minutes une voix me dire qu'il est interdit de s'aventurer au-delà des limites imposées par le règlement et…

Son débit de paroles a ralenti lorsqu'elle a vu l'air mécontentent de M. Solomon – ce qui, à mon avis, est assez gonflé de la part de quelqu'un qui est lui-même arrivé en retard.

— Ce n'est pas la peine de vous asseoir, a-t-il dit tandis qu'Anna se dirigeait vers une table au fond de la classe. Vos camarades allaient partir.

On a toutes consulté nos montres synchronisées. Il nous restait quarante-cinq minutes de cours. Quarante-cinq précieuses minutes dont pas une n'était d'habitude gaspillée. Après ce qui m'a paru une éternité, Liz a levé la main.

— Oui ? a demandé Joe Solomon d'un ton pressé.

— Vous ne nous donnez pas de travail à la maison ?

La classe entière est passée d'un état de choc à une colère sourde. (Ne posez *jamais* cette question dans une salle remplie de ceintures noires de karaté !)

— Si, a-t-il répliqué en tenant la porte grande ouverte – ce qui signifie « Dehors ! » en langage universel. Exercez-vous à faire preuve d'observation.

Pendant que j'empruntais le couloir carrelé de blanc, mes camarades s'éloignaient dans la direction opposée, vers l'ascenseur qui débouchait sur les chambres. Après ce qui s'était passé, j'étais soulagée d'entendre leurs pas résonner loin de moi. Mais je n'ai pas été surprise de voir Bex me rejoindre.

— Ça va ? m'a-t-elle demandé, parce que, étant ma meilleure amie, son rôle consiste à me réconforter.

— Oui, ai-je menti, parce que c'est ce que font les espions.

Quand l'ascenseur nous a déposées à l'étage supérieur, dans l'étroit couloir, je songeais sérieusement à aller trouver ma mère (et pas seulement pour avoir des M&M's). Soudain une voix a hurlé :

— Cameron Morgan !

Le professeur Buckingham se ruait vers nous. Je me demandais ce qui pouvait bien pousser cette Anglaise d'habitude si distinguée à crier comme ça, quand, au-dessus de nous, une lumière rouge a clignoté, accompagnée d'une sonnerie stridente. Elle nous perçait à tel point les tympans qu'on entendait à peine la voix métallique qui scandait :

— ALERTE ROUGE. ALERTE ROUGE. ALERTE ROUGE.

— Cameron Morgan ! a répété Mme Buckingham en nous saisissant par le bras, Bex et moi. Votre mère vous réclame. TOUT DE SUITE !

CHAPITRE 3

D'un seul coup, les couloirs se sont remplis d'élèves et de professeurs courant dans tous les sens.

Une étagère couverte de trophées a pivoté. Les prix attribués aux gagnantes de combats à mains nues et de compétitions de décodage se sont volatilisés dans un compartiment caché derrière le mur. Ils ont été remplacés par une rangée de médailles censées récompenser les équipes de natation et les lauréates de débats politiques.

En haut de l'escalier, les trois bannières or et bordeaux marquées de notre credo – « Apprendre ses talents », « Honorer son épée », « Être les gardiennes de ses secrets » – se sont enroulées sur elles-mêmes comme par magie. Des affiches soutenant la candidature d'une certaine Emily au poste de déléguée sont apparues.

Tandis qu'une flopée de sixième dévalait l'escalier en hurlant, Mme Buckingham nous entraînait, Bex et moi, à contre-courant. La première fois que j'avais entendu ces sirènes, moi aussi, j'avais cru que c'était la fin du monde…

— Les filles ! a hurlé Mme Buckingham. Suivez Mme Dabney. Elle va vous emmener aux écuries pour l'après-midi. (Elle s'est tournée vers des jumelles brunes particulièrement agitées.) Et vous deux, calmez-vous !

Mme Buckingham a pivoté sur ses talons, puis nous a entraînées au pas de course vers l'étage. On y a trouvé M. Mosckowitz et M. Smith, qui essayaient de pousser une statue d'Eleanor Everett dans un placard à balais. (Eleanor Everett est une élève de l'Academy célèbre pour avoir empêché la Maison Blanche de sauter en désamorçant une bombe avec ses dents.) Dans la salle d'histoire, l'épée de Gillian avait glissé lentement dans une cachette, telle Excalibur rejoignant la Dame du Lac. À la place trônait le buste d'un homme aux oreilles gigantesques représentant, à ce qu'on disait, le tout premier directeur de l'établissement.

Pendant que tout le monde s'affairait dans un chaos organisé, Bex et moi, on a échangé des regards perplexes. On aurait dû être en bas, avec les autres seconde, en train de les aider. Mais Mme Buckingham nous a lancé d'un ton sec :

— Dépêchez-vous, jeunes filles !

Elle n'avait plus rien du vieux professeur au tempérament doux qu'on connaissait.

Un gros *boum !* a retenti derrière nous. La statue d'Eleanor Everett était sans doute en mille morceaux. Ce qui n'empêchait pas ma mère, appuyée contre la porte de son bureau, d'avaler nonchalamment un M&M's. Elle affichait l'air calme d'une mère qui vient chercher son enfant à un entraînement de foot, comme si la situation était tout à fait normale.

Ses longs cheveux bruns tombaient en cascade sur la veste de son tailleur noir. Une frange balayait son front parfait – elle jure que j'aurai le même dès que mes boutons m'auront laissée tranquille.

Parfois, je suis vraiment contente qu'on vive quatre-vingt-dix pour cent de notre temps au manoir. Où qu'on aille, je vois les hommes baver devant ma mère, et il arrive même que je les entende demander si on est sœurs. (Ça va pas, non ?)

Bref, ma mère est très belle.

— Cammie, Rebecca ! a-t-elle appelé avant de se tourner vers Mme Buckingham. Merci de me les avoir amenées, Patricia. Entrez une seconde, toutes les trois.

Dans le bureau, le brouhaha extérieur était inaudible grâce aux murs insonorisés. Le verre au plomb des fenêtres laissait passer des flots de lumière, qui éclairaient vivement le lambris en acajou et l'immense bibliothèque. Celle-ci était en train de pivoter pour dissimuler les lectures de ma mère. *Les Poisons à travers les âges* et le *Guide d'un prétorien pour mourir dignement* disparaissaient au profit de *L'Enseignement pour les surdoués* et de *L'École privée au fil des mois*. La photo de ma mère et moi, sur le bureau, a soudain attiré mon attention. Dans le cadre où on se tenait serrées l'une contre l'autre en souriant, le Kremlin, en arrière-plan, se métamorphosait en un château de Cendrillon identique à celui de Disney World !

— C'est du papier holographique radiosynthétisé, a expliqué ma mère en remarquant mon air perplexe. Le docteur Fibs nous en a fabriqué cet été. Vous avez faim ?

Elle tendait sa main pleine de M&M's vers nous. Même si j'avais soudain oublié mon estomac vide, j'en ai pris un. Un vert pour me porter chance. Quelque chose me disait qu'on en aurait besoin.

— Les filles, nous allons vous charger d'une mission.

— Mais… on n'est qu'en seconde ! s'est écriée Bex, comme si ce détail avait par mystère échappé à ma mère.

Celle-ci ayant la bouche pleine de chocolat, Mme Buckingham a expliqué à sa place :

— Les première ont commencé le semestre par les techniques d'interrogatoire. Elles sont donc toutes sous l'influence du thiopental sodique en ce moment. Quant aux terminale, avec leurs lentilles de contact de vision nocturne, leurs pupilles ne retrouveront leur taille normale que dans deux heures. Ce n'est pas de chance, mais les Alertes Rouges ne se déclenchent pas pour rien. Elles le font à des moments critiques.

— Alors, qu'est-ce que vous en dites ? a demandé ma mère avec un sourire. Vous êtes prêtes à nous aider ?

C'est comme ça que, Bex et moi, on s'est retrouvées à attendre en haut du perron que la limousine noire de la famille McHenry (ceux qui ont fait la une du dernier *Newsweek*) nous rejoigne. Ce n'est pas le genre dont on peut se débarrasser facilement, mais on savait comment s'y prendre. Bex et moi, on avait donc pour mission de les accueillir à la Gallagher Academy pour Jeunes Filles Exceptionnelles en nous assurant qu'ils ne devinent jamais *à quel point* on était exceptionnelles.

L'homme qui est sorti de la limousine portait une veste gris anthracite et une cravate vive – comme les individus influents aiment en porter. La femme ressemblait à l'héritière d'un grand groupe de cosmétiques qu'elle était – chaque cheveu, chaque cil, était à sa place –, et je me suis demandé si mon gloss à la cerise l'impressionnerait. À en juger par son regard sévère, non.

— Monsieur le sénateur, a commencé Bex en lui tendant la main. (Ça l'amusait visiblement beaucoup de prendre un accent typiquement américain.) Bienvenue à la Gallagher Academy. C'est un honneur de vous recevoir.

Je trouvais qu'elle exagérait un peu, mais le sénateur McHenry a répliqué avec un sourire, sans réaliser, sans doute, qu'elle était trop jeune pour voter :

— Merci. Nous sommes ravis de vous rendre visite.

— Je m'appelle Rebecca. Et voici Cameron.

Le sénateur m'a jeté un coup d'œil avant de reporter les yeux sur Bex, qui ressemblait au parfait archétype de l'élève d'un lycée prestigieux.

— Nous nous réjouissons de vous faire visiter l'Academy, à vous et à…

C'est à ce moment-là que, elle et moi, on a pris conscience que sa fille n'était toujours pas apparue.

— Est-ce que votre fille va… ?

Une ranger noire a soudain pointé hors de la limousine.

— Chérie, a dit le sénateur, l'index pointé vers les écuries. Regarde ! Ils ont des chevaux.

— Ah ! C'est ce qui explique cette odeur ? a demandé Mme McHenry avec un frisson de dégoût.

Je tiens à rétablir la vérité : ça sent très bon, chez nous, à moins, bien sûr, que votre odorat ne soit irrémédiablement fichu par une vie passée à renifler du parfum.

Le sénateur a jeté un regard désapprobateur à sa femme en répliquant :

— Macey adore les chevaux.

— Pas du tout. Macey *déteste* les chevaux.

Mme McHenry nous lançait des regards courroucés, comme pour rappeler à son mari de ne pas la contredire devant le petit personnel.

— Je te rappelle qu'elle s'est cassé le bras en tombant de cheval, a-t-elle complété.

Je pensais à interrompre cet étalage de bonheur conjugal pour leur apprendre qu'il n'y avait pas de chevaux dans l'écurie – juste quelques sixième terrorisées et une ancienne espionne française. Mais une voix a retenti avant que j'aie eu le temps d'ouvrir la bouche :

— Les chevaux font de la bonne colle une fois morts, il paraît.

Avec le recul, je suis presque sûre que Macey McHenry n'a jamais approché un cheval de sa vie. Elle a de longues jambes musclées, des vêtements haut de gamme, bien que de style punk, et le diamant de sa narine fait au moins un carat et demi. Ses cheveux d'un noir corbeau ont beau être coupés sauvagement, ils sont épais, brillants, et encadrent un visage digne de paraître en couverture d'un magazine.

Si une fille comme Macey McHenry ne peut pas survivre au lycée public, quelqu'un comme moi s'y ferait manger tout crue. Et pourtant, on devait être sa dernière chance, puisqu'elle débarquait devant notre porte. Enfin, c'est ce que ses parents croyaient.

— Nous sommes… ai-je bafouillé. (Je suis peut-être un as pour confectionner des poisons, mais nulle pour parler en public !) Nous sommes enchantées de vous accueillir.

Mme McHenry a tourné la tête vers la grille.

— Dans ce cas, pourquoi nous faites-vous attendre dehors depuis une heure ?

— Je suis désolée, mais c'est la règle pour tous les visiteurs qui viennent sans rendez-vous, a déclaré Bex de son ton d'élève modèle. La sécurité est primordiale à la Gallagher Academy. Si votre fille venait à y être admise, vous seriez bien contents qu'elle bénéficie d'une telle protection.

Mme McHenry, les mains sur les hanches, a rétorqué :

— Savez-vous à qui vous vous adressez ? Mon mari est…

— Nous retournions à Washington, l'a coupée le sénateur, et nous n'avons pas résisté à l'envie de faire visiter l'établissement à Macey.

Il a lancé à sa femme un regard qui signifiait « C'est notre dernière chance, ne la gâche pas », avant d'ajouter :

— Effectivement, les règles de sécurité sont draconiennes, ici.

Bex a ouvert la porte pour les inviter à entrer, et j'ai pensé : « Monsieur le sénateur, vous ne croyez pas si bien dire. »

Bex et moi, on écoutait ma mère déballer, dans son bureau, ce qui était censé être l'histoire de l'Academy. En fait, ce n'était pas si loin de la vérité. Elle passait juste certains détails sous silence.

— Nos anciennes élèves travaillent aux quatre coins du monde.

« Oui, en tant qu'espionnes », avais-je envie d'ajouter.

— Ici, on insiste sur les langues, les maths, les sciences et la culture. Nos anciennes pensionnaires affirment que ces matières leur sont d'une grande utilité aujourd'hui.

« Tu m'étonnes, elles servent beaucoup aux espionnes. »

— Nos élèves développent un grand sens des responsabilités qui leur permet de réussir brillamment leur carrière.

« D'espionnes. »

Je commençais juste à m'amuser quand maman s'est tournée vers Bex.

— Rebecca, toi et Cammie devriez emmener Macey visiter les lieux.

C'était à nous de jouer, maintenant…

Contrairement à Bex, qui avait l'air ravie, je n'étais pas rassurée. On n'avait assisté qu'à un seul cours d'opérations secrètes – et encore, pas en entier. Comment étais-je censée savoir quoi faire ? Si Macey avait voulu apprendre à parler japonais ou à décoder les messages des agents russes, j'aurais été la personne idéale. Mais notre mission consistait à agir de façon normale, et c'est un truc pour lequel je n'ai aucune qualification ! Heureusement, Bex adore jouer la comédie.

— Monsieur le sénateur, a-t-elle lancé en lui serrant la main, j'ai été ravie de vous rencontrer. Et vous aussi, madame, a-t-elle ajouté avec un sourire vers Mme McHenry. Je suis très heureuse que vous…

— *Merci*, Rebecca, l'a interrompue ma mère d'un air de dire qu'elle en faisait trop.

Macey s'est aussitôt levée et a franchi la porte, sans un regard pour ses parents.

Quand on l'a rejointe, elle était adossée à une vitrine qui, d'habitude, retrace l'histoire du masque à gaz (un appareil breveté par l'Academy, soit dit en passant). Elle avait allumé une cigarette et en tirait une longue bouffée, qu'elle a relâchée vers le plafond – il doit être truffé de capteurs divers, le moins sophistiqué étant sans doute celui qui est prévu pour détecter la fumée.

— Tu devrais éteindre ça, lui a conseillé Bex, entamant la phase suivante : dégoûter Macey de l'établissement. À la Gallagher Academy, on accorde une extrême importance à la santé et à la sécurité.

Macey la regardait comme si elle venait de parler chinois. Je tenais à m'assurer qu'elle avait bien compris.

— Il est interdit de fumer ici, ai-je insisté après être allée chercher dans la poubelle une canette vide, que je lui ai tendue.

Elle a inhalé une autre bouffée et m'a lancé un regard qui signifiait « Il faudra m'arracher ma clope de force », ce dont, bien sûr, j'étais tout à fait capable, même si elle n'était pas censée le savoir.

— OK. Tant pis pour tes poumons.

Mais Bex la dévisageait d'un œil sévère, et, contrairement à moi, elle a la carrure de quelqu'un qui est capable d'envoyer son adversaire à terre. Notre hôte a tiré une dernière fois sur sa cigarette, l'a lâchée dans la canette et m'a suivie dans l'escalier, où une horde de filles nous a à moitié bousculées.

— C'est l'heure du déjeuner, ai-je expliqué.

Le M&M's et le bonbon à la menthe dans mon estomac avaient justement besoin de compagnie.

— On peut aller manger, si tu veux…

— Certainement pas ! a rétorqué Macey en roulant des yeux scandalisés.

Je me suis empressée d'affirmer, sans réfléchir :

— Ah bon ? Pourtant, la nourriture est super-bonne, ici.

Ce genre de réflexion n'allait pas nous aider à remplir notre mission. Il valait mieux me plaindre des repas si je voulais la dégoûter. En réalité, notre cuisinier est fabuleux. Il a travaillé à la Maison Blanche avant qu'un regrettable incident impliquant Peluche (le caniche présidentiel), un ingrédient chimique et un fromage douteux l'oblige à partir. Par bonheur, une élève Gallagher avait pu sauver la vie de ce pauvre Peluche. Pour nous montrer sa reconnaissance, le chef Louis était entré à notre service en apportant la recette de sa succulente crème brûlée.

J'allais justement évoquer la crème brûlée quand Macey s'est écriée :

— Je n'avale pas plus de huit cents calories par jour !

Bex et moi, on s'est regardées, perplexes. Ça devait correspondre au nombre de calories qu'on dépensait pendant un seul cours d'autodéfense.

En atteignant le vestibule, j'ai cru bon d'expliquer :

— C'est le Grand Hall.

C'était sans doute ce qu'aurait dit une élève faisant visiter son lycée à une nouvelle, mais Macey ne me prêtait aucune attention. Elle a pivoté vers Bex (son égale, d'un point de vue physique) pour demander :

— *Tout le monde* porte cet uniforme, ici ?

J'ai trouvé sa remarque particulièrement offensante, vu que j'avais participé au choix de notre tenue. Bex s'est contentée de baisser les yeux sur sa jupe écossaise et son chemisier blanc avant de déclarer :

— Oui, même en cours de gym.

« Bien joué ! » ai-je pensé en voyant l'expression horrifiée de Macey.

Bex s'est dirigée vers l'un des couloirs et a indiqué :

— Ici, il y a la bibliothèque…

Mais Macey continuait sa route vers le couloir opposé.

— Qu'est-ce qu'il y a en bas ?

Elle avait déjà disparu, longeant les murs abritant des passages secrets. Bex et moi, on s'est précipitées pour la rattraper, tout en lançant des bêtises du genre « Cette peinture est un cadeau du duc d'Édimbourg », ou « Ce lustre vient du manoir de Wizenhouse », ou encore – ma trouvaille préférée – « Ce tableau noir est un don du mémorial de Washington ». (C'est vrai que c'est un chouette tableau.)

Bex était en train de débiter une histoire parfaitement crédible – si une élève obtenait un 10 sur 10, elle avait la permission de regarder la télé pendant une heure – quand Macey s'est affalée sur mon siège préféré, dans l'alcôve de la fenêtre, pour sortir son téléphone. Elle s'apprêtait à passer un appel sans même s'excuser. Elle a été bien punie. Après avoir cherché un numéro dans son répertoire, elle a contemplé son appareil d'un air incrédule.

Bex et moi, on s'est lancé un regard entendu. Puis j'ai essayé de prendre un ton plein de compassion en expliquant :

— Les portables ne marchent pas, ici.

Ça, pour le coup, c'est vrai.

— On est trop loin des bornes, a ajouté Bex.

Ça, par contre, c'est un nouveau mensonge.

En fait, on capterait parfaitement bien, si un brouilleur d'ondes très puissant ne sévissait pas autour du manoir. Mais Macey McHenry n'avait pas besoin de le savoir, et encore moins son père.

— Ça ne capte pas ? a demandé Macey comme si elle venait d'apprendre que toutes les élèves étaient au pain sec et à l'eau et devaient se raser la tête. OK, j'ai compris. Je me barre.

Elle a fait demi-tour et s'est ruée vers le bureau de ma mère.

Enfin, c'est ce qu'elle *croyait* faire. En réalité, elle se dirigeait vers les portes menant au département Recherche et Développement du sous-sol. Je suis convaincue que le docteur Fibs aurait fait un sans-faute au questionnaire relatif à l'Alerte Rouge, mais, comme tous les savants fous, il est plutôt, disons, sujet aux accidents. Pour couronner le tout, on s'est retrouvées nez à nez avec M. Mosckowitz. Et, bien qu'étant la plus grande sommité mondiale en matière de langage codé, il ne ressemblait vraiment pas à un génie à ce moment précis. Pas du tout. En fait, on aurait cru un ivrogne. Ses yeux injectés de sang pleuraient, son visage était blafard, et il a bafouillé en titubant :

— Bonjour !

Macey l'a contemplé avec dégoût, ce qui était plutôt une bonne chose, parce que, pendant ce temps, elle ne voyait pas la fumée mauve qui filtrait par les portes, derrière lui. Le professeur Buckingham essayait d'appliquer des serviettes dans les interstices. Mais, à mesure qu'elle s'approchait des émanations, elle se mettait à éternuer. Elle a fini par pousser un des linges avec son pied, avant que le docteur Fibs apparaisse avec un rouleau de papier adhésif pour colmater les brèches. (Une méthode très archaïque pour un espion de sa trempe !)

Quant à M. Moscowitz, il continuait à tituber. Soit la fumée lui avait fait perdre son sens de l'équilibre, soit il tentait de barrer la vue à Macey… Ce qui s'avérait difficile, vu qu'il ne devait pas mesurer plus d'un mètre soixante-cinq.

— Vous êtes sans doute une nouvelle élève potentielle.

C'est alors que la haute et mince silhouette du docteur Fibs s'est écroulée par terre. Il ne bougeait plus, et les vapeurs violettes sont devenues de plus en plus opaques.

Bex et moi, on s'est regardées. Tout ça ne présageait *rien de bon* !

Buckingham a traîné le docteur Fibs jusqu'à un fauteuil à roulettes où elle l'a installé, avant de l'évacuer. Moi, par contre, je ne savais pas du tout quoi faire. Bex a saisi Macey par le bras.

— Viens, lui a-t-elle dit. Je connais un…

Mais Macey a rétorqué :

— Ne me touche pas !

Bex s'est avancée d'un pas, troquant son air de gentille lycéenne contre son visage de super-espionne.

J'étais en train de me dire que, *vraiment*, tout ça ne présageait rien de bon quand une chemise blanche et un pantalon kaki sont entrés dans mon champ de vision.

Il suffisait de voir l'expression de Macey McHenry pour comprendre une chose : le pouvoir de séduction de Joe Solomon n'était pas seulement lié à son statut de professeur. (Qu'est-ce que ça aurait été si elle avait connu son véritable métier !)

— Bonjour, a-t-il lancé d'une voix autrement plus sexy que celle de M. Moscowitz un instant plus tôt. Bienvenue à la Gallagher Academy. J'espère que vous serez bientôt des nôtres, a-t-il ajouté d'un ton qui semblait vouloir dire : « Vous êtes la plus belle femme que j'aie jamais vue, et je serais l'homme le plus heureux du monde si vous acceptiez de porter mes enfants. »

— La visite se passe bien ? a-t-il continué.

Pour toute réponse, Macey s'est contentée de battre des cils en minaudant d'une façon qui n'allait pas du tout avec ses rangers.

Je ne sais pas si c'était dû à la fumée qui continuait à filtrer, mais j'ai soudain eu envie de vomir.

M. Solomon a demandé :

— Vous avez une minute ? (Sans attendre la réponse, il a poursuivi :) Je voudrais vous montrer quelque chose à l'étage.

Il lui a indiqué un escalier en pierre circulaire qui provenait de l'ancienne chapelle de la famille Gallagher. Les immenses vitraux qui le surplombaient faisaient des taches de lumière colorée sur la chemise de M. Solomon. À l'étage, il a désigné le plafond, plusieurs mètres au-dessus de nos têtes. Il était inondé d'un kaléidoscope de couleurs.

C'était magnifique, et pourtant, à force de courir d'une classe à une autre, je n'avais jamais pris conscience de la beauté des lieux.

Notre professeur nous a ensuite conduites jusqu'à la salle d'histoire. Macey a murmuré, en le regardant partir :

— Ouah ! C'était qui ?

C'était la première fois qu'elle s'enthousiasmait pour quelque chose depuis qu'elle était descendue de la limousine.

— C'est un prof, lui a indiqué Bex.

— Ah oui ? J'aurais jamais deviné, s'est moquée Macey en attrapant son paquet de cigarettes.

Mais Bex l'a foudroyée du regard, et elle s'est arrêtée net.

— Laissez-moi vous expliquer un truc à propos de ce type, a-t-elle commencé comme si elle nous accordait une grande faveur. Dans le meilleur des cas, toutes les filles vont devenir dingues de lui et ne plus rien écouter en cours, ce qui, j'imagine, est assez mal vu à la Gallagher Academy. Dans le pire des cas, il a une idée derrière la tête. (Je devais bien admettre qu'elle n'avait pas tort.) Les seuls profs qui enseignent ici sont des tarés ou des binoclards. Et, quand la directrice ressemble à ça (elle a fait un geste en direction de ma mère, qui parlait aux McHenry à quelques mètres de là), il est facile de comprendre pourquoi M. YeuxDoux a été engagé.

J'ai lancé, interloquée :

— Quoi ?

— T'es pas censée être une surdouée ? s'est-elle de nouveau moquée. Si tu ne saisis pas, c'est pas moi qui vais te faire un dessin.

Le clin d'œil que mon prof d'opérations secrètes avait lancé à ma mère m'est soudain revenu à l'esprit. Maintenant, je n'allais plus rien pouvoir avaler de toute ma vie…

CHAPITRE 4

Il y a plein d'avantages à partager une chambre pour quatre quand on n'est que trois filles. Par exemple, bénéficier d'un grand dressing et pouvoir installer des poufs dans un coin. On avait vraiment bien arrangé notre espace. Mais je crois qu'on n'avait pas vraiment réalisé notre chance… jusqu'à ce que deux types du service d'entretien frappent à la porte et nous demandent où on voulait qu'ils mettent le lit supplémentaire.

À la Gallagher Academy, les membres du personnel ne sont pas recrutés par l'intermédiaire de petites annonces, vous vous en doutez. Alors, quand deux armoires à glace déboulent avec un lit en kit et des tenailles, pas l'ombre d'un doute : leurs outils n'ont pas toujours dû leur servir à monter des meubles…

Leur poser des questions aurait été peine perdue. On leur a juste indiqué un coin avant de filer, direction le premier étage.

— Entrez, les filles ! a lancé ma mère.

Ça alors ! On avait à peine posé le pied dans la salle d'histoire qu'elle avait déjà détecté notre présence. Je trouve ses instincts de super-espionne effrayants, parfois !

Elle s'est avancée sur le seuil et a déclaré :

— Je vous attendais.

Bex l'a aussitôt interrogée :

— Excusez-moi, mais pouvez-vous nous expliquer pourquoi on a livré un nouveau lit dans notre chambre ?

En parlant à la directrice sur ce ton-là, une autre que Bex aurait pu s'attendre à être foudroyée sur place. Mais ma mère s'est contentée de croiser les bras et de répliquer :

— Pourquoi tenez-vous tant à le savoir, Rebecca ?

— C'est quand même notre droit, non ?

J'étais bien de l'avis de Bex. Après tout, c'était nous qui perdions nos poufs, dans tout ça !

Maman nous a fait signe de la suivre. Ça ne me disait rien qui vaille…

Pendant qu'on empruntait le grand escalier, j'ai essayé d'en savoir plus :

— Qu'est-ce qui se passe ? Quelqu'un te fait du chantage ? Est-ce que le sénateur a quelque chose à voir là…

— Cameron ! m'a interrompue ma mère.

Mais j'ai continué de plus belle :

— C'est une histoire d'argent, c'est ça ? On pourrait augmenter les droits d'inscription, tu…

— Cammie, contente-toi d'avancer, m'a-t-elle ordonné.

C'était plus fort que moi, je n'arrivais pas à fermer mon caquet :

— De toute façon, elle ne tiendra jamais, ici. On pourrait…

Je me suis figée en voyant ma mère tendre une grande enveloppe à Bex.

— Voici les résultats obtenus par votre nouvelle camarade à l'examen d'entrée.

OK, ils étaient bons. Excellents, même, je devais bien l'admettre. Pas aussi brillants que ceux de Liz, mais bien meilleurs que ceux qu'on aurait pu attendre d'une fille comme Macey McHenry.

— Bon, elle a réussi les tests, ai-je commencé. Donc…

Mais ma mère s'est arrêtée net, et on a failli lui rentrer dedans.

— Est-ce que je t'ai demandé ton avis, Cammie ? Cette décision m'appartient.

Pendant que je piquais un fard, elle s'est tournée vers Bex.

— Et certaines ne plaisent pas à tout le monde, *n'est-ce pas, Rebecca* ?

Bex n'a pas bronché. Elle se rappelait trop bien que ma mère avait fait une sacrée entorse au règlement pour qu'elle rejoigne l'Academy.

— Quant à vous, Liz, j'imagine que vous n'êtes pas opposée à l'admission d'élèves ne venant pas de familles d'espions…

Liz n'avait bien sûr rien à répondre à ça.

Ma mère, les bras croisés, a poursuivi :

— Macey McHenry nous apportera ce qui nous a fait défaut jusqu'à présent. Les relations de sa famille nous permettront – de pénétrer dans des cercles très fermés. Sans compter qu'elle dispose de capacités intellectuelles qu'elle-même ne soupçonne pas. Et puis… elle a *un petit quelque chose en plus*, a conclu ma mère en pesant ses mots.

Un petit quelque chose en plus ? Ma mère voulait parler de ses grands airs ou de son anorexie, peut-être ? J'avais bien envie de lui raconter le coup des huit cents calories par jour. Mais je savais que c'était inutile. On ne tenait pas tête à une espionne qui avait réussi un jour à persuader un dignitaire russe de s'habiller en femme… et de porter sous sa chemise un ballon rempli d'azote liquide !

— Voici de quoi vous convaincre.

Elle s'est tournée vers une tapisserie accrochée au mur.

Bien sûr, ce n'était pas la première fois que je la voyais. Il suffit d'en relever le coin, d'atteindre les armoiries sculptées dans la pierre qui sont cachées derrière et d'en tirer la petite épée pour qu'une porte s'ouvre dans la façade. Mais je n'ai jamais pris le temps d'observer la tapisserie en elle-même, qui représente l'arbre généalogique de la famille Gallagher sur onze générations.

— Quel est le rapport avec…

— Oh, mon Dieu ! m'a coupée Liz.

J'ai suivi des yeux son doigt, pointé vers les premières branches de l'arbre. Ça alors ! Je n'avais jamais entendu dire que Gilly s'était mariée. Encore moins qu'elle avait eu un enfant… et que le nom de famille de celui-ci était « McHenry » !

Et moi qui pensais être la seule héritière de Gilly !

— Si Macey McHenry veut nous rejoindre, a repris ma mère, elle est la bienvenue.

Elle pivotait sur ses talons pour prendre congé quand Liz l'a interpellée :

— Mais, madame, comment elle va rattraper son retard ?

— Je dois bien admettre que Mlle McHenry n'est pas au niveau seconde. C'est pourquoi elle suivra la plupart des cours des sixième.

Bex a grimacé un sourire à mon intention. Mais même l'image de Macey étendant ses jambes de top model au milieu d'une classe de gamines ne pouvait me faire oublier un détail d'importance. En ce moment même, deux types chauves lui installaient un lit dans notre chambre ! Et je n'étais pas sûre de vouloir lui laisser une place. Ni dans notre chambre, ni dans ma vie…

Pourtant, l'espionne tapie au fond de moi savait que j'avais tout intérêt à sympathiser avec Macey McHenry, si je voulais un jour voir le sous-sol numéro 2. Je n'avais pas le choix.

— Quand est-ce qu'elle arrive ? ai-je demandé.

— Lundi.

Le dimanche soir, j'ai retrouvé ma mère dans son bureau autour de nuggets et de frites. Même si ses repas sont loin d'être digestes, ça me fait toujours plaisir qu'elle les prépare elle-même. D'ailleurs, mon père disait tout le temps que le plus dangereux, chez elle, c'était sa cuisine… Un étage plus bas, mes amis se régalaient des petits plats concoctés par un chef cinq étoiles. Pourtant, en regardant ma mère déambuler dans le vieux tee-shirt de papa, qui lui donnait un air d'ado, je n'aurais échangé ma place pour rien au monde. Même pas pour la meilleure crème brûlée de l'univers.

— Alors, comment se sont passés les cours ?

Maman posait toujours cette question, comme si elle ne connaissait pas la réponse. Après tout, elle n'en savait peut-être rien. Ou alors, comme tout agent secret qui se respecte, elle voulait entendre les versions de chacun avant de se faire une idée.

J'ai trempé une frite dans la sauce en répondant :

— Bien.

— Et le cours d'opérations secrètes ?

Est-ce qu'elle ne chercherait pas à savoir si le nouveau prof était à la hauteur, par hasard ?

— Il est au courant pour papa.

C’était sorti comme ça, sans que je réfléchisse. J’ai regardé fixement ma mère, regrettant que M. Solomon ne nous ait pas donné à lire *Décrypter le langage corporel* plutôt que *Les Bases de la surveillance.*

— Cammie, M. Solomon n’est pas le premier à apprendre ce qui est arrivé à papa. Et il ne sera pas le dernier. Il faut que tu t’habitues aux regards des gens et aux allusions que certains pourraient faire. C’est le cas de M. Solomon, pas vrai ?

— En quelque sorte.

— Et comment as-tu réagi ?

Je n’avais pas crié ni pleuré, alors j’ai répondu :

— Plutôt bien.

— Parfait.

Elle m’a caressé les cheveux, et je me suis demandé pour la énième fois si elle n’avait pas deux paires de mains : une pour le travail – en fer – et une pour ces moments-là – en velours. Je l’imaginais assez bien en prendre une dans une mallette avant d’y ranger l’autre. Si ça trouve, le docteur Fibs lui-même les lui avait fabriquées…

— Je suis fière de toi, ma chérie. Tu verras, ça ira beaucoup mieux bientôt.

Ma mère est la meilleure espionne que je connaisse. Elle devait donc avoir raison…

Quand je me suis réveillée le lendemain matin, je savais qu’on était lundi. Mais j’avais complètement oublié que, ce lundi-là, il devait se passer quelque chose de spécial. C’est pourquoi je me suis figée en entendant la voix de Mme Buckingham retentir dans le Grand Hall, pendant que je prenais mon petit déjeuner.

— Cameron Morgan ! Suivez-moi, ainsi que mesdemoiselles Baxter et Sutton !

J'ai échangé des coups d'œil interloqués avec Bex et Liz tandis que le professeur expliquait :

— Votre nouvelle camarade est arrivée.

Même si je n'avais aucune envie de suivre Mme Buckingham, je n'avais pas trop le choix. Essayer de la neutraliser n'aurait pas arrangé les choses…

Je pensais juste trouver ma mère et Macey dans le bureau. Mais, quand Mme Buckingham a ouvert la porte, j'ai découvert M. Solomon et Jessica Boden assis côte à côte sur le canapé en cuir. Notre professeur d'opérations secrètes affichait un tel air d'ennui que j'ai presque eu de la peine pour lui. Jessica, quant à elle, se tenait bien droite, les fesses au bord du siège, comme si elle attendait avec impatience de remplir son rôle.

L'invitée d'honneur était installée devant le bureau. Même dans l'uniforme de l'école, elle ressemblait à un top model. Et elle n'a pas daigné se retourner quand on est entrées.

Liz, Bex et moi, on a rejoint l'alcôve sous la fenêtre, à l'autre bout de la pièce, et Mme Buckingham s'est arrêtée, au garde-à-vous, devant la bibliothèque.

— Macey, a commencé ma mère, j'espère de tout cœur que vous vous sentirez bien à la Gallagher Academy.

— Hum.

Ce qui, à mon avis, voulait dire : « Servez votre discours à quelqu'un d'autre. Je sais que vous dites ça uniquement parce que mon père vous a signé un énorme chèque. »

Une voix insupportable s'est élevée :

— Macey, quand les membres du conseil d'administration ont appris que tu avais été admise, ma mère…

— Merci, Jessica, l'a interrompue la mienne.

Je ne sais pas trop pourquoi je déteste Jessica Boden. Peut-être parce qu'elle se tient toujours droite comme un I. Je ne me fie jamais aux gens qui sont incapables de s'avachir sur un canapé.

Ma mère a ouvert une épaisse chemise posée sur son bureau avant de reprendre :

— Macey, j'ai vu que vous aviez fréquenté la Triade Academy pendant un trimestre. C'est bien ça ?

— Ouais.

Au moins, cette fille-là était du genre à se vautrer dans un canapé !

— Ensuite, vous avez passé une année entière à Wellington House. Deux mois à Ingalls. Oh ! et seulement une semaine à l'Institut Wilder.

— Et alors ?

Le ton de Macey était aussi tranchant que la lame du coupe-papier que Joe Solomon faisait tourner d'un air absent entre ses doigts.

— Vous avez fréquenté des établissements très différents, Macey…

— Je ne vois pas en quoi ils étaient si différents, a-t-elle rétorqué.

À peine avait-elle prononcé ces mots que le coupe-papier a volé à quelques centimètres de sa tête, en direction de Mme Buckingham. Celle-ci a aussitôt saisi un exemplaire de *Guerre et Paix* pour s'en servir de bouclier. Il s'en était fallu d'un cheveu pour que l'arme – qui s'était plantée dans la couverture en cuir – atteigne son but…

Pendant quelques secondes, on n'a rien entendu d'autre que la vibration de la lame, bourdonnant comme un diapason à la recherche du *do* central. Enfin, ma mère s'est penchée au-dessus de son bureau et a conclu :

— Macey, je crois que vous bénéficierez ici d'enseignements qu'aucun de ces établissements ne vous a jamais proposés.

— Qu'est-ce que… a bredouillé Macey. Qu'est-ce… Mais vous êtes dingues !

Il était temps que ma mère lui serve l'histoire de l'Academy dans sa version *complète*. Elle a donc commencé par évoquer l'existence de Gilly, puis s'est mise à lui raconter les anecdotes les plus marquantes.

Quand maman a eu fini, Bex a lancé « Bienvenue à l'école des espionnes ! » avec son véritable accent. Macey semblait complètement décontenancée, ce qui n'a pas empêché Jessica d'en rajouter une couche :

— Je sais que ça va être un grand changement pour toi, et c'est pour ça que ma mère – qui fait partie du conseil d'administration de l'Academy – m'a demandé de t'aider à…

— Merci, Jessica, l'a de nouveau interrompue ma mère. Je vais essayer de rendre les choses un peu plus claires.

Elle a saisi dans sa poche ce qui ressemblait à un banal boîtier de CD, l'a ouvert et y a placé son index. Un mince rayon a scanné son empreinte digitale et, lorsqu'elle a refermé l'objet, le décor autour de nous a repris l'apparence qu'il avait avant que l'Alerte Rouge se déclenche. La bibliothèque, qui exposait sa face arrière depuis une semaine, s'est retournée pour dévoiler son véritable aspect. Disney World a disparu du cadre posé sur le bureau, et Liz a lancé en portugais :

— *Será que ela vai vomitar ?**

---

* « Tu crois qu'elle va vomir ? » (Toutes les notes sont de la traductrice.)

Je me suis contentée de hausser les épaules, bien incapable de dire si Macey allait régurgiter ou non son petit déjeuner.

Celle-ci était maintenant cernée par les livres qui contenaient tous les secrets de l'Academy depuis sa création. Mais elle ne semblait toujours pas comprendre.

— Vous êtes tous fous à lier ! a-t-elle hurlé en se précipitant vers la porte.

Malheureusement pour nous, Joe Solomon lui a barré la route.

— Laissez-moi passer ! a-t-elle de nouveau crié.

Il a répliqué calmement :

— Désolé, mais je ne crois pas que la directrice en ait fini avec vous.

Ma mère a repris d'une voix posée :

— Macey, je comprends que vous soyez sous le choc. Mais vous ne devez pas avoir peur. Cet établissement est bien réservé aux jeunes filles exceptionnelles. Notre enseignement est exigeant. Et unique. Mais vous pourrez utiliser tout ce que vous aurez appris ici dans n'importe quel domaine et n'importe quelle partie du monde. C'est vous qui choisirez. *Si* vous décidez de rester. (Elle s'est avancée d'un pas.) Dans le cas où vous souhaiteriez partir, Macey, nous vous ferons tout oublier. Quand vous vous réveillerez demain matin, vous croirez avoir vaguement rêvé, et vous pourrez inscrire un nouveau renvoi à votre palmarès. De toute façon, peu importe votre décision. Tout ce qui compte, c'est que vous compreniez une chose.

— Quoi ?

— *Personne* ne saura *jamais* ce que vous avez vu et entendu ici aujourd'hui.

Macey considérait ma mère d'un regard assassin, et, comme celle-ci n'avait pas *Guerre et Paix* sous la main, elle a dégainé le meilleur argument qu'elle a pu trouver :

— Et surtout pas vos parents.

Et dire que je croyais ne jamais voir Macey McHenry sourire…

CHAPITRE 5

On entamait seulement la troisième semaine de cours, et mon sac à dos pesait autant que moi. On avait une tonne de devoirs. En plus, d'après ce qu'annonçait le panneau du Grand Hall, on avait intérêt à dépoussiérer notre russe si on voulait pouvoir parler pendant le déjeuner. Pour couronner le tout, j'étais crevée de devoir faire la part du vrai et du faux toute la journée dans les rumeurs qui circulaient. Pas besoin de préciser qui en était la cible.

On murmurait par exemple que Macey McHenry avait été renvoyée de son dernier lycée parce qu'elle était enceinte du directeur. FAUX. Pendant un cours de sport, elle aurait donné un coup de pied si violent à une élève que celle-ci était restée K-O une heure. VRAI. Elle aurait aussi dit à une terminale qu'elle avait l'air d'avoir une perruque sur la tête… et au professeur Buckingham qu'elle ferait bien d'essayer les collants ventre plat ! VRAI. VRAI.

Pendant qu'on se rendait de la salle de Mme Dabney à l'ascenseur menant au sous-sol numéro 1, Tina Walters m'a répété pour la énième fois :

— Cammie, tu n'avais même pas besoin de voler le dossier… Juste jeter un petit…

— Tina ! l'ai-je interrompue sèchement. (Puis j'ai repris à voix basse, consciente qu'un couloir rempli de futures espionnes n'est pas le meilleur endroit pour une conversation censée rester secrète :) Je n'allais pas chourer le dossier de Macey juste pour savoir si elle a vraiment mis le feu au gymnase de son ancien lycée.

— Emprunter, a insisté Tina. Juste pour y glisser un œil.

— Non ! ai-je répété.

Au fond du couloir, Liz fixait le miroir qui dissimulait l'ascenseur comme si elle ne reconnaissait pas son reflet.

— Qu'est-ce qui se… ? ai-je commencé avant de voir le papier jaune collé dessus.

— Il est en panne ou quoi ?

Et puis j'ai lu ce qui y était écrit :

Le cours des seconde est annulé.
Rendez-vous à 19 h.
Portez autre chose que vos uniformes !
J. Solomon

La silhouette de Bex est apparue à côté de la mienne dans le miroir, où nos regards se sont croisés. J'ai arraché le mot avec la ferme intention d'aller le ranger dans les archives du lycée. C'était tellement dingue ! D'abord, je n'avais jamais entendu dire qu'un cours ait été annulé ici. Ensuite, je n'arrivais pas à croire que Joe Solomon ait invité quatorze filles à ce qui ressemblait à une balade au clair de lune…

Les choses commençaient à devenir sacrément intéressantes !

J'avais déjà vu Liz angoisser à l'approche des devoirs sur table. Mais là, elle était aussi blanche que le sel de la salière ! Elle profitait du déjeuner pour réviser ses fiches d'opérations secrètes, s'arrêtant de temps en temps pour regarder en l'air, la mine concentrée. Elle croyait que les réponses étaient écrites sur son front ou quoi ? Cela dit, c'était possible. On peut s'attendre à tout avec Liz.

— Liz, est-ce qu'une épreuve d'opérations secrètes se prépare, par hasard ? ai-je demandé en russe. J'ai dû louper un truc.

— Tu te fiches de moi ? a-t-elle crié dans la même langue. T'as oublié ce qui nous attend à 19 heures ?

J'ai fini par abandonner le russe pour murmurer dans notre langue maternelle :

— Mais… personne ne sait ce qui va se passer ce soir.

— Justement ! a-t-elle clamé en se rapprochant. Tout ce qui est écrit là-dessus peut nous tomber sur la figure.

Qu'est-ce qu'elle imaginait ? Que le parc allait se transformer en zone de guerre ?

— Ou pire… (Elle a lancé des coups d'œil autour d'elle avant de se pencher vers moi.) Ce qui peut nous arriver *n'est peut-être même pas évoqué dans nos bouquins* !

— Je parie qu'on va devoir neutraliser des dealers à la sortie d'une boîte de nuit, a hasardé Bex.

Il faut qu'elle arrête de regarder des séries policières, celle-là !

Liz a dégluti, puis elle a agrippé ses fiches de révision tellement fort que ses articulations sont devenues toutes blanches.

— T'inquiète, Liz. Ça ne sera rien de tout ça, ai-je affirmé à mi-voix.

Quand j'ai relevé la tête, je me suis rendu compte que toutes les seconde me dévisageaient.

— Pourquoi ? m'a interrogée Tina. Ta mère t'en a parlé ?

— Mais non !

— T'es sûre que Solomon ne lui a pas demandé de lui fournir deux hélicoptères, trois tasers et des passeports brésiliens ?

Avant que j'aie pu répondre à cette question ridicule, les portes se sont ouvertes pour laisser entrer les sixième, qui ont lancé des « bonjour ! » en russe à tout le monde. Les pauvres, elles ne savaient dire que ça, pour l'instant. Le point positif, c'est que mes camarades m'ont aussitôt oubliée, soudain absorbées par leur occupation favorite depuis une semaine. Observer Macey McHenry.

Il n'y avait qu'elle pour oser porter du vernis à ongles noir avec un chemisier à col rond. Elle a traversé le Grand Hall avec son air de reine, puis, comme d'habitude, elle a pris une assiette de salade verte sans sauce avant de se diriger vers nous. Mais, contrairement à son habitude, elle s'est laissée tomber à côté de Bex.

— J'en ai vraiment marre de ces lilliputiennes collées à mes basques ! a-t-elle maugréé.

Jusqu'à maintenant, je ne l'avais entendue dire que des trucs du genre « Dégage, tu me fais de l'ombre » ou « Ma mère connaît un chirurgien très bien qui pourrait t'arranger la tronche ». Pourquoi est-ce qu'elle daignait nous parler, tout à coup ?

— Qu'est-ce qui lui prend ? s'est étonnée Liz en russe.

Mais Macey s'est tournée vers elle pour lui lancer :

— C'est pas à toi que je cause.

Ça alors ! Je ne pensais pas que l'héritière d'un géant des cosmétiques comprenait le russe ! Chose d'autant plus étonnante que Macey a été virée d'un tas d'écoles.

Elle s'est penchée vers Liz, qui a aussitôt reculé.

— J'aimerais savoir un truc. Comment tu fais pour avoir l'air aussi cruche ? T'es pas censée être intelligente ?

De livide, Liz est passée au rouge tomate, et ses yeux ont commencé à s'embuer. Bex s'est dressée d'un bond. Rapide comme l'éclair, elle a tordu le bras de Macey derrière son dos et l'a attrapée par le piercing de l'autre main.

— Ouvre grand tes oreilles, ma vieille, a-t-elle lancé. Et mets-toi bien ça dans le crâne…

Mais Bex s'est figée en découvrant un truc incroyable. Macey souriait… On aurait même dit qu'elle se retenait pour ne pas éclater de rire !

La salle est devenue étrangement silencieuse, tout à coup, comme si quelqu'un avait baissé le son. J'ai agrippé Bex, qui elle-même agrippait toujours Macey, et Liz s'est cramponnée de plus belle à sa fiche.

— Rebecca, a dit une voix masculine.

Détournant les yeux du petit sourire en coin de Macey, j'ai posé mon regard sur Joe Solomon, debout derrière moi. Bex a lâché prise, et la circulation sanguine a pu reprendre dans le bras de son adversaire.

— Votre attitude pourrait vous causer de gros ennuis, vous savez, a-t-il prévenu.

Personne ne s'était jamais battu dans les couloirs de la Gallagher Academy. Chez nous, il n'y a ni gifle ni bousculade. Et surtout, on ne prend jamais le parti d'une élève contre une autre. Alors, si Bex n'avait pas été immédiatement interrompue, c'est sans doute parce que tout le monde considérait Macey comme une étrangère. Mais M. Solomon en était un, lui aussi. C'est peut-être pour ça qu'il prenait sa défense.

— Puisque vous tenez tant à vous faire remarquer, vous et vos amies, il se pourrait bien que vous vous retrouviez en première ligne, ce soir. (Il nous a jeté un coup d'œil sarcastique, à Liz et à moi.) Bonne chance !

Tandis que Liz replongeait le nez dans ses fiches, Bex et moi, on s'est dévisagées. Je lisais sur son visage exactement ce que je ressentais : de l'excitation. M. Solomon croyait peut-être nous donner une punition, mais pour nous c'était une chance inimaginable ! Même si j'avais aussi un peu la frousse… Après tout, on allait jouer pour de vrai, cette fois – peut-être avec de vraies armes…

Macey est retournée à sa salade, et Joe Solomon a ajouté en russe :

— N'oubliez pas, mesdemoiselles, que ce soir vous devez ressembler à des adolescentes ordinaires.

Le Grand Hall avait retrouvé son niveau sonore habituel, mais plus personne parmi les seconde, à part Macey, n'avait envie de toucher à son assiette. On était toutes préoccupées par ce que notre prof venait de nous rappeler. Dans quelques heures, on allait quitter notre petit cocon pour nous retrouver livrées à nous-mêmes.

Mais, ce qui m'effrayait le plus, c'était de ne rien trouver à me mettre.

Entre 13 heures et 18 h 45, la classe de seconde de la Gallagher Academy s'est progressivement métamorphosée. Une banale bande d'ados a remplacé notre groupe d'espionnes en herbe. Plutôt flippant, comme spectacle !

Il avait fallu à Liz tout l'après-midi pour se transformer. Elle avait trouvé un livre décrivant la tenue vestimentaire d'un agent secret en mission, et en avait copié les moindres détails, jusqu'au sac en cuir et au bibi à plumes ! (C'était un très vieux bouquin.) Dans les couloirs, on avait entendu un bon moment des filles crier « Quelqu'un n'aurait pas vu mes bottes noires ? » ou « Qui peut me prêter de la laque ? ». Il y avait vraiment de quoi s'inquiéter pour la sécurité du pays ces prochaines années !

Bex était canon, comme d'habitude, et Liz, ridicule (mais je me suis bien gardée de le lui dire). Quant à Macey, elle parcourait un ancien *Cosmo* comme si c'était une question de vie ou de mort de déterminer quel vert elle devait porter. Assise sur mon lit, en jean et haut noir, je n'avais rien d'autre à faire qu'attendre que le temps passe.

Tout à coup, Tina a déboulé dans notre chambre, tenant à bout de bras un pantalon en cuir noir et une jupe courte.

— Lequel vous préférez ?

J'étais sur le point de répondre « Aucun », quand Eva Alvarez est entrée en trombe à son tour.

— Qu'est-ce que vous en dites ?

Elle nous montrait une paire de bottes à talons hauts qui me faisait mal aux pieds rien qu'à les regarder.

— Euh… Tu crois vraiment que tu peux marcher avec ça ? ai-je demandé.

Mais quelqu'un a lancé :

— Ce genre de bottes est super à la mode à Milan.

Macey, qui nous regardait par-dessus son magazine, a ajouté :

— Si ça vous intéresse.

Quelques minutes plus tard, la moitié de notre classe avait débarqué dans notre chambre. Macey expliquait à Tina :

— Le crayon à lèvres, c'est pas censé se mettre sur les yeux, tu sais.

Le comble, c'est que Tina l'écoutait de toutes ses oreilles ! C'était pourtant elle qui avait fait courir le bruit que Macey était la fille illégitime de M. Smith ! Je n'en revenais pas de la voir passer aussi facilement dans le camp ennemi ! Tout ça pour une simple question de maquillage !

Quand j'ai vu Courtney essayer des boucles d'oreilles et Anna hésiter entre deux vestes, je n'étais plus tout à fait sûre de pouvoir compter sur elles en territoire hostile.

J'ai tenté de raisonner Eva :

— Tu sais, ce qui cartonne à Milan n'est pas forcément à la mode à Roseville.

Peine perdue. Elle ne m'écoutait pas.

— L'objectif, c'est de passer inaperçues, ai-je insisté.

Kim Lee a failli m'envoyer un coup de coude dans les côtes en enfilant un petit haut moulant. Du coup, j'ai perdu patience et j'ai hurlé :

— Qu'est-ce que vous croyez ? Qu'il va nous emmener danser ?

Anna a aussitôt remis la belle robe noire de Macey dans son armoire.

Ça faisait des années que j'attendais ma première mission sur le terrain. Depuis toute petite, en fait. J'avais même commencé à m'entraîner avec mon père. C'est comme ça, d'ailleurs, que je suis parvenue à devenir la fille la plus discrète de tous les temps. Mais, en regardant mes amies agglutinées autour de la nouvelle, j'avais l'impression d'être carrément invisible !

— Oublie les boucles d'oreilles, conseillait Macey à Eva. Anna, rentre ta chemise. (Elle s'est tournée vers Courtney Bauer.) C'est quoi cette bave de limace sur tes cheveux ? (Courtney a tendance à abuser du gel.)

Bex et Liz, assises sur un lit, avaient l'air tout aussi choquées que moi.

J'ai crié :

— Hé !

Sans résultat. Du coup, j'ai émis un long sifflement, comme mon grand-père m'avait appris pour faire revenir les vaches.

Mes copines ont finalement tourné la tête vers moi, et j'ai annoncé :

— C'est l'heure.

Un grand silence s'est abattu dans la chambre. Cette fois, tout le monde a pris conscience que ce n'était plus le moment de s'amuser.

— Bonsoir, mesdemoiselles.

La voix qui s'élevait dans la pénombre était pour le moins déconcertante. Expliquer ma déception ici gâcherait trop de papier. Mais vous pouvez deviner ce que j'ai pu ressentir en voyant M. Mosckowitz apparaître à la place de Joe Solomon.

— Mais vous êtes toutes très…

Les yeux lui sortaient des orbites. Il n'avait jamais vu de soutien-gorge rembourré ni d'eye-liner de sa vie ou quoi ?

— … jolies.

Il a tapé dans ses mains, sans doute pour essayer de contrôler le tremblement qui les secouait. Puis il a dit d'une voix chevrotante :

— Eh bien, vous allez devoir relever un sacré défi, ce soir. (Il a semblé hésiter.) Comme nous tous, d'ailleurs.

M. Mosckowitz a remonté ses lunettes sur son nez pour scruter le sentier. Même moi, je ne sais pas ce qui se cache dans les recoins obscurs du parc. Tout ce que j'en connais, ce sont les chemins où on fait notre jogging et le terrain de sport – qui, soit dit en passant, dissimule un héliport. Mais, à la Gallagher Academy, personne n'ignore que la forêt est truffée de pièges. De quoi vous donner la chair de poule !

Et si des snipers nous y attendaient ? Ou des chiens enragés ? Ou alors…

Soudain, le gravier a crissé. J'ai fait volte-face. Une camionnette FedEx se dirigeait vers nous en ronflant. Qui pouvait bien avoir besoin d'un colis urgent à cette heure-là ? M. Solomon est descendu du véhicule, puis il a crié « Montez ! » et j'ai compris que le colis… c'était *nous*.

L'une des fiches de Liz m'est aussitôt revenue en mémoire. *Opération secrète, règle numéro 1 : ne jamais hésiter.* Du coup, quand M. Mosckowitz a ouvert la porte arrière, j'ai grimpé d'un bond à l'intérieur.

Contrairement aux camionnettes d'espions qu'on voit dans les films, elle n'était pas munie d'écrans ni de casques audio. Il n'y avait que des piles et des piles de colis. Ce qui voulait dire… que M. Solomon l'avait volée ! Ouah ! Ça, c'était trop fort !

— Que personne ne touche à ces paquets ! nous a-t-il ordonné pendant qu'on s'installait.

Il s'est engouffré derrière nous, plantant là ce pauvre M. Mosckowitz. Celui-ci le regardait d'un air envieux. On aurait dit un petit ramasseur de balles qui voyait partir le super-champion après avoir eu l'honneur de porter sa raquette…

— Harvey ? a lancé notre prof d'un air impatient. L'heure tourne…

Puis il lui a balancé les clés.

— Oh ! a fait M. Mosckowitz, comme s'il venait de se réveiller. Bien sûr.

Vous allez peut-être me trouver dérangée, mais ce n'est pas comme ça que j'imaginais mon premier rencard dans l'obscurité avec un type du genre de Joe Solomon. Et je suis presque sûre que toute la classe pensait la même chose.

— Les agents secrets en mission donnent toujours de fausses informations, a expliqué notre professeur. Que ce soit au sujet de leur nom, de leur date de naissance ou de leur dessert préféré. Comment appelle-t-on l'ensemble de ces informations ?

— Une couverture ! a répondu Liz.

Décidément, tant qu'il y aura des contrôles de connaissances, Liz sera à l'aise dans toutes les situations.

— Très bien, mademoiselle Sutton.

Même dans le noir, je savais que mon amie était au nirvana.

— Jeunes filles, a repris notre prof, à partir de maintenant, vous devez vous comporter comme des adolescentes normales. Je pense que ça ne sera pas trop difficile pour vous…

J'ai cru sentir une pointe d'ironie là-dedans. Pourtant, il n'y avait rien de drôle, parce qu'il est sûr qu'on est tout sauf normales.

— Lorsque vous procédez à une filature à trois, la personne qui garde l'œil sur le pigeon – c'est-à-dire la personne à surveiller – est le…

— Leader !

— Parfait. Maintenant, un conseil : échangez les rôles souvent, mais pas trop. Ne conservez pas toujours la même allure ni la même distance et surtout…

Soudain, la camionnette s'est arrêtée et le moteur a été coupé.

J'avais envie de crier : « Et surtout quoi ? » C'était le moment le plus important de toute ma vie, et notre professeur d'opérations secrètes oubliait de conclure !

Une petite lampe s'est allumée au plafond, nous inondant d'une lumière orangée, et une musique qui ressemblait à celle qu'on entend dans les manèges a retenti dehors.

M. Solomon a installé un écran sur une étagère et l'a connecté. Je m'attendais à y découvrir le paysage extérieur, mais non. Tout ce que je voyais, c'étaient les quatorze visages des élèves de seconde – y compris le mien.

— Sur le terrain, les choses ne se dérouleront jamais comme prévu. Vous devez donc apprendre à maîtriser l'art de l'improvisation. La mission de ce soir, par exemple, nécessite un véhicule que la Gallagher Academy ne possède pas. Je me suis donc arrangé autrement.

Plus de doute possible. Il avait bien volé la camionnette !

Il nous a tendu des oreillettes, à Bex, Liz et moi, avant de dire :

— Voici l'outil indispensable pour communiquer entre vous. N'hésitez pas à vous en servir.

Puis il a sorti une paire de lunettes en écaille, un pin's *I love Roseville* et une chaîne supportant une croix en argent.

— Ces gadgets sont équipés de minuscules caméras, ce qui nous permettra de suivre vos faits et gestes et de les commenter.

La chaîne s'est balancée à son doigt et, sur l'écran, l'image de mes camarades a tangué.

— Une dernière chose. Même s'il s'agit d'un simple exercice servant à illustrer mon cours, ne comptez pas sur notre aide au cas où ça tournerait mal pour vous.

Eh bien, dans ce cas, on allait faire sans... Pas le choix. Mais cette idée me rendait un peu nerveuse. Il y avait de quoi, non ? D'ailleurs je n'étais pas la seule. Les genoux de Bex tremblaient légèrement, et Liz se tordait les mains de désespoir. Les autres filles aussi avaient l'air tendues, et pas seulement à cause de la présence toute proche de Joe Solomon.

Les portes arrière se sont ouvertes, et la musique s'est amplifiée. La première chose que j'ai vue, c'est la casquette orange vif de M. Mosckowitz.

— Ils sont tout près, a déclaré celui-ci en passant la tête à l'intérieur.

M. Solomon a branché un câble dans un haut-parleur, et j'ai entendu la voix de ma mère qui disait :

— Le temps est parfait pour aller se balader.

Je me suis figée net. « Pitié, pas ma mère, ai-je supplié. Pas ma mère. »

J'avais à peine formulé ma prière que M. Solomon nous a expliqué :

— Les individus les plus difficiles à surveiller se classent en trois catégories. Ceux qui sont eux-mêmes agents secrets. Ceux qui se doutent qu'ils sont suivis. Et vos proches. (Il s'est interrompu un instant avant de reprendre :) Mesdemoiselles, c'est le moment de nous montrer ce dont vous êtes capables.

Il nous a tendu une photo en noir et blanc qu'il venait de sortir de sa poche.

— Oh, mon Dieu ! s'est exclamée Bex, tandis que Liz, sous le choc, laissait tomber ses fiches.

— M. Smith ? ai-je crié. Vous voulez qu'on file M. Smith ?

Je n'en revenais pas. Comment M. Solomon pouvait-il nous demander de suivre ce type ? Il avait trente ans de métier, nous voyait tous les jours depuis la sixième, et, pour couronner le tout, c'était l'être le plus parano du monde ! Les coups de bistouri étaient là pour le prouver !

Autant nous demander de surveiller une équipe entière de super-champions de la CIA ! Contre un agent comme Smith, trois élèves de la Gallagher Academy n'avaient aucune chance.

— Mais… mais… mais… ai-je bredouillé. Il ne s'aventurera jamais en terrain inconnu, comme ça, sur un coup de tête. Ce n'est pas du tout son genre.

M. Solomon s'est contenté de sourire. Il savait que c'était une mission impossible – et c'est pour cette raison précise qu'il nous la confiait.

— Faites-moi confiance, mesdemoiselles, a-t-il déclaré d'un air grave. Personne ne peut prédire le comportement de M. Smith. La seule chose dont on peut être sûr, c'est que, ce soir, c'est la fête à Roseville et que notre ami a un faible pour la barbe à papa.

« Amusez-vous bien ! » a lancé la voix de maman dans le haut-parleur.

— Votre mission, a expliqué M. Solomon, consiste à découvrir ce qu'il boit avec sa barbe à papa.

Quoi ? J'avais attendu toute ma vie cette première opération et, tout ce qu'on me demandait, c'était ça ?

— Le pigeon passe devant la caserne des pompiers, Renard Rusé, a murmuré ma mère. Il est à vous.

Puis elle a coupé le contact, nous laissant seules avec « Renard Rusé » et un savant fou coiffé d'une casquette orange fluo.

M. Solomon m'a tendu la petite croix en argent, que j'ai prise sans hésiter. J'allais en avoir besoin.

CHAPITRE 6

J'adore Bex et Liz. Vraiment. Mais, quand votre mission consiste à filer un agent aussi expérimenté que M. Smith, Miss Amérique et un génie habillé comme Jackie Kennedy ne forment pas l'équipe idéale.

— Je m'occupe de lui, a décidé Bex. Vous deux, vous n'avez qu'à me suivre, d'accord ?

Je suis allée rôder de l'autre côté de la petite place, près du bassin-trempette où des volontaires tombaient chaque fois que quelqu'un atteignait la cible à l'aide d'une balle.

En voyant des gens se promener avec des pommes d'amour, j'ai eu envie d'aller m'acheter un hot-dog. Vous devez penser : « Qu'est-ce que c'est que cette fille qui se permet de casser la croûte en pleine mission ? » Mais, croyez-moi, le meilleur moyen de passer inaperçue, c'est de se fondre dans la masse. Pas question de se tapir derrière les arbres ou de s'engouffrer dans les boutiques chaque fois que le pigeon se retourne ! Alors, quand tout le monde mange des hot-dogs, il n'y a pas à hésiter !

Pendant que la fanfare s'échauffait, Bex, en face de moi, flânait devant la bibliothèque. Liz était censée se trouver derrière moi, mais impossible de la voir. Pourvu qu'elle ne soit pas en train de potasser ses devoirs… M. Smith, à quelques mètres de Bex, allait et venait comme un père de famille ordinaire.

— Comment ça se passe de ton côté, Duchesse ? ai-je demandé à Bex dans mon micro.

— Je déteste ce nom de code, a-t-elle rétorqué.

— OK, dans ce cas on l'oublie, Princesse.

— Cam…

— Caméléon, t'es où ? a interrompu la voix de Liz. Je t'ai perdue de vue.

— Je suis près du bassin-trempette, Rat de Bibliothèque.

— Alors, lève les bras !

J'imaginais très bien Liz sur la pointe des pieds, en train de scruter la foule.

— Le but, c'est justement de ne pas nous faire remarquer, lui a rappelé Bex.

— D'accord, mais comment je peux vous suivre si je ne… Ah, ça y est, je te vois, Cammie !

Je n'étais pas surprise que mon amie ait tant de mal à me repérer. Le banc sur lequel j'étais assise se trouvait en terrain dégagé. Je n'aurais jamais pu être plus visible, même avec un néon rouge au-dessus de la tête. C'était pourtant le meilleur moyen de passer inaperçue. Personne – pas même votre meilleure amie – ne prêtera attention à une fille ordinaire qui mange un hot-dog dans un parc. Si vous savez prendre une apparence et une attitude banales, c'est très facile de devenir invisible.

« Il fait demi-tour », a murmuré Bex.

Les choses sérieuses commençaient. J'ai quitté mon banc pour gagner lentement le trottoir, sachant que notre pigeon, de l'autre côté de la place, se dirigeait vers moi. Il est passé devant Bex, qui a tourné la tête d'un air nonchalant. Un amateur aurait regardé sa montre et tourné les talons, comme s'il se souvenait qu'il devait se rendre à un rendez-vous. Pas Bex, qui a continué sa route très naturellement.

La moitié de la ville était venue à la fête foraine, et il y avait pas mal de monde entre M. Smith et moi – ce qui était une bonne chose. Dans une foule, ce sont ceux qui gesticulent beaucoup qu'on remarque le plus. Du coup, chaque fois que M. Smith se retournait, je m'immobilisais. Lorsqu'il avançait, j'attendais quelques secondes pour me remettre en marche. Mon père disait toujours que, au cours d'une filature, il faut imaginer qu'un élastique relie l'agent au pigeon ; l'élastique doit se tendre et se détendre indépendamment du pigeon. Un principe que j'ai essayé d'appliquer à la lettre. Quand quelque chose m'intéressait, je m'arrêtais. Quand j'entendais quelqu'un rire, je riais aussi. Quand je passais devant un marchand de glaces, j'en achetais une tout en gardant un œil sur M. Smith.

De là à dire que c'était facile… Pour ma première mission, j'ai toujours pensé que je devrais récupérer des dossiers top secret ou un truc dans le genre. Je n'aurais jamais imaginé qu'on me demanderait de filer mon prof de géopolitique dans une fête foraine pour découvrir ce qu'il buvait avec sa barbe à papa ! Et le plus dingue, c'est que cette tâche-là était sans doute beaucoup plus difficile ! M. Smith se comportait comme si des tueurs à gages rôdaient dans le coin. Il utilisait toutes les techniques de contre-surveillance décrites dans les bouquins – ceux que j'ai lus en tout cas. Ça devait être épuisant ! Il ne pouvait même pas aller s'acheter une barbe à papa sans faire volte-face à tout bout de champ ni vérifier que personne n'était embusqué derrière une façade.

À un moment, j'ai vraiment cru qu'il allait me griller, à force de se retourner. Heureusement, j'ai pu me cacher derrière un groupe de vieilles dames. L'une d'elles a trébuché, et je me suis précipitée pour la retenir. J'ai alors vu M. Smith s'arrêter devant une vitrine pour en observer le reflet. Mais j'étais loin derrière lui et entourée par une mer de cheveux gris. Ouf ! J'avais eu chaud ! Enfin… c'était vite dit, parce que les vieilles dames se sont tournées vers moi. Et là, j'ai compris que je n'étais pas au bout de mes peines.

— Merci, jeune fille, a dit la plus âgée. (Elle m'a regardée d'un œil curieux.) Je vous connais ?

À cet instant précis, la voix paniquée de Liz a soufflé dans mon oreillette : « Est-ce qu'on a échangé les rôles ? C'est Bex le leader maintenant ? »

Le professeur Smith s'avançait effectivement dans la direction de cette dernière. J'ai donc répondu « oui », et la vieille dame a haussé un sourcil en me dévisageant de plus belle.

— Ah bon ? Je ne me rappelle pas vous avoir déjà vue…

— Mais si, Betty, a répliqué l'une de ses amies, une main posée sur son bras. C'est la fille des Jackson.

Voilà pourquoi on m'appelle le Caméléon. Je suis la fille passe-partout qu'on confond toujours avec quelqu'un d'autre.

— Oh ! Est-ce que ta grand-mère est sortie de l'hôpital ? a demandé une autre.

Je ne savais pas qui étaient les Jackson, et encore moins comment se portait mamie. D'ailleurs, j'avais appris avec la mienne que la torture n'est rien comparée à une vieille dame qui veut absolument savoir quelque chose.

Pendant ce temps, alors que M. Smith s'approchait dangereusement de Bex, j'ai entendu celle-ci éclater de rire puis lancer : « Ouais ! Allez, les Pirates ! »

Depuis quand elle s'intéressait à l'équipe de foot locale et au match qui devait avoir lieu le soir même ?

Une bande de garçons en maillot de sport était en train de se rassembler dans la rue. Et devinez qui se trouvait au milieu d'eux : Bex !

Les vieilles dames continuaient à me regarder comme si j'étais une aiguille sur pattes dans laquelle elles n'arrivaient pas à faire passer leur fil. J'ai sorti la première chose qui me traversait la tête :

— Le docteur *Smith* lui a conseillé de partir pour le sud afin qu'elle ait *chaud.*

J'ai essayé d'apercevoir Bex dans la foule, en espérant qu'elle ait compris le message. Parce que le pigeon se dirigeait maintenant droit sur elle…

Mes espoirs se sont envolés quand je l'ai entendue dire : « J'adooore les ailiers ! »

— Oh, vraiment ? a repris mon interlocutrice. Et où compte-t-elle se rendre ?

La veste noire de M. Smith a disparu derrière les piliers de la bibliothèque.

— Vous savez, c'est un vrai *rat de bibliothèque*, ai-je déclaré.

Pourvu que Liz reçoive l'info !

— Elle a tellement hâte d'aller à la *bibliothèque* ! ai-je conclu les dents serrées en entendant mon micro grésiller.

« Oh, non ! » a soudain marmonné Bex.

Devant moi, les footballeurs descendaient la rue, mais sans elle. J'avais beau regarder de tous les côtés, je ne voyais ni mon amie ni M. Smith.

— Désolée, mesdames, je dois y aller, ai-je lancé en m'éloignant. Rat de Bibliothèque, tu les as repérés ? J'ai perdu de vue le pigeon et le leader. Je répète. J'ai perdu de vue le pigeon et le leader.

Arrivée au coin de la bibliothèque, j'ai scruté la rue dans laquelle M. Smith semblait avoir disparu. À part une longue rangée de lampadaires, il n'y avait rien. J'ai donc regagné la foule pour faire le tour de la place en sens inverse. Finalement, je me suis retrouvée à mon point de départ, juste derrière le bassin-trempette.

C'est sûr, j'avais manqué de vigilance. Et tout était fichu, maintenant. Dire qu'on avait été si près du but ! Un instant plus tôt, j'avais même imaginé ce que ça pourrait être d'entendre Joe Solomon lancer : « Bien joué ! »

Ils avaient tous disparu : Smith, Bex et Liz. Mais je ne pouvais quand même pas tourner les talons et rentrer au manoir ! J'ai donc mis le cap vers le stand de barbes à papa. C'était le seul endroit où, à un moment ou à un autre, j'étais sûre de tomber sur Smith. Mais, en passant près du bassin-trempette, je n'ai pas fait attention au gros policier qui s'asseyait sur le siège suspendu au-dessus de la cuve remplie d'eau. J'ai juste entendu la balle frapper la cible en métal et aperçu quelque chose bouger à ma droite. Malheureusement, tous les entraînements sportifs du monde n'auraient pas pu m'aider à éviter l'énorme vague qui s'est abattue sur moi.

Je n'aurais jamais imaginé que ma première mission coïnciderait avec mon premier concours de tee-shirts mouillés… Pendant que je frissonnais de la tête aux pieds, des gens ont accouru vers moi, armés de serviettes, en me proposant de me raccompagner chez moi.

Je m'étais déjà fait assez remarquer comme ça, alors je les ai remerciés avant de m'éloigner. Quelques mètres plus loin, j'ai sorti un billet trempé de ma poche et je me suis acheté un tee-shirt barré de l'inscription « Allez, les Pirates ! » pour être un peu plus au sec.

Dans mon oreille, le grésillement s'était changé en néant. Ma croix en argent était peut-être à la pointe de la technologie, mais elle n'était visiblement pas waterproof…

Je suis allée droit au stand de barbes à papa, avec l'intuition qu'à tout instant le scénario catastrophe pouvait m'attendre au coin d'une allée. Et ça n'a pas loupé.

M. Smith venait de surgir devant le banc où Bex et Liz étaient installées, et son expression faisait vraiment peur à voir. Sa nouvelle tête lui donnait déjà un air sévère, mais là, quand il s'est penché vers Liz en criant « Mademoiselle Sutton ! », je peux vous dire qu'il fichait une sacrée trouille.

Alors que Liz se ratatinait sur elle-même, Bex s'est contentée de croiser les bras.

— Qu'est-ce que vous fabriquez ici, toutes les deux ? a tonné M. Smith. Mademoiselle Baxter, vous allez m'expliquer pourquoi Mlle Sutton et vous avez quitté votre établissement et pourquoi vous me suivez depuis une demi-heure.

Mes amies ont échangé un regard, puis Bex s'est tournée vers notre professeur.

— Je mourais d'envie de manger un hot-dog, a-t-elle prétexté.

Ce n'était pas très crédible venant d'une élève qui dégustait tous les jours la cuisine raffinée du chef Louis. Mais bon, M. Smith n'a rien trouvé à y redire. C'était déjà ça !

Et moi, qu'est-ce que j'étais censée faire dans toute cette histoire ? Après tout, notre mission n'était pas terminée. Il y avait encore de l'espoir, et je pouvais peut-être sauver la situation.

Je commençais vraiment à détester Joe Solomon. Non content de nous envoyer prendre M. Smith en filature, il ne nous avait même pas expliqué comment agir si on se faisait griller. Est-ce que je devais provoquer une diversion pour que Liz et Bex puissent s'échapper ? Ou trouver une arme et sauter sur M. Smith pour le neutraliser ? Ou simplement aller rejoindre mes amies sur le banc d'infamie ?

Du coin de l'œil, j'ai vu la camionnette FedEx passer à quelques mètres. Pourvu qu'elle s'arrête ! Pourvu qu'une armée en sorte pour nous tirer de ces sales draps ! Évidemment, rien de tout ça ne s'est passé. M. Solomon nous avait prévenues. Et, de toute façon, la rue grouillait de monde. Même s'il l'avait voulu, il n'aurait jamais pris le risque de se faire repérer.

— Allez, levez-vous ! a ordonné M. Smith en jetant une bouteille de Coca dans la poubelle. On finira cette petite conversation au manoir.

Dissimulée dans l'ombre, j'ai regardé le trio passer devant moi. C'est là que j'ai réalisé une chose. J'étais *vraiment* invisible. La preuve : mes deux meilleures amies m'avaient presque frôlée sans me remarquer. Et c'était tant mieux. Parce que je n'en avais pas fini avec M. Smith.

J'ai attendu de les voir disparaître, puis j'ai traversé la rue. Personne n'a fait attention à moi. Personne ne m'a demandé mon nom ou dit que je ressemblais à ma mère. Je n'ai décelé aucune tristesse dans les yeux que les gens posaient par hasard sur Cammie Morgan, la fille qui a perdu son père. Dans les rues de Roseville, j'étais une ado ordinaire. C'était tellement agréable que, pour un peu, je me serais abstenue d'aller récupérer la bouteille en verre de M. Smith dans la poubelle.

— Mission accomplie, ai-je murmuré en la saisissant.

Puis j'ai pivoté sur mes talons. Il était temps de regagner mon univers. Celui où j'étais invisible, mais pas inconnue.

C'est là que je l'ai vu. Un garçon, de l'autre côté de la rue, me regardait fixement.

CHAPITRE 7

Sous le choc, j'ai laissé tomber la bouteille – laquelle, par chance, a roulé sur le trottoir sans se casser. Je me suis précipitée pour la rattraper, mais une main m'a devancée. Une grande main virile – je mentirais en disant que je n'ai pas frissonné à son contact. Ça m'a chatouillée un peu de la même façon que la crème du docteur Fibs – celle qui permet de modifier ses empreintes digitales. Mais en beaucoup mieux…

Je me suis relevée, et le garçon m'a tendu la bouteille.

— Salut, a-t-il lancé.

Il avait une main enfoncée dans la poche de son jean trop large, qui découvrait à moitié ses hanches, et ses Nike d'un blanc éblouissant disparaissaient presque dessous.

— Tu viens souvent ici ?

Je n'ai pas pu m'empêcher de sourire.

— Tu sais, a-t-il repris, t'es pas obligée de répondre. Je connais toutes les poubelles de cette ville, et, même si celle-ci est très jolie, elle n'est pas digne d'une fille comme toi. (J'ai ouvert la bouche pour protester, mais il a continué :) Celles de la rue d'à côté sont bien plus chics.

Contente de pouvoir mettre à profit les cours de M. Solomon, j'ai observé attentivement mon interlocuteur. Il mesurait environ un mètre quatre-vingts, avait des cheveux bruns ondulés et des yeux qui n'avaient rien à envier à ceux de mon professeur d'opérations secrètes. Mais, ce qui était le plus craquant chez lui, c'était sa façon de sourire. Tous les traits de son visage s'éclairaient à ce moment-là. N'importe quelle fille aurait fondu à ma place. Mais bon, je n'étais peut-être déjà plus très objective…

— Elle doit être vraiment spéciale, cette bouteille, a-t-il fait remarquer.

Qu'est-ce que je devais avoir l'air tarte ! Complètement décontenancée par son charme, j'ai sorti le premier truc qui me traversait l'esprit… en oubliant la couverture préparée avec mes amies.

— C'est pour mon chat !

Il a haussé un sourcil. J'ai cru qu'il allait sortir son téléphone pour me signaler au premier hôpital psychiatrique du coin. J'ai continué à toute allure :

— Il aime bien jouer avec les bouteilles. Mais la dernière s'est cassée, et un bout de verre lui est entré dans la patte. Je parle de Suzie. C'est comme ça que s'appelle mon chat – celui qui s'est blessé à la patte. Enfin, je n'en ai qu'un. Voilà pourquoi j'ai besoin de cette bouteille. Mais bon, je ne suis même pas sûre qu'il en veuille, vu qu'il s'est…

— Mis du verre dans la patte, a-t-il achevé.

J'ai enfin pu reprendre mon souffle.

— Exactement.

OK, j'aurais pu trouver mieux, comme explication. Cela dit, le garçon qui m'avait prise la main dans le sac était un mélange de George Clooney et d'Orlando Bloom, ce qui, avouez-le, ne m'aidait pas à réfléchir. S'il avait ressemblé à l'un des hobbits du *Seigneur des anneaux*, j'aurais sans doute eu les idées plus claires.

La camionnette FedEx a tourné au coin d'une allée. Le moteur tournait au ralenti… ce qui signifiait qu'elle m'attendait. J'ai pivoté pour me diriger vers elle, mais l'inconnu m'a demandé :

— T'es nouvelle à Roseville, pas vrai ?

Je n'avais pas besoin que M. Solomon klaxonne pour deviner son impatience – ce que, d'ailleurs, il n'aurait jamais fait.

— Euh… comment t'as deviné ?

Il a haussé les épaules, les mains enfoncées encore plus profond dans ses poches.

— Je suis né et j'ai grandi à Roseville. Comme la plupart des gens ici. Et c'est la première fois que je te vois.

J'ai eu envie de répliquer : « Sans doute parce que je suis la fille que personne ne remarque. » C'est là que j'ai réalisé un truc incroyable. Pourquoi *lui* m'avait-il remarquée ? J'en ai eu le souffle coupé… aussi violemment que si j'avais reçu un coup de pied dans l'estomac.

— Mais… heu… a-t-il repris. Je suppose que je te verrai en cours…

Quoi ? Qu'est-ce qu'il racontait ? Aucun garçon n'avait jamais été accepté à la Gallagher Academy – d'autant plus que, selon les affirmations de Tina, un lycée d'agents secrets au masculin existerait quelque part dans le Maine. D'ailleurs, elle tanne ma mère tous les ans pour qu'on fasse une sortie scolaire dans ce coin.

— Je ne suis pas dans le public, ai-je expliqué en secouant la tête.

Il a eu l'air un instant surpris. Puis il a baissé les yeux sur la croix en argent qui pendait à mon cou.

— Ah, je vois. Tu prends des cours à domicile ? C'est pour des raisons… heu… religieuses ?

— On peut dire ça… (J'ai reculé d'un pas vers la camionnette.) Je dois vraiment y aller.

— Hé, attends ! Il fait nuit noire. Laisse-moi te raccompagner. C'est pas prudent de rentrer toute seule.

J'ai failli lui rire au nez, vu que j'aurais pu le tuer d'un simple coup de bouteille. Pourtant, sa proposition était si gentille que je me suis retenue.

— Ça va aller, ai-je répliqué.

— Alors tu me laisses ? J'ai pas osé te l'avouer, mais en fait j'ai peur de rentrer tout seul ! a-t-il plaisanté.

Cette fois, je n'ai pas pu m'empêcher de rigoler, et j'ai crié :

— Tu n'as qu'à retourner à la fête !

Il ne me restait plus que dix pas avant d'atteindre le coin de la rue, quand il a lancé :

— Dis-moi au moins comment tu t'appelles !

— Cammie, ai-je répondu sans réfléchir.

Je me suis tout de suite rendu compte de mon erreur, mais je ne pouvais rien faire pour la rattraper, alors j'ai répété :

— Je m'appelle Cammie.

— Hé, Cammie…

Il s'éloignait maintenant à grands pas nonchalants vers les lumières de la fête.

— Dis à Suzie qu'elle a de la chance d'être ton chat… Au fait, moi, c'est Josh.

J'ai crié à mon tour :

— Au revoir, Josh.

Mais je ne crois pas qu'il m'ait entendue.

La camionnette FedEx attendait au bout de l'allée, lumières éteintes. J'ai regardé avec perplexité la bouteille de M. Smith dans ma main. Pourquoi est-ce que je l'avais ramassée, déjà ? Ah, oui, ça me revenait maintenant. J'ai un peu honte de le reconnaître, mais il avait suffi de quelques minutes passées avec un inconnu pour que ma mission me sorte complètement de la tête… Bon, maintenant, il était grand temps d'oublier les garçons, les poubelles et les chats nommés Suzie.

En ouvrant la porte arrière du véhicule, je m'attendais à découvrir mes camarades mortes de jalousie à l'idée que j'avais brillamment rempli ma mission. Mais tout ce que j'ai vu, c'était des piles et des piles de colis. Même l'écran avait disparu… Pas de doute, quelque chose clochait.

Je me suis dirigée vers la cabine du chauffeur. Une casquette orange était posée sur le tableau de bord, sans doute là où le conducteur d'origine l'avait laissée. Si je n'avais pas eu la bouteille dans la main, j'aurais cru avoir rêvé toute cette aventure… À présent, il ne me restait plus qu'à rentrer par mes propres moyens.

À mesure que mes bottes martelaient le trottoir, je voyais les lumières du manoir se rapprocher derrière le feuillage. Ma mère dit toujours qu'il faut se fier à son instinct. Et justement, à ce moment, une petite voix me murmurait de ne pas rentrer à l'Academy. En fait, je n'avais qu'une idée en tête : m'éloigner le plus possible de Joe Solomon et de M. Smith. Quand j'ai atteint les grilles, j'aurais donné n'importe quoi pour ne pas avoir à les franchir.

— Bonne soirée, Cammie ?

Un grand type costaud aux cheveux ras se tenait devant la maison du gardien. Chewing-gum. C'est comme ça qu'on l'a surnommé, vu qu'il est tout le temps en train d'en mâchonner.

Je m'avançais dans l'allée quand il m'a de nouveau interpellée :

— Hé, vous voulez que je vous dépose ?

Il a désigné d'un geste la petite voiture de golf derrière la maisonnette.

— Non merci. Bonne nuit.

Quand je suis arrivée dans le Grand Hall, j'ai filé droit vers l'escalier. Je mourais d'envie de prendre une douche et de me mettre au lit. Et surtout, je voulais me débarrasser de ce pressentiment désagréable. Celui qui ne me quittait plus depuis que j'avais vu la casquette orange abandonnée sur le tableau de bord de la camionnette. Même si j'avais récupéré la bouteille de M. Smith, je savais que ce n'était plus vraiment important.

Des bruits de pas ont retenti derrière moi, et j'ai entendu M. Mosckowitz crier :

— Attendez !

— Bonsoir, monsieur. J'ai beaucoup apprécié votre façon de conduire, ce soir.

Son expression a changé du tout au tout, et, pendant quelques secondes, il a eu l'air de ne plus savoir pourquoi il me courait après. Son visage est devenu tout rouge. Pas autant que la fois où il avait testé le gel retardateur de flamme du docteur Fibs, mais quand même !

— Vraiment ? Parce que, voyez-vous, je trouve que j'ai hésité un peu trop longtemps au second stop. C'est quoi le slogan de FedEx, déjà ? Ah oui ! « Vos colis en moins de quarante-huit heures. » Je ne crois pas qu'un vrai livreur se serait permis d'attendre autant…

— Ce n'est pas faux. Mais un accident peut toujours arriver. Et, dans ce cas, les délais sont difficiles à tenir.

Il est à nouveau devenu cramoisi.

— Vous croyez ?

Je me suis tournée vers l'escalier, mais M. Mosckowitz m'a retenue.

— Au fait, a-t-il dit, j'étais censé vous transmettre un message… (Il s'est arrêté un instant, semblant fouiller dans la masse sans doute impressionnante de ses neurones.) Vous êtes attendue dans la salle d'opérations secrètes pour un débriefing.

« Évidemment », ai-je pensé, la main crispée sur la bouteille. C'était loin d'être fini.

CHAPITRE 8

Le sous-sol numéro 1 était plongé dans le noir. J'ai donc dû emprunter le labyrinthe de verre dépoli en me repérant grâce aux panneaux lumineux des sorties de secours. Enfin, les silhouettes de mes camarades se sont dessinées derrière le mur en verre de la salle de classe. On aurait entendu une mouche voler, à l'intérieur. J'ai avancé à pas feutrés jusqu'à la porte ouverte. Mes camarades étaient assises à leur place habituelle, contrairement à notre professeur, installé sur une bibliothèque basse au fond de la salle.

Je suis restée là un long moment immobile, sans savoir quoi faire. Finalement, j'ai lancé :

— J'ai récupéré la bouteille.

Mais M. Solomon n'a pas souri. Il n'a pas dit : « Bien joué. » Il ne m'a même pas jeté un regard.

Au bout de quelques secondes, il a ordonné :

— Entrez, mademoiselle Morgan. Nous vous attendions.

Je me suis dirigée vers ma table, et c'est là que je les ai découvertes. Les deux chaises vides. J'ai adressé des coups d'œil interrogateurs aux autres filles. En vain. Celles-ci gardaient les yeux obstinément baissés.

M. Solomon a saisi une télécommande et appuyé sur un bouton. La pièce s'est retrouvée plongée dans le noir, à l'exception d'un faisceau lumineux émis par un projecteur, derrière lui. Une image est apparue sur l'écran.

On y voyait Bex assise sur le muret, en face de la bibliothèque municipale. Un clic a retenti, et une autre image a suivi. Liz jetait des coups d'œil de part et d'autre d'un arbre. Il y avait plus discret, comme technique… M. Solomon n'a fait aucun commentaire, mais son silence ne présageait rien de bon. Nouveau clic. Bex tournait la tête pour regarder derrière elle en traversant la rue. Clic. Liz avançait vers le stand de barbes à papa.

— Eh bien, posez la question, mademoiselle Morgan, a lancé M. Solomon d'un ton où perçait une menace. Vous ne voulez pas savoir où elles sont ?

Évidemment que je voulais le savoir. Le problème, c'est que j'avais peur d'entendre la réponse. D'autres photos se sont succédé sur l'écran. Des photos prises par des professionnels, sans aucun doute. Bex et Liz ne s'étaient pas doutées de leur présence une seule seconde. Ni moi, d'ailleurs. Et pourtant, on avait été traquées sans relâche. Comme des proies.

— Demandez-moi pourquoi elles ne sont pas là, a repris durement M. Solomon. Vous voulez devenir agent secret, *Caméléon* ? (Mon nom de code sonnait comme une moquerie dans sa bouche.) Alors, dites-moi ce qui arrive à ceux qui se font prendre.

« Pas question », avais-je envie de crier.

Clic.

C'était Bex, là, sur l'image ? Bien sûr que non. Elle était quelque part avec M. Smith, en sécurité. Pourtant, je n'ai pas pu m'empêcher de contempler le visage tuméfié qui me fixait sur l'écran et j'ai eu peur pour Bex, tout à coup.

— Ils ne commenceront pas par elle, vous savez, mais par Liz.

Le cliché suivant montrait des bras fins attachés derrière une chaise et une cascade de cheveux blonds.

— Ces gens sont des pros. Ils savent que Bex peut encaisser les coups sans broncher. Ce qu'elle a du mal à supporter, en revanche, ce sont les cris de son amie. Et son amie est effectivement en train de crier. Elle va hurler pendant six heures d'affilée, jusqu'à être tellement déshydratée que plus aucun son ne pourra sortir de sa bouche.

Mes yeux se sont embués. Mes jambes sont devenues comme du coton. Mon pouls battait à tout rompre dans mes oreilles, à tel point que j'ai à peine entendu M. Solomon quand il a murmuré :

— Ensuite, ils s'en prendront à Bex.

Clic.

— Ils ont une idée très précise de ce qu'ils vont lui faire.

« Je vais tomber dans les pommes », ai-je songé, incapable d'en voir plus.

— Voilà ce pour quoi vous avez signé. (Il a ajouté encore plus durement :) Regardez ce qui est en train d'arriver à vos amies !

— Arrêtez ! ai-je crié. Arrêtez !

La bouteille m'a échappé des mains et a volé en éclats sur le sol.

— Vous avez perdu les deux tiers de votre équipe. Vos amies sont mortes.

— Non ! Stop !

— Impossible, mademoiselle Morgan. Une fois que ça a commencé, on ne peut pas faire machine arrière.

J'avais les joues en feu et les yeux gonflés de larmes. Je savais qu'il avait raison.

— Alors, qui veut devenir espionne, maintenant ?

Personne n'a levé la main.

Personne n'a ouvert la bouche.

— Au semestre prochain, le cours d'opérations secrètes sera optionnel. Mais, pour l'instant, il est obligatoire. Et je n'accepterai aucun désistement, sous prétexte que l'une ou l'autre a peur. De toute façon, vous ne revivrez pas une situation aussi difficile. Vous avez ma parole.

La lumière est revenue, et on a toutes cligné des yeux. M. Solomon s'est avancé vers la porte avant de marquer un arrêt.

— Une dernière chose : si ce que je vous ai montré ne vous effraie pas, ce n'est pas la peine de vous inscrire au semestre prochain.

Il a fait coulisser un pan de mur, derrière lequel Bex et Liz sont apparues. Saines et sauves. Puis il a filé.

De retour dans notre chambre, tout ce qui avait de la valeur à nos yeux jusqu'à maintenant – comme nos placards remplis de vêtements – nous semblait sans importance.

Macey dormait… ou faisait semblant. Peu importe. De toute façon, avec son casque sur les oreilles, elle ne devait pas entendre grand-chose. Même pas le bruit de sa respiration. Du coup, on aurait pu parler fort, et même crier si on avait voulu.

Ce qui me fichait vraiment la trouille, c'est que Bex elle-même avait perdu sa démarche chaloupée. Qu'est-ce que j'aurais donné pour qu'elle sorte une blague ! Pourquoi ne me racontait-elle pas dans le détail, et en surjouant si possible, tout ce que Smith leur avait dit sur le chemin du retour ? Mais non. Elle se taisait obstinément. Et nous aussi.

— Les filles, ai-je commencé, prête à m'excuser. Je…

— J'aurais fait la même chose à ta place, m'a coupée Bex.

— Moi pareil, a dit Liz.

— Oui, mais…

J'aurais voulu ajouter quelque chose. Pourtant, rien ne venait.

Macey s'est retournée dans son lit, les yeux toujours fermés. J'ai jeté un œil à ma montre. Il était presque 1 heure du matin.

— Est-ce que Smith était en colère ? ai-je fini par demander à Bex après un long silence, pendant que Liz se brossait les dents dans la salle de bains.

— Pas vraiment. Je suis sûre qu'il doit en rire, maintenant.

— Possible.

J'ai enfilé mon pyjama.

— Et tu sais quoi ? Il a affirmé qu'il ne t'avait même pas vue.

Liz a ajouté en revenant :

— C'est vrai, Cammie. Il était impressionné quand il a su que tu l'avais filé aussi. Vraiment impressionné.

Quelque chose de froid est venu m'effleurer la peau, au creux de mon cou. En sentant la petite croix en argent sous mes doigts, je me suis aussitôt rappelé quelque chose. Si M. Smith ne m'avait pas repérée, quelqu'un d'autre m'avait remarquée.

— Et toi, Cammie, qu'est-ce que t'as fait quand on est parties ? a voulu savoir Liz.

J'ai caressé le bijou avant de répondre :

— Rien de spécial.

J'ignore pourquoi je ne leur ai pas parlé de Josh. C'était une anecdote comme une autre – une rencontre banale au cours d'une mission. Le genre de truc que vous pouvez raconter à vos supérieurs, et à plus forte raison à vos meilleures amies. Mais j'ai gardé ce détail pour moi. D'abord, parce que ça n'avait pas d'importance. Ensuite, et surtout, parce que ce n'était pas désagréable d'avoir un petit secret, pour une fois.

CHAPITRE 9

Le cours de culture générale et de bienséance n'a rien à voir avec les autres enseignements. C'est sans doute pour ça que la pièce où Mme Dabney nous accueille ne ressemble pas à une salle de classe ordinaire. On dirait plutôt un salon de thé. Des gâteaux au chocolat sont alignés contre le mur. Des lustres en cristal pendent au plafond. Le décor raffiné est fait pour nous rappeler qu'ici on doit apprendre non seulement les techniques d'espionnage, mais aussi la façon d'être à l'aise en société – et dans tous les sujets de conversation.

Quelquefois, quand je pense au temps perdu à apprendre la calligraphie et la broderie, je déteste ce cours. À part, bien sûr, quand ça nous sert pour écrire des messages codés. Mais c'est vrai que, de temps en temps, j'aime bien écouter Mme Dabney expliquer l'histoire de la valse ou la floraison des plantes en fonction des saisons.

Le lendemain de notre mission, c'était un de ces jours-là. Mme Dabney se promenait avec un mouchoir en soie à la main en nous racontant des trucs sympas. J'avais peut-être loupé notre opération secrète, mais je suis une experte pour dresser de jolies tables. J'ai donc été déçue quand Mme Dabney a déclaré :

— Oh, mesdemoiselles ! Nous devons déjà nous arrêter.

Je n'avais aucune envie de ranger le service en porcelaine. Surtout pas pour retrouver M. Solomon.

— Mais, avant de partir, a repris notre prof d'un air excité qui a attisé ma curiosité, j'ai une annonce à faire ! (Les tasses ont cessé de s'entrechoquer dans la salle.) Il est temps pour vous de commencer un nouvel enseignement… (Elle a ajusté ses lunettes.)… qui débutera ce soir. Je vais vous apprendre à conduire !

Oh, mon Dieu ! J'avais complètement oublié les cours de conduite. OK, on nous donnait le droit de nous faire des prises dangereuses. Mais, quand il s'agissait de respecter la priorité aux carrefours, les membres du conseil d'administration ne voulaient prendre aucun risque. Quel ennui !

— Nous allons procéder par groupes, a déclaré Mme Dabney. (Après avoir consulté sa liste, elle nous a regardées, Bex, Liz et moi.) Nous commencerons par vous quatre.

Liz nous a jeté un coup œil interrogateur.

— Quatre ? a-t-elle murmuré.

Mais elle n'a pas eu besoin d'explication, parce que Macey, au fond de la classe, a lancé :

— Super !

Inutile de préciser que c'était ironique.

L'après-midi, on s'est donc rendues derrière le manoir, où une vieille Ford nous attendait, surmontée d'un panneau lumineux portant l'inscription « Auto-école ».

Ma mère m'avait dit que Mme Dabney avait passé la plus grande partie de sa carrière à traquer les nazis en fuite. Mais là, en la voyant dans son tee-shirt marqué du slogan « La sécurité n'attend pas. Levez le pied ! », j'avais de sérieux doutes.

— Ooooh, mesdemoiselles, je suis ravie de vous donner ces cours, vous savez ! s'est-elle exclamée.

Puis elle s'est crue obligée de nous montrer la pédale de frein en expliquant : « Ça permet d'arrêter la voiture. » Puis la pédale d'accélérateur : « C'est pour accélérer. »

Le pire, dans tout ça, c'est que Liz prenait des notes ! Difficile de croire que cette fille a une mémoire d'éléphant ! Encore moins qu'elle fait partie de Mensa – l'association pour surdoués – depuis ses huit ans. Et voilà qu'elle s'appliquait à dessiner un schéma de la colonne de direction, maintenant !

— N'oublie pas d'écrire que le volant est rond, lui ai-je glissé.

Ce qu'elle s'est empressée de faire avant de réaliser que je plaisantais…

— Arrête de te fiche de moi, s'est-elle plainte.

Macey a renchéri d'une voix moqueuse :

— C'est vrai, ça, Cammie, arrête de te fiche d'elle !

Même Liz a eu envie de lui mettre son poing dans la figure.

— Maintenant, mesdemoiselles, passons aux choses sérieuses, est intervenue Mme Dabney. (Elle s'est tournée vers Bex.) Rebecca, voulez-vous nous emmener faire un tour en ville ?

Les bras m'en sont tombés. Ne vous méprenez pas. J'adore Bex. C'est ma meilleure amie. Mais, moi, je m'entraîne à conduire depuis toute petite, alors qu'elle, elle a passé toute son enfance dans le métro de Londres… Ce n'était pas juste. J'aurais dû être la première à m'attaquer à la nationale !

J'ai essayé de me raisonner en me disant qu'elle était ma meilleure amie et qu'en plus elle était une pro dans tous les domaines… Jusqu'à ce qu'elle prenne *la voie de gauche* de la nationale ! Ça aurait pu être drôle… s'il n'y avait pas eu cette énorme colline qui nous a caché presque jusqu'au dernier moment la camionnette venant vers nous à toute allure ! Le comble, c'est que j'étais la seule à l'avoir remarquée… Mme Dabney était trop occupée à noter quelque chose dans son carnet, Liz à potasser ses cours de chimie et Macey à se faire les ongles.

J'ai voulu crier, mais aucun son n'est sorti de ma bouche. Bex, elle, ne voyait visiblement aucun problème à rouler sur la mauvaise voie – elle devait se croire en Angleterre.

Finalement, j'ai réussi à hurler :

— BEX !

— Quoi ? a-t-elle dit en braquant brusquement pour nous envoyer sur la droite – ce qui, dans d'autres circonstances, aurait conduit à la catastrophe.

Mais là, ça nous a sauvé la vie. C'est à ce moment que j'ai réalisé une chose : celle-ci ne tient vraiment qu'à un fil. J'imagine que tous les espions prennent conscience de ça un jour ou l'autre.

Puis Bex, imperturbable, s'est dirigée vers le centre-ville. En tournant à gauche, elle a failli écraser un agent chargé de faire traverser la rue aux enfants, et Mme Dabney a fini par lui demander de se garer – et de laisser le volant à Macey. Ce qui n'a pas eu l'air d'embêter Bex. Bien au contraire. Elle affichait un sourire inquiétant quand elle s'est installée avec nous à l'arrière. Liz, en revanche, semblait… comment dire… tétanisée.

Mme Dabney avait compris la leçon. Elle n'a pas arrêté de répéter à Macey, pendant qu'elle sillonnait les rues avec une certaine aisance : « Doucement avec la pédale d'accélérateur », « Attention, il y a un stop ».

Enfin, le calme après la tempête ! C'était presque agréable de se laisser conduire, assise entre ses deux meilleures amies, en sentant le soleil vous chauffer doucement à travers la vitre. Pour un peu, j'aurais cru vivre une situation normale. Enfin, s'il n'y avait pas eu deux génies à côté de moi, et la fille déjantée d'un sénateur ainsi qu'un ex-agent secret à l'avant.

Blottie sur la banquette, je ne regrettais qu'une chose. Qu'on n'ait pas suivi ce cours avant de devoir filer l'un des hommes les plus recherchés de la planète. Ça aurait facilité notre tâche, c'est sûr. Dans la lumière du jour, je remarquais des tas d'endroits où on aurait pu se planquer et plein d'allées qui auraient constitué des raccourcis merveilleux. Ça me donnait presque envie de prendre ma revanche sur M. Smith. Mais surtout, ça me faisait penser au garçon que j'avais rencontré. Est-ce que j'avais rêvé ? Est-ce qu'il s'était vraiment baladé dans ces rues ?

— Mais qu'est-ce que tu fabriques ? m'a demandé Bex.

— Je cherche mes lentilles.

— T'as dix sur dix à chaque œil… m'a rappelé Liz.

— C'est que… C'est que… je ne peux pas lever la tête maintenant.

La voiture s'était arrêtée à un feu, et Josh se rapprochait.

— Quoi ? a chuchoté Bex. Mais qu'est-ce qui se passe ? (Elle a pris son air de super-espionne, s'est redressée et a scruté les alentours.) Je vois rien. Oh, mais si… T'es en train de louper quelque chose. Un mec vraiment canon qui vient par ici.

Liz s'est tordu le cou.

— Oh, que oui ! Un peu maigre peut-être, mais il vaut le coup d'œil. Enfin, peu importe, parce qu'il nous lance le regard Gallagher.

C'est comme ça qu'on désigne la façon dont les gens nous fixent quand ils comprennent qu'on est des élèves de la Gallagher Academy. La plupart d'entre eux pensent qu'on est des snobinardes. S'ils savaient que j'ai passé tout l'été à vider des poissons… Mais le pire, c'était de découvrir que Josh lui-même pouvait me regarder comme une extraterrestre…

— On s'en fiche ! C'est un mec, a rétorqué Bex. Hé, Cammie, jette un œil !

— Pas question. Les types aux cheveux bouclés ne m'intéressent pas.

— Comment tu sais ça ?

Et voilà, Bex venait de me griller.

— Non mais j'y crois pas ! s'est exclamée Liz en faisant les cent pas.

Depuis qu'on était rentrées au manoir, elle ne s'était pas assise une seconde. Elle allait et venait, visiblement sous le choc. Ce que je comprenais très bien. Elle pensait me connaître… D'ailleurs, même moi, j'étais étonnée de leur avoir caché ma rencontre avec Josh. Ne sachant pas comment réagir, j'ai décidé de me mettre en colère.

— Ah oui ? Et tu peux m'expliquer exactement ce que t'arrives pas à croire ? Qu'un garçon me regarde ?

On ne se retourne peut-être pas dans la rue sur mon passage, mais je suis loin d'être un monstre, quand même !

— Cammie ! est intervenue Bex. C'est pas du tout ce qu'elle veut dire !

— Ce que je veux dire, a repris Liz, c'est que je n'arrive pas à croire que tu ne nous aies rien dit. T'aurais au moins pu en parler à un prof !

— Pourquoi ça ?

— Pourquoi ça ? Mais parce que ce mec t'a vue ! C'est louche. Personne ne te remarque jamais. (Elle s'est installée à côté de moi, sur mon lit.) Le soir où on a filé Smith, j'ai eu un mal fou à te repérer, tu te souviens ? Et pourtant, je savais comment t'étais habillée…

Je me suis tournée vers Bex pour lui lancer un regard interrogateur.

— C'est pas faux, Cammie, a-t-elle simplement déclaré.

— Il y a quelque chose qui cloche dans tout ça, a continué Liz pendant que j'allais me brosser les dents dans la salle de bains. (C'est dur de dire des trucs qui pourraient gâcher une longue amitié avec du dentifrice plein la bouche.) M. Solomon veut qu'on rédige un compte rendu de notre mission. On doit parler de ce type. Si ça se trouve, il cherche à infiltrer l'Academy en se servant de toi. C'est peut-être un appât.

J'ai failli avaler ma brosse à dents. En général, dans le jargon de l'espionnage, les appâts sont des femmes qui utilisent leurs charmes pour soutirer des informations à leur cible. Penser que Josh puisse être un appât au masculin me donnait envie de vomir.

— Non, non, non et non ! C'est impossible !

— Qu'est-ce que t'en sais ? a répliqué Bex.

— Je le sais !

Elle a haussé les épaules en affirmant :

— On doit quand même en parler dans notre rapport, Cammie.

Le problème, c'est que les rapports entraînent des vérifications, et que les vérifications conduisent à des enquêtes. Ce qui voulait dire que des agents allaient filer Josh pendant au moins deux semaines, mettre la main sur son acte de naissance et chercher à savoir si sa mère buvait ou si son père jouait. Parce qu'il ne leur faut pas grand-chose pour décider de surveiller quelqu'un… Ce n'est pas pour rien que les secrets de l'Academy sont si bien gardés !

Et Josh m'avait paru tellement sympa, et surtout tout à fait normal. Je n'avais pas envie que des inconnus l'observent à la loupe. Ni qu'on le fiche. Et encore moins d'expliquer pourquoi il m'avait abordée, moi, alors que la place était remplie de filles plus jolies.

— Pas question, ai-je affirmé. Il n'a pas mérité ça.

Bex a croisé les bras et m'a dévisagée d'un air malicieux.

— Je suis sûre que tu nous caches quelque chose…

Mes joues en feu ont dû me trahir, parce qu'elle a lancé :

— Allez, crache le morceau !

Je n'avais plus le choix, alors je leur ai tout raconté : la bouteille ramassée dans la poubelle, et même les dernières paroles de Josh : « Dis à Suzie qu'elle a de la chance d'être ton chat. » Bex me fixait maintenant comme si j'avais été remplacée par un clone, et Liz affichait un air ravi. Le même que Blanche-Neige quand elle est entourée d'une nuée de papillons.

— Ben quoi ? ai-je demandé.

— Ce type, je pourrais l'étrangler d'une seule main, a commenté Bex. Mais bon, c'est vrai qu'il est…

— … super-mignon, a terminé Liz.

— C'est pas la question, ai-je rétorqué, gênée. Il…

— Ce qui n'empêche pas qu'il va se retrouver dans notre rapport, a conclu Liz.

— Non !

Bex a posé sa main sur mon bras.

— Pourquoi est-ce qu'on s'en chargerait pas nous-mêmes, de cette enquête ? a-t-elle proposé. (Une lueur malicieuse est passée dans ses yeux.) Si on constate que ce type est normal, on laisse tomber. Mais, si on découvre un truc louche, on le dénonce.

J'avais des tonnes d'arguments à lui opposer pour la décourager. Notamment qu'on risquait de se faire griller et de ruiner toutes nos chances de devenir un jour de vraies espionnes. Mais, au fond de moi, j'avais très envie de dire oui.

— OK. On fait notre petite enquête incognito.

— Il faut voir les choses en face, a commenté Liz. Soit c'est un agent ennemi qui essaie de soutirer des informations à Cammie…

— Soit… ? ai-je demandé.

Son visage s'est illuminé.

— Soit c'est ton âme sœur.

CHAPITRE 10

Il faut que je vous avertisse. Si vous faites partie de ma famille ou que vous êtes en mesure d'ajouter des informations à mon dossier, ne lisez pas ce qui va suivre. Ça ne me vexera pas. Pas du tout.

Bref, comme vous l'aurez compris, je ne suis pas fière de ce que je m'apprête à raconter. Je n'ai pas vraiment honte, non plus. Oui, je sais, c'est contradictoire. Mais, ces quatre dernières années, on ne nous a pas épargné les contradictions. Du genre « Foncez, mais soyez patientes » ou « Soyez logiques, mais écoutez votre instinct ».

Notre mission secrète n'a pas quitté nos pensées de toute la semaine et, le samedi matin, on s'est levées aux aurores. Ce qui, je dois l'avouer, n'était pas du tout mon idée. J'aurais bien fait la grasse matinée, mais Liz est très douée pour sortir ses amies du lit.

Comme Macey dormait toujours avec son casque sur les oreilles, elle s'est permis de crier en m'agrippant par la jambe :

— Debout ! C'est pour ton bien !

Puis elle a carrément posé son pied sur le matelas pour me tirer de toutes ses forces.

— Allez, Cammie, lève-toi !

— Naaan ! ai-je gémi en m'enfouissant sous la couette. Pitié, encore cinq minutes !

Mais elle m'a attrapée par les cheveux, alors qu'elle sait très bien que j'ai le cuir chevelu très sensible.

— N'oublie pas que ce type est sans doute un appât, a-t-elle ajouté.

— Il le sera toujours dans une heure.

Alors, elle s'est assise à côté de moi et a murmuré :

— *Dis à Suzie qu'elle a de la chance d'être ton chat.*

J'ai aussitôt émergé de la couette.

— OK, je me lève !

Dix minutes plus tard, Bex et moi, on suivait Liz vers le sous-sol. Les couloirs étaient déserts, à cette heure-ci. On s'est retrouvées devant le distributeur de boissons, près du laboratoire du docteur Fibs, et Bex a demandé :

— Prêtes ?

Elles m'ont toutes les deux regardée. J'espérais bien ne pas avoir été tirée de mon lit pour rien, alors j'ai sorti une pièce de vingt-cinq cents de ma poche pour la mettre dans la fente du distributeur. Mais Liz me l'a prise des mains.

— Attends. Si quelqu'un jette un œil au registre des sorties, il vaut mieux que ce soit mon nom qui apparaisse. T'as déjà eu assez d'ennuis comme ça.

À mon avis, c'était une précaution inutile, parce qu'on ne faisait rien de mal. On a le droit de se rendre au sous-sol quand on veut pour se documenter sur n'importe quoi. Même sur quelque chose qui n'a pas de rapport avec nos devoirs. Et il n'est écrit nulle part que prendre les garçons comme sujet d'étude est interdit.

J'ai quand même laissé Liz appliquer ses empreintes digitales sur la tête de George Washington, introduire la pièce dans le distributeur, puis taper A-19 sur le clavier.

Le distributeur s'est ouvert, révélant un couloir. Celui-ci menait à l'un des laboratoires de médecine légale les plus sophistiqués du monde.

Une fois à l'intérieur, Liz a sorti la bouteille de M. Smith – dont on avait recollé les morceaux – et l'a posée sur la table. Elle était si bien reconstituée qu'on aurait pu croire que je ne l'avais jamais fait tomber.

— On va laisser le système l'analyser, a déclaré Liz d'un ton solennel.

Je savais déjà ce qu'on allait y trouver. Pas grand-chose. Ou plutôt si : les empreintes digitales d'une élève Gallagher (moi), celles d'un parfait inconnu au système (en l'occurrence M. Smith, qui en changeait tous les ans en même temps que de tête), et celles d'un quidam n'ayant rien à se reprocher. À part peut-être de s'être intéressé à une fille qui fouillait les poubelles.

Mais je n'ai pas osé révéler le fond de ma pensée à Liz. Elle avait déjà sa blouse sur le dos, et rien ne la réjouit plus que d'enfiler sa blouse blanche. J'ai donc décidé de faire un petit somme, la tête sur la table, en attendant les résultats.

Une heure plus tard, Liz m'a secouée pour me réveiller. Les empreintes de Josh étaient inconnues de l'ordinateur. Sans blague ! Ce qui voulait dire qu'il n'avait pas fait de prison ni été envoyé à l'armée. Il ne faisait pas non plus partie de la CIA, n'avait pas essayé de s'acheter une arme et ne s'était présenté à aucune élection.

— Ah, tu vois ! ai-je lancé à Liz.

Elle allait enfin arrêter ses recherches et me laisser regagner mon lit ! Mais non. Elle m'a regardée d'un drôle d'air et a déclaré :

— C'est seulement la phase numéro 1.

— Tu sais, je ne suis pas sûre de vouloir savoir en quoi consiste la phase numéro 2…

Elle m'a dévisagée quelques secondes puis m'a ordonné :

— Retourne te coucher.

— Comment j'ai pu me laisser convaincre ? me suis-je lamentée, accroupie dans les buissons devant la maison de Josh.

Une énième voiture est passée devant la barrière et quelqu'un, au bout de la rue, a monté le volume de la sono.

— J'y crois pas ! ai-je renchéri.

— Ah oui ? a rétorqué Bex avant de se tourner vers Liz. Et moi, alors ? Liz, cette maison était censée être vide à 20 heures, non ? C'est pas ce que tu nous as dit ?

— Mais elle *est* vide, a rétorqué Liz, un peu énervée.

Il y avait de quoi. Il lui avait fallu trois heures pour contourner le pare-feu de l'Academy et accéder au système informatique du lycée public de Roseville. Elle avait finalement découvert que le nom de famille de Josh était Abrams et qu'il habitait au 601 de la rue North Bellis. Une heure supplémentaire avait été nécessaire pour s'introduire dans les boîtes mail de sa famille et intercepter un message écrit par Joan Abrams, la mère de Josh. *On ne raterait la fête de Keith pour rien au monde. Comptez sur nous : on y sera à 20 heures tapantes !*

Nous qui pensions être tranquilles ! Au lieu de ça, la moitié de la ville défilait devant la barrière pour atterrir dans une maison toute proche. Ça ne nous simplifiait pas la tâche ! J'ai sorti une paire de lunettes – des jumelles en fait – afin d'observer la bâtisse blanche aux volets bleus où la fête battait son plein.

— Keith comment ? ai-je demandé.

Liz devait bien se rappeler l'adresse électronique indiquée sur le message. (On l'avait imprimé sur du papier auto-désintégrant qu'on avait caché sous mon matelas.)

— Jones. Pourquoi ?

Je lui ai tendu les lunettes, et elle a pu apercevoir la banderole où on pouvait lire : « Bienvenue chez les Jones. »

— Ah, OK, a-t-elle marmonné.

La famille Abrams n'était pas allée loin…

Je n'aurais jamais imaginé que Josh puisse vivre dans un endroit pareil. À côté des pelouses impeccables et des maisons pimpantes du quartier, le ranch où j'habitais avant d'aller à la Gallagher Academy paraissait vraiment minable.

Bref, il ne devait pas y avoir beaucoup d'espions dans ce quartier. À part, bien sûr, trois apprenties qui faisaient le guet, accroupies dans la pénombre…

Tout à coup, Bex, armée de son passe-partout, s'est ruée vers la maison et s'est attaquée à la porte de derrière.

— J'y suis presque, a-t-elle affirmé d'un air déterminé.

En contemplant le décor idyllique qui nous entourait, une intuition m'est venue.

— Heu, les filles… On devrait peut-être essayer de…

J'ai attrapé la poignée et l'ai tournée sans rencontrer de résistance.

— Bon, OK. Comme ça, ça marche aussi, a reconnu Bex.

L'intérieur de la maison faisait penser aux pages d'un magazine de déco. Un bouquet de fleurs trônait sur la table du salon. Une tarte aux pommes refroidissait sur le bar. Le bulletin de notes de la sœur de Josh était affiché sur le frigo. Il n'y avait que des A.

Bex et Liz ont filé droit à l'étage. Moi, par contre, j'étais incapable de faire un pas de plus.

— Je vous rejoins dans cinq minutes, ai-je lancé.

Ça me gênait horriblement de me retrouver dans cette maison. Non seulement on y entrait sans autorisation, mais en plus on violait l'intimité d'une famille.

— Cammie ! a appelé Bex.

Elle m'a jeté un micro par-dessus l'escalier.

— Liz dit qu'il faudrait qu'une de nous cache ça dehors. Tu peux t'en charger ? Les branches de l'orme, là-bas, feraient une bonne planque.

Même si fouiller une maison fait partie intégrante du travail d'espion, j'étais soulagée de pouvoir m'échapper.

J'étais en train de vérifier que le micro fonctionnait correctement, là-haut dans l'arbre, quand j'ai vu quelqu'un s'avancer vers la barrière. Il était grand. Jeune. Et il avait les mains enfoncées dans ses poches…

— Rat de Bibliothèque, tu me reçois ?

Le grésillement qui sortait de mon oreillette ne présageait rien de bon. Liz avait pourtant fait de son mieux pour la réparer. Je me suis aplatie sur la branche, avec l'espoir que le maigre feuillage me camouflerait.

— Duchesse… ai-je murmuré en priant pour que Bex m'entende. Bex… Tu pourras choisir le nom de code que tu veux si tu me réponds…

Josh s'est avancé vers la porte d'entrée. Puis l'a ouverte.

— Les filles, si vous me recevez, planquez-vous, d'accord ? Le pigeon pénètre dans la maison. Je répète : le pigeon pénètre dans la maison.

Sitôt Josh à l'intérieur, j'ai sauté de l'arbre pour me précipiter dans les fourrés sans quitter l'entrée des yeux.

— Caméléon, a lancé Bex dans la pénombre.

J'ai failli avoir une crise cardiaque en entendant sa voix sortir de nulle part. Puis j'ai levé la tête et je l'ai aperçue. Liz et Bex avaient trouvé refuge sur le toit. Elles étaient sans doute sorties par une des fenêtres à l'étage.

Elles avaient dû penser que quelqu'un pourrait revenir à l'improviste, parce qu'elles avaient emporté des cordes de rappel, qu'elles avaient attachées à la cheminée. Liz s'apprêtait à s'élancer dans le vide… quand Josh a surgi sous le porche !

Figée par la terreur, je m'attendais à assister au pire. Mes meilleures amies allaient atterrir sur la tête du type le plus mignon que j'aie jamais vu. Et écraser la tarte aux pommes qu'il avait dans les mains, par la même occasion…

Il s'est avancé d'un pas. Liz est descendue d'un mètre. Quelques secondes seulement nous séparaient du désastre. Je ne sais pas ce qui m'est passé par la tête…

— Hé, salut ! ai-je lancé au beau milieu du jardin des Abrams.

Du coin de l'œil, j'ai vu la mine effarée de Bex, quelques mètres au-dessus de moi. Elle avait enfin repéré le danger et essayait désespérément de tirer Liz vers elle. Pendant ce temps, Josh Abrams, ce garçon qui semblait tout droit sorti d'un rêve, venait à ma rencontre, l'air perplexe.

— Ça alors ! Je ne m'attendais pas à te voir par ici…

— Toi aussi, tu connais les Jones ? ai-je répliqué du tac au tac, histoire de noyer le poisson.

Josh a souri.

— Oui, ils invitent de plus en plus de monde chaque année.

— Han, han, ai-je marmonné tout en observant Bex, qui faisait de son mieux pour récupérer Liz et l'attirer de l'autre côté du toit.

Tout à coup, elle a lâché notre amie, qui a commencé à glisser. Liz a tenté de s'agripper à la gouttière, sans succès, et a continué sa dégringolade. Mon cœur battait à toute allure… pour un tas de raisons.

Josh semblait aussi gêné que moi. Il a montré la tarte du menton en expliquant :

— Ma mère a oublié ça… (Il s'est arrêté un instant.) Enfin… pas vraiment… En réalité, elle aime bien que tout le monde lui réclame sa fameuse tarte. Quand elle s'est fait assez prier, elle finit par aller la chercher.

Il avait l'air très embarrassé d'avoir à partager ce secret de famille.

— C'est nul, hein ?

J'ai essayé de le rassurer, d'autant que la tarte sentait vraiment bon :

— Mais non, c'est plutôt marrant.

D'ailleurs, j'aurais bien aimé qu'on apprécie ma mère pour ses talents de pâtissière. Mais ce n'est pas vraiment son genre. Non, elle, sa spécialité, c'est de désamorcer les bombes avec des coupe-ongles et des élastiques à cheveux.

Josh s'apprêtait à tourner à gauche, du côté où Liz pendait au bout de sa corde. Du coup, j'ai lancé le premier truc qui m'est venu à l'esprit :

— Ça a dû être une sacrée surprise pour Keith !

J'ignorais complètement si la fête organisée pour le dénommé Keith était censée être une surprise. Mais, coup de bol, Josh a répondu :

— Non, je ne crois pas. À mon avis, il a fait semblant.

Moi aussi, j'étais experte dans l'art de jouer la comédie. D'ailleurs, ça m'a bien aidée quand j'ai vu Bex descendre au niveau de Liz pour essayer de désentortiller sa corde. Elle est trop forte, cette fille ! Au lieu de paniquer, elle a tendu les pouces vers moi pour m'encourager, et j'ai lu sur ses lèvres : « Il est trop mignon. »

— Tu veux boire un Coca ? a demandé Josh.

Rien ne me faisait plus envie. Mais ce n'était pas le moment. Bex, armée d'une minuscule fléchette à GPS intégré, visait l'arrière de sa Nike. Un petit bruit mat a suivi. Pourtant, Josh n'a pas battu d'un cil. Quant à mon amie, elle semblait très fière… même si Liz continuait de tournoyer sur elle-même.

— Alors, c'est là que t'habites ?

— Oui, depuis que je suis né.

Bex avait réussi à libérer Liz, et j'ai vaguement entendu l'air qui vibrait, de l'autre côté de la maison, comme si elles descendaient toutes les deux en rappel d'une seule traite. Puis un vacarme énorme a retenti. Elles avaient visiblement atterri dans une poubelle pleine de morceaux de métal.

J'étais sur le point de mettre Josh K-O et de m'enfuir, mais il s'est contenté de dire :

— Ça doit être les chiens du voisin.

— Ah bon ? ai-je soufflé, soulagée.

Le bruit de ferraille continuait, alors j'ai ajouté :

— Ça m'a l'air d'être de très gros chiens…

J'ai vraiment pu respirer quand j'ai vu Bex, à l'autre bout du jardin, entraîner Liz dans un buisson, la main collée sur sa bouche.

— Euh… je dois récupérer la veste de ma mère dans sa voiture, ai-je improvisé.

— Je viens avec…

— Josh ! a appelé un garçon dans la rue.

— Tu devrais y aller…

— Mais non, c'est…

— Josh ! a insisté l'inconnu.

— Mais si. Je te rejoins là-bas.

Et, pour la deuxième fois, j'ai laissé Josh en plan.

Je me suis cachée derrière une voiture, et dans le rétroviseur je l'ai vu retrouver son ami. Celui-ci a voulu lui prendre la tarte des mains.

— T'as préparé ça pour moi ? a-t-il lancé. T'aurais pas dû.

Josh lui a donné un coup de poing dans l'épaule.

— Aïe ! a crié l'autre en se frottant le bras. C'était qui, cette fille ? Elle est plutôt mignonne.

J'ai retenu mon souffle en voyant Josh suivre son regard.

— Oh, personne. Une fille.

CHAPITRE 11

RAPPORT DE FILATURE

AGENTS : Cameron Morgan, Rebecca Baxter et Elizabeth Sutton.

Ayant constaté qu'un jeune homme connu sous le nom de Josh avait cherché à entrer en contact avec un membre de la Gallagher Academy (Cameron Morgan) au cours d'une mission de routine, les Agents dénommés ci-dessus ont conclu à la nécessité d'une enquête.

Les Agents ont donc lancé une série d'opérations durant lesquelles ils ont observé les faits suivants :

Le Sujet, Josh Adamson Abrams, réside au 601 rue North Bellis, à Roseville, en Virginie.

Une surveillance de l'activité Internet du Sujet a révélé qu'il correspond quotidiennement avec Dillon Jones, connu sous le pseudonyme de D'Man, à propos de jeux vidéo « mortels », de films « nuls » et de son père – « un crétin ».

ACTIVITÉS PRINCIPALES : élève de seconde au lycée public de Roseville et membre de l'équipe des Pirates Sanguinaires (qui ne sont pas si sanguinaires que ça, une enquête plus approfondie ayant permis de découvrir que l'équipe a été battue 3 à 0 lors du dernier match).

Le Sujet rencontre des difficultés en calcul et en technologie. (On peut donc conclure qu'il ne sera jamais cryptanalyste ni un genre de MacGyver.)

Le Sujet excelle en littérature, en géographie et en instruction civique.

ENVIRONNEMENT FAMILIAL :

Mère : Joan Ellen Abrams, 46 ans, femme au foyer et spécialiste de la tarte aux pommes.

Père : Jacob Whitney Abrams, 47 ans, pharmacien et propriétaire de la pharmacie Abrams et fils.

Sœur : Joy Marjorie Abrams, 10 ans, élève de CM2.

Activité suspecte : aucune, sauf si on prend en compte l'intérêt démesuré d'un des membres de la famille pour les documentaires portant sur la guerre de Sécession.

— On n'a pas grand-chose sur lui, finalement, a conclu Bex devant le miroir du couloir.

Le scanner optique a balayé nos visages, et les yeux du personnage sur le tableau se sont éclairés d'une lumière verte. Bex n'avait pas besoin de préciser de qui elle parlait. C'était de Josh, évidemment.

Les portes de l'ascenseur se sont ouvertes.

— On a les codes pour accéder à leur ordinateur, maintenant, a déclaré Liz. Avec leurs relevés de compte en ligne, par exemple, on peut prouver plein…

— Liz ! me suis-je indignée. De toute façon, il n'en vaut pas la peine.

J'avais encore en travers de la gorge le commentaire de Josh. Alors, comme ça, je n'étais personne ? Un espion ne s'embarrassait pas de ce genre de bêtise, mais quand même.

— Laissez tomber, les filles, ai-je repris. Je n'intéresse pas Josh. Ni les garçons en général. C'est pas grave.

Je ne cherchais pas du tout à m'attirer les compliments de mes amies, comme ces filles maigrichonnes qui se plaignent d'être grosses, tout ça pour entendre qu'elles sont minces comme des fils.

Mais Bex a roulé des yeux et a lancé :

— N'importe quoi. Ce mec ne connaît pas sa chance.

Je mentirais en affirmant que ça ne m'a pas remonté le moral.

— Arrête, ai-je dit dans un éclat de rire. Qu'est-ce que tu crois ? Qu'il allait me demander d'être sa cavalière au bal de fin d'année ? Ou que j'allais l'inviter à manger les macaronis brûlés de ma mère ? Remarque, ça aurait pu être drôle. Elle lui aurait raconté la fois où elle a sauté du quatre-vingt-dixième étage, à Hong Kong, suspendue à un parachute fabriqué avec des taies d'oreiller…

Mais ma plaisanterie n'a pas amusé Bex et Liz, qui ont échangé un regard perplexe.

— Bon, assez rigolé, a déclaré Bex. Au cas où t'aurais oublié, on a des trucs plus importants à faire.

Quand on a tourné au coin du couloir, on est restées bouche bée. Notre salle de classe était méconnaissable. À la place de nos bureaux, trois longues tables trônaient au milieu de la pièce. Craies et papier avaient été remplacés par des boîtes de gants en caoutchouc. Les murs en verre et le carrelage d'un blanc éblouissant rendaient l'atmosphère encore plus étrange. On se serait crues dans un vaisseau spatial. Pour un peu, on aurait pu penser que des extraterrestres nous avaient enlevées pour nous soumettre à des expériences médicales. Remarquez, personnellement, ça m'aurait arrangée qu'ils me refassent le nez…

Nos camarades, debout le long du mur, semblaient se préparer à relever un défi mystérieux.

M. Solomon n'a pas tardé à apparaître, chargé de trois énormes sacs en plastique noir. En devinant quelles horreurs nous attendaient, j'ai presque regretté l'absence des extraterrestres. Les poubelles ont atterri sur la table avec un *splash !* écœurant, et M. Solomon nous a lancé une boîte de gants.

— Un espion ne doit pas avoir peur de se salir les mains, a-t-il déclaré. C'est très utile quand on sait que la plupart des gens se débarrassent avec leurs ordures de ce qu'ils veulent cacher.

Il a défait le nœud d'un des sacs-poubelle.

— Comment dépensent-ils leur argent ? Que mangent-ils ? Quels médicaments avalent-ils ? À quel point sont-ils attachés à leur animal ?

Il a saisi le sac par les coins et l'a renversé d'un geste théâtral, comme un magicien retournerait son chapeau pour faire apparaître un lapin. Les immondices se sont répandues sur la table. La puanteur qui s'en dégageait était insupportable et, pour la deuxième fois en deux semaines, j'ai cru que j'allais vomir en pleine classe. Joe Solomon s'est approché pour fouiller le tas de déchets du doigt.

— Le propriétaire de ce sac est-il adepte des mots croisés ?

Il a ramassé une vieille enveloppe recouverte de morceaux de coquille d'œuf.

— Que gribouille-t-il quand il est au téléphone ?

Finalement, il a carrément plongé le bras dans le monticule d'ordures avant de mettre au jour un bandage usagé. Il a placé celui-ci en pleine lumière pour observer la tache de sang séché qui y était incrustée.

— Tout ce qu'une personne touche est révélateur de son mode de vie et de sa personnalité.

Il a remis la bande de gaze sur la pile.

— C'est ce qu'on appelle l'ordurologie, a-t-il conclu en grimaçant un sourire.

Le jeudi matin, il pleuvait. L'intérieur du manoir suintait l'humidité, et les grands feux de cheminée qu'on avait allumés n'y changeaient pas grand-chose. Le docteur Fibs avait eu besoin de Liz, Bex et moi le lundi soir, alors qu'on aurait dû avoir notre cours de conduite. Du coup, celui-ci avait été reporté à cet après-midi – ce qui n'arrangeait pas mon humeur. Quelle poisse de devoir conduire sous ce déluge !

Heureusement, il y en avait une sur qui le mauvais temps n'avait aucune influence. Liz.

— C'est super ! a-t-elle crié en me rejoignant derrière le manoir. On va pouvoir utiliser les essuie-glaces !

J'imagine que, quand on a été publiée dans une revue scientifique à l'âge de neuf ans, on ne peut pas vraiment se rendre compte de la signification du verbe « s'amuser ».

On a traversé la pelouse trempée au pas de course pour rejoindre Mme Dabney, qui nous attendait dans la voiture, les antibrouillards et les essuie-glaces allumés.

— Humm… Rebecca, a-t-elle dit quelques minutes plus tard. Vous devriez peut-être…

Mme Dabney n'a pas pu terminer sa phrase, parce que Bex s'est de nouveau retrouvée sur la mauvaise voie en abordant un virage. On aurait pu s'attendre à ce qu'un ex-agent secret utilise le frein à main et frappe Bex d'un coup bien ajusté sur la nuque pour la mettre K-O. Mais Mme Dabney s'est contentée de signaler :

— Attention à la priorité… Oh, mon…

Bex s'est engagée à toute allure dans un carrefour, et Mme Dabney s'est agrippée au tableau de bord.

— Désolée, a crié Bex, sans doute au conducteur du camion dont elle venait de couper la route.

— Vous devriez peut-être laisser une de vos camarades prendre votre place, a finalement suggéré Mme Dabney.

Cette fois, Bex venait d'éviter de justesse un trois-tonnes en donnant un grand coup de volant. Puis la voiture est à moitié montée sur le trottoir, et a traversé un parking en trombe pour débouler dans une autre rue.

Le plus dingue c'est que, contrairement à Mme Dabney, qui poussait des cris d'angoisse, Liz n'avait pas du tout l'air effrayée. Je n'y comprenais plus rien. Où était la fille qui ne se balade jamais pieds nus parce qu'elle a une peur panique des araignées ? Et ce n'est qu'un exemple parmi d'autres dans la liste de ses phobies !

À présent, rien ne semblait pouvoir lui ôter son calme. Même pas Bex quand elle a failli percuter une poubelle.

— Rebecca, ça aurait pu être un piéton… a fait remarquer Mme Dabney, qui ne se servait pas davantage de son frein.

C'est là que j'ai remarqué le panneau indiquant le nom de la rue.

— Oh, c'est pas vrai ! ai-je murmuré, les dents serrées.

Liz affichait un grand sourire : on était rue North Bellis…

— Chuut… m'a-t-elle discrètement lancé en sortant une télécommande de son sac.

— Mais… qu'est-ce que tu fabriques ?

— Chuut… a-t-elle répété. Ça va juste faire un petit *boum* ! Un petit *boum* ?

À cet instant, une explosion énorme a secoué la voiture, et Bex s'est cramponnée au volant pour ne pas en perdre le contrôle. J'ai senti une drôle d'odeur de brûlé, puis entendu une bande de caoutchouc claquer contre le bitume.

— Oh, non ! s'est écriée Bex d'un ton faussement embêté. Je crois qu'on a crevé !

— Ça alors, comment c'est possible ? ai-je demandé, ironique, à Liz.

Parfois, je regrette presque d'avoir des amies surdouées. Avec des filles normales, ce genre de mésaventure n'arriverait pas. En tout cas, pas de façon intentionnelle.

La voiture s'est enfin arrêtée… devant la maison de Josh. Comme par hasard.

Mme Dabney s'est retournée pour vérifier que Liz et moi étions toujours entières.

— Ça va, derrière ?

On a acquiescé, et elle a ajouté :

— Le point positif, c'est que vous allez apprendre à changer une roue.

Évidemment, c'était ce que Liz et Bex voulaient. Celle-ci s'est aussitôt écriée :

— Je vais chercher la roue de secours !

Elle s'est ruée vers le coffre, pendant que Liz s'occupait de Mme Dabney.

— Dites-moi, madame, quelles peuvent être les causes d'une crevaison, à votre avis ?

Pendant qu'elle entraînait notre prof vers l'avant du véhicule pour inspecter le pneu endommagé, je suis allée retrouver Bex.

— Qu'est-ce que c'est que ce cirque ?

Mon amie s'est contentée d'attraper un sac-poubelle en plastique noir dans le coffre. Identique à ceux qui s'alignaient sur le trottoir.

— Il fallait bien le remplacer. Sinon, ça aurait été louche… a-t-elle expliqué.

Et là, j'ai tout compris.

— Tu t'es arrangée pour qu'on ait cours de conduite aujourd'hui au lieu de lundi. T'as fait exploser le pneu…

— À quoi ça sert, les reproches ? On ne peut pas revenir en arrière, de toute façon.

Elle a jeté un œil autour d'elle avant de saisir un cric.

— Et puis, on doit bien ça à notre pays. Enfin… à *ton* pays.

Ensuite, elle a sorti la roue de secours pour l'apporter à Mme Dabney, qui a commencé sa leçon. Mais j'étais incapable d'écouter, tellement j'avais peur de me retrouver nez à nez avec Josh. Qu'est-ce qui se passerait s'il reconnaissait nos uniformes ? Est-ce qu'il me demanderait des explications ? Ou alors, pire, il m'ignorerait, puisque je n'étais « personne », j'étais « juste une fille »…

— T'en fais pas, m'a soufflé Liz en remarquant ma mine inquiète. Sa classe est de sortie. Il ne rentrera pas avant 21 heures.

Ouf !

— Avez-vous des questions ? a demandé Mme Dabney.

Pendant que Bex allait ranger le pneu crevé dans le coffre, Liz et moi, on a secoué la tête de droite à gauche.

— Le problème est réglé, maintenant, a conclu notre prof d'un air satisfait.

J'ai lancé un dernier coup d'œil autour de moi, et Bex a levé les pouces en signe de victoire.

Effectivement, le problème semblait réglé…

RAPPORT D'ENQUÊTE

AGENTS : Cameron Morgan, Rebecca Baxter et Elizabeth Sutton.

Contenu du sac-poubelle intercepté devant la maison de Josh Abrams :

Nombre de rouleaux de papier toilette vides : 2.

Soupe en boîte préférée : tomate (suivie de près par la soupe à la crème et aux champignons).

Nombre de pots de glace vides : 3 (2 menthe aux éclats de chocolat, 1 vanille).

Nombre de catalogues de décoration : 14.

— Où est-ce que je dois mettre les serviettes en papier ? a demandé Bex en observant les tas de détritus. Dans la pile « alimentation » ou « autres » ?

— Ça dépend, a répliqué Liz. Qu'est-ce qu'il y a dessus ?

Bex a reniflé la serviette, puis a déclaré :

— Sauce tomate… ou sang, peut-être.

— Donc, ai-je lancé, soit ils adorent les pâtes, soit on est tombées sur des tueurs à la hache. C'est ça ?

Bex a laissé tomber les serviettes sur un des monticules – il y en avait une douzaine. On avait ouvert toutes les fenêtres de notre chambre, mais le petit vent frais qui entrait dans la pièce ne suffisait pas à évacuer complètement l'odeur horrible qui y régnait.

Si quelqu'un vous impressionne, un conseil : fouillez dans ses ordures ! Cette personne perdra tout prestige à vos yeux. Et puis, M. Solomon avait raison : le contenu d'un sac-poubelle est capable de vous donner bien des réponses aux questions que vous vous posez.

Et, des questions, j'en avais une tonne à propos de Josh. Pourquoi avait-il proposé de m'accompagner jusqu'à la voiture de ma mère, censée être garée dans sa rue, avant de dire à son ami que je n'étais « personne » ? Est-ce qu'il avait une petite amie ? Est-ce qu'il m'avait juste accostée pour gagner un pari ?

En même temps, ce n'était pas son genre. C'est du moins ce qu'on pouvait déduire en analysant le contenu de sa poubelle. Est-ce qu'un sale type aurait écrit ce mot ?

Maman,
La mère de Dillon peut me ramener après la sortie scolaire. Alors tu n'as pas besoin de venir me chercher.
Gros bisous,
Josh

Dans les films, les ados stupides qui font des paris pour se fiche des filles un peu quelconques (en fait, elles ne sont pas vraiment quelconques, elles sont juste mal attifées) ne laissent jamais de mots gentils à leur mère. Et, plus tard, ces ados attentionnés le restent à l'âge adulte. J'imaginais déjà le genre de message que Josh m'enverrait, une fois qu'on serait mariés. (On peut toujours rêver, non ?)

Ma chérie,
Je dois travailler tard ce soir, et je ne serai peut-être pas là quand tu rentreras. J'espère que tu t'es bien amusée en Corée du Nord et que tu as désamorcé beaucoup de bombes.
Je t'aime,
Josh

Un étui de chewing-gums censés blanchir les dents a attiré mon attention dans la pile centrale. J'ai essayé de me rappeler si Josh les avait extrablanches ou plutôt blanches. Plutôt blanches, je crois.

— Oh, oh… a fait Liz en tendant un bout de papier à notre amie.

« Pourquoi est-ce qu'elle montre ce truc d'abord à Bex, me suis-je demandé. Ça doit être parce que Josh n'a plus que six mois à vivre… Ou alors il prend des médicaments pour se préparer à changer de sexe… Ou bien il va déménager en Alaska… »

Mais la réalité était bien pire.

— Cammie, a commencé Bex d'une voix douce, comme pour me préparer à une mauvaise nouvelle. Tu devrais jeter un coup d'œil à ça.

— Ça ne veut peut-être rien dire, a ajouté Liz avec un sourire forcé pendant que Bex me tendait un papier rose.

Le mot « JOSH » était écrit dessus, entouré de petites fleurs bleues. Une chose était sûre : ça ne venait pas d'une élève de la Gallagher Academy. Une fille qui doit potasser ses cours de chimie organique, d'encodage et de swahili tous les soirs n'a pas le temps de faire des petits cœurs sur les *i*.

— Lis-le-moi, ai-je demandé.

— Non… a répliqué Liz. Il vaut mieux…

— Liz !

Bex, elle, n'a pas hésité une seconde :

Cher Josh,

C'était chouette de te voir à la fête foraine. Moi aussi, je me suis bien amusée. J'ai hâte de remettre ça.

Gros bisous,

DeeDee

Même si Bex avait fait de son mieux pour lire le mot avec autant d'enthousiasme que pour une recette de cuisine, il n'y avait pas de doute. Cette DeeDee n'était pas « personne » pour Josh. Elle avait une sacrée longueur d'avance sur moi.

Liz avait dû lire sur ma figure, vu qu'elle s'est empressée de dire :

— T'inquiète pas, Cammie. Ça ne veut pas dire grand-chose. C'était dans la poubelle ! Bex, t'en penses quoi ?

C'est là que je me suis rendu compte d'un truc : malgré notre QI exceptionnel et notre bagage intellectuel, on ne connaissait rien aux garçons.

DeeDee, elle, aurait sûrement su pourquoi Josh avait jeté son mot. Nous, non. Ce qui signifiait que, le garçon de mes rêves et moi, on ne parlerait sans doute jamais le même langage…

— C'est bon, Liz, ai-je affirmé doucement. Je m'y attendais plus ou moins, de toute façon.

— Attends ! s'est exclamée Bex en m'attrapant le poignet. Qu'est-ce que tu lui as dit exactement l'autre soir ? Quand tu lui as raconté que tu suivais des cours à domicile ?

— C'est lui qui m'a posé la question. Et j'ai juste répondu que oui.

— Et c'est tout ?

— Non. Il m'a demandé si c'était pour des raisons religieuses. Et j'ai encore répondu : « On peut dire ça. »

Bex avait exhumé une liasse de papiers du tas principal. Il s'agissait de prospectus sur les différentes paroisses de la ville. Soit Josh s'amusait à piller les églises, soit il avait passé ses soirées à faire son enquête…

— Il t'a cherchée, Cammie, a conclu Bex, un sourire jusqu'aux oreilles.

Mon cœur s'est mis à battre à cent à l'heure. Bex et Liz me regardaient en silence, mais moi, je ne pouvais pas détacher les yeux des fameux papiers – ceux qui me donnaient toutes les raisons d'espérer.

Personne n'a entendu la porte s'ouvrir, et on a sursauté quand Macey a demandé :

— Comment il s'appelle ?

CHAPITRE 12

— Je ne vois pas du tout de quoi tu parles, ai-je tout de suite menti.

Le problème, c'est que, pour être crédible, il faut croire un minimum à son mensonge. Ce qui, de toute évidence, n'était pas mon cas.

Macey a roulé des yeux.

— C'est ça, ouais. Bon, alors, ça dure depuis combien de temps ?

— Qu'est-ce que ça peut te faire ?

— Bon, OK, laisse tomber, a-t-elle lancé avant de remarquer le tas d'ordures. C'est quoi, ce truc immonde ? (Elle s'est tournée vers moi.) Ma parole, tu dois vraiment être dingue de lui pour fouiller dans ses poubelles !

J'ai laissé Bex répliquer calmement :

— Macey, c'est juste un devoir que nous a donné notre prof d'opérations secrètes.

Macey a contemplé nos piles de détritus d'un air soudain très intéressé, comme si elle n'avait rien vu d'aussi excitant depuis des mois. Ce qui était faux, vu que les sixième se trouvaient dans le laboratoire quand le docteur Fibs s'était fait attaquer par des abeilles censées obéir à sa voix. (Il avait modifié leurs gènes pour ça, mais apparemment c'était loupé !)

— Il s'appelle Josh, ai-je fini par avouer.

— Cammie ! s'est écriée Liz, scandalisée que je puisse donner une information aussi importante à l'ennemi.

— Josh, a répété Macey d'un air pensif.

— Je l'ai rencontré pendant une mission secrète, et…

— Et maintenant, a-t-elle deviné, t'arrêtes pas de penser à lui… Tu te demandes comment il occupe chaque seconde de sa vie… Tu donnerais n'importe quoi pour savoir s'il pense à toi…

On aurait dit un médecin récapitulant les symptômes de son patient.

— Mais oui ! ai-je hurlé. C'est exactement ça !

— Tant pis pour toi, ma vieille.

Dans d'autres circonstances, le fait qu'elle m'appelle « ma vieille » m'aurait énervée. Mais là, je ne pouvais pas lui en vouloir. Parce qu'elle possédait la clé des réponses à mes questions.

— Il m'a dit que mon chat avait de la chance de m'avoir pour maîtresse. Qu'est-ce que ça signifie, à ton avis ?

— T'as pas de chat.

— En vrai, non, mais… Bref, on s'en fiche. Qu'est-ce que ça signifie ?

— Je dirais qu'il ne veut pas te laisser deviner que tu l'intéresses. Qu'il se pourrait bien qu'il ressente quelque chose pour toi mais qu'il hésite à jouer franc jeu, au cas où il ne t'intéresserait pas – ou que, finalement, il se rende compte que tu ne l'attires pas tant que ça.

— Ce qui m'étonne, ai-je repris, c'est que je l'ai entendu affirmer à un copain que je n'étais « personne ». Avant ça, pourtant, il a été super-gentil et…

— Oh, mais dis-moi, il s'en passe des choses dans ta vie… a ironisé Macey.

J'ai continué sans me laisser démonter :

— Il est super-gentil, mais, d'après ce qu'il a prétendu à son copain…

— Attends. C'est à un pote qu'il a sorti ça ? Un mec ?

— Oui.

— Et t'as tout gobé ? Crois-moi, il a juste balancé cette phrase parce qu'il voulait se la jouer blasé. Ou alors il a eu honte d'avouer qu'il s'intéresse à une fille zarbi.

— Il croit que je prends des cours à domicile pour des raisons religieuses.

— Donc, c'est bien ça. Conclusion : t'as tes chances.

Ouah !!! Trop génial ! Macey McHenry, je t'adore !

Ça, c'est sûr, elle s'y connaît en garçons, elle ! Bon, OK, ça n'a rien d'étonnant pour quelqu'un qui a fréquenté un tas d'écoles mixtes. Mais quand même ! J'avais envie de ramper à ses pieds et de vouer un culte à cette grande prêtresse de l'eye-liner et des Wonderbra.

Même Liz a reconnu :

— T'es trop forte, Macey.

— Alors, tu vas m'aider ? ai-je demandé.

— Ah non, désolée, c'est pas mon rayon.

Bien sûr que non, ce n'était pas son rayon. Elle n'était pas du genre à observer patiemment ce qui se passe chez les autres. C'était une fonceuse. Quoique… À force de la voir à toute heure du jour et de la nuit, son casque vissé sur les oreilles, je commençais à me poser des questions. Mais peu importe. J'avais en face de moi une fille capable de décoder le chromosome Y, et je n'allais pas la laisser filer aussi facilement.

— Allez ! ai-je insisté.

— Trouve quelqu'un d'autre. Moi, j'ai assez à faire avec ces stupides petites sixième. Je te rappelle que je suis leur mascotte… (Elle s'est installée sur son lit et a croisé les jambes.) À moins que tu n'acceptes de me rendre un service…

J'ai essayé de réfléchir à toute allure, mais mes neurones étaient comme englués dans la boue.

— J'ai bien l'intention de lâcher ces lilliputiennes. Et, pour ça, il faut que je rattrape mon retard. Je compte donc sur toi pour m'aider.

Ça, ça ne me disait rien qui vaille.

— Et si je refuse ? ai-je demandé.

— Eh ben, d'abord je parlerai à Jessica Boden d'une expédition matinale au laboratoire… Ou bien d'une excursion nocturne et d'une certaine personne qui en est revenue avec des feuilles dans les cheveux. Ou encore d'un petit accident pendant le cours de conduite…

C'est là que je me suis rendu compte que Macey était une vraie Gallagher. Un avis que Liz et Bex avaient l'air de partager.

— Tu savais que la mère de Jessica fait partie du conseil d'administration ? a-t-elle ajouté d'un ton moqueur. Jessica me l'a répété au moins cent cinquante fois et…

— OK, j'ai compris, l'ai-je interrompue. C'est tout ce que je gagne ?

— Non. T'y gagneras aussi *une âme sœur*.

— Mesdemoiselles, dans ce métier, il faut vous allier avec n'importe qui, nous expliquait M. Solomon le lendemain matin. Vous n'aimerez peut-être pas les gens qui seront en face de vous. Peut-être même que vous les détesterez. Peu importe. L'essentiel, c'est de vous trouver un point commun avec eux pour devenir leur partenaire.

C'est bien ce qui s'était passé avec Macey. Elle était devenue mon alliée. On n'était pas amies. Ni ennemies. Elle ne m'avait pas invitée à passer le week-end chez elle dans les Hamptons, mais j'allais faire tout comme.

Pendant le déjeuner, elle s'est dirigée droit vers notre table, elle s'est assise à côté de moi et s'est mise à me parler. Mais je n'entendais rien au milieu du brouhaha. Mes voisines se chamaillaient en coréen pour savoir quel acteur était le meilleur dans le rôle de James Bond : Sean Connery ou Daniel Craig.

— Excuse-moi, qu'est-ce que t'as dit ? ai-je demandé.

Mais, au lieu de me répondre, Macey m'a foudroyée du regard. Puis elle a fouillé dans son sac pour prendre un bout de papier auto-désintégrant et a écrit dessus :

On se retrouve ce soir pour travailler ? (Parles-en à quelqu'un et je te tue !)

— 19 heures, ça te va ? ai-je proposé.

Elle a acquiescé.

Le soir venu, je ne savais pas très bien comment notre alliance était censée fonctionner. On était assises par terre dans notre chambre avec Macey, ses devoirs étalés autour de nous. Heureusement que Liz était là.

— Tu pourrais commencer par nous expliquer ce que ce truc signifie, a-t-elle suggéré en lui collant le mot de DeeDee sous le nez.

— Hé ! s'est indignée Macey. Je croyais que vous vous étiez débarrassées de ces saletés.

Elle s'est pincé le nez et a repoussé le papier.

Mais Liz, qui est plutôt du genre tenace, lui a remis le mot devant les yeux.

— On a juste gardé ce truc. C'est un indice. Alors, qu'est-ce que ça veut dire ? a-t-elle insisté.

Celle-ci a jeté un dernier coup d'œil à son cahier de cours. Puis, ayant visiblement décidé qu'elle avait assez potassé pour ce soir, elle s'est emparée du message. Ensuite, elle est allée s'installer sur son lit pour le lire, et l'a laissé tomber par terre.

— Ça veut dire qu'il est très demandé, a-t-elle conclu avant de se tourner vers moi. Bon choix.

— Mais est-ce que cette fille l'intéresse ? a voulu savoir Liz. Cette DeeDee ?

Macey a haussé les épaules et s'est allongée.

— Ça, c'est une bonne question.

Liz a sorti le classeur que je la voyais trimballer partout avec elle depuis une semaine. J'avais pensé qu'elle travaillait sur un de ses nouveaux projets… alors qu'en fait elle avançait sur le nôtre ! Elle a ouvert le classeur, d'où sont sortis des tas de papiers, et en a attrapé un presque entièrement surligné.

— Regardez, il appelle son copain Dillon « mon frère ». Pourquoi ? Pourquoi les garçons s'appellent comme ça entre eux ?

Macey a toisé Liz comme si elle était la pire des idiotes.

— T'es pas censée être un super-génie ?

— Oh, ça va, je sais, a rétorqué celle-ci.

Alors, comme ça, les garçons étaient devenus un sujet d'étude pour notre amie…

— Bon, a repris Macey. Si c'est un sentimental, ça veut dire qu'il se fiche pas mal d'elle. Mais, dans le cas contraire, c'est possible qu'elle l'intéresse. Ou pas. Quoi qu'il en soit, ça ne sert à rien de vous creuser les méninges. Lui seul peut nous donner la réponse, alors j'y peux pas grand-chose.

— Oh, oh ! a lancé Bex, qui n'avait pas dit un mot jusqu'à présent. Donc, tu avoues que ce n'est plus de ton ressort. (Elle s'est avancée vers nous avec l'air déterminé d'une espionne prête à partir en mission.) Eh bien, on s'en occupe, maintenant.

CHAPITRE 13

S'il y a bien une qualité qu'un espion doit avoir, c'est la patience – en plus de l'intelligence et de la force, bien sûr.

Et de la patience il m'en a fallu, vu que j'ai dû attendre deux semaines pour commencer l'Opération Josh. Deux longues semaines ! Je n'ose même pas imaginer ce que j'aurais enduré si j'avais été dans un lycée classique. Au moins, à la Gallagher Academy, on a de quoi s'occuper toute la journée. Et même le samedi soir, en ce qui me concerne, vu que j'ai aidé Liz à déchiffrer tout un tas de codes protégeant des satellites espions.

On a aussi profité de ces deux semaines pour rassembler des infos supplémentaires sur Josh et réfléchir à ma couverture.

Et puis, finalement, on a intercepté une info qui nous a donné le signal du départ.

Mardi 1er octobre. Le Sujet a reçu un mail d'un certain Dillon, alias D'Man, lui demandant s'il voulait être raccompagné en voiture après l'entraînement. Le Sujet a répondu qu'il rentrerait à pied, vu qu'il devait rapporter des DVD au vidéoclub.

Au petit déjeuner, Bex m'a glissé :

— C'est pour ce soir.

Je n'ai jamais autant écrit que pendant le cours d'opérations secrètes, ce jour-là : M. Solomon nous bombardait d'informations-clés en rapport avec ma mission.

— Vous devez connaître tous les détails de votre couverture sur le bout des doigts, a-t-il affirmé, agrippé au dossier de sa chaise (sur laquelle je ne l'ai jamais vu s'asseoir, soit dit en passant). Une seule seconde d'hésitation, et vos ennemis vous grilleront. C'en sera fini de vous…

Ma main tremblait tellement que mes feuilles se sont retrouvées couvertes de taches d'encre.

— Et mettez-vous bien ça dans le crâne : pendant une opération secrète, vous ne devez jamais vous approcher du Sujet. Vous devez faire en sorte que le Sujet vienne à vous.

Je ne sais pas comment ça se passe pour les adolescentes « normales ». Mais, ce soir-là, je me suis rendu compte que s'habiller pour sortir pouvait être un vrai casse-tête.

— On aurait dû lui faire un chignon, a regretté Liz. C'est bien plus sexy.

— C'est ça, s'est moquée Macey. Parce que t'en connais beaucoup des filles qui s'habillent comme des princesses pour aller traîner en centre-ville ?

Elle n'avait pas tort.

Personnellement, je me fichais pas mal de ma coiffure. Ce qui m'intéressait surtout, c'était de savoir à quoi allaient servir les objets que Bex avait étalés sur son lit. Je pouvais difficilement les regarder, vu que Macey, qui me maquillait, n'arrêtait pas de me dire des trucs du genre « Regarde en haut », « Regarde en bas » ou « Ne bouge pas ». Et, quand elle n'aboyait pas d'ordres, elle me donnait des conseils, du style « Ne parle pas trop », « Ne ris pas trop fort » et même « S'il est plus petit que toi, essaie de te voûter ». Elle est bien bonne, celle-là !

Puis, quand elle a eu fini, Bex a pris le relais :

— On va s'occuper du contenu de tes poches, maintenant. Même si t'as pas besoin de passeport, on doit faire en sorte de donner des indices crédibles sur ta nouvelle identité. (Elle a inspecté les objets sur le lit.) Prends ça, a-t-elle décidé en me lançant un paquet de chewing-gums. Ce sont les mêmes que ceux qu'on a trouvés dans la poubelle de Josh. Ça vous fournira au moins un point commun, et en plus t'auras bonne haleine. (Elle a de nouveau examiné les accessoires.) Qu'est-ce qu'on a dit déjà, les filles ? Sac à main ou pas ?

— On devrait lui en donner un, a proposé Macey, et Bex a acquiescé.

Ça alors, voilà qu'elles parlaient accessoires toutes les deux, maintenant ! On aura tout vu !

Bex a attrapé un sac sous le lit et l'a ouvert.

— Voici un talon de ticket de cinéma. S'il te demande ce que t'as vu dernièrement, donne le nom de ce film. Et contente-toi de dire que t'as aimé sans entrer dans les détails, OK ? Je te mets aussi les lunettes-loupes. Tu ne devrais pas en avoir besoin, mais on ne sait jamais.

Elle a ajouté un stylo portant l'inscription *Que ferait Jésus ?* puis a fermé le sac avec un sourire satisfait.

Comment Bex avait-elle trouvé tous ces objets ? Je n'en avais aucune idée, et je préférais ne pas le savoir. Mais, en songeant à la foule de trucs que je devais emporter et au tas d'infos que j'étais censée retenir, je me demandais si toutes les filles devaient passer par là avant un rencard…

— Et n'oublie pas ça.

Bex m'a tendu la chaîne au bout de laquelle se balançait la petite croix en argent.

— Elle est cassée, ai-je fait remarquer. Tu ne te souviens pas ? Depuis qu'elle a pris l'eau, elle ne marche plus.

— Cammie, a lancé mon amie avec un soupir. Ça fait partie de ta *couverture* ! C'est juste un accessoire.

Évidemment ! Il fallait que je me mette ça dans la tête. Dès que j'aurais quitté l'enceinte de l'Academy, je devais oublier qui j'étais et me glisser dans la peau d'une banale lycéenne…

— Mais c'est pas vrai ! me suis-je soudain écriée. Tu te fiches de moi ou quoi ?

Liz venait d'apparaître avec Onyx dans les bras.

Il fallait maintenant que je me frotte au chat de Mme Buckingham pour me couvrir de poils ! Tout ça pour que Josh n'ait aucun doute sur ma passion pour ces petites bêtes !

Et dire que, toutes ces années, je croyais qu'il n'y avait pas plus dur que de devenir une espionne. Eh bien, je m'étais trompée : être une vraie fille l'est bien plus.

Bex, Liz et Macey m'ont conduite devant le passage secret le plus isolé.

— T'as bien pris ta lampe de poche ? m'a demandé Liz.

J'avais l'impression d'entendre ma grand-mère. Elle voulait toujours s'assurer que je n'avais pas oublié mon billet d'avion avant de partir pour l'aéroport !

— Je ne vois toujours pas comment tu vas sortir et rentrer sans te faire choper, a dit Macey.

Mais j'étais sûre de moi sur ce coup-là. Un jour, il faudrait vraiment que j'écrive un bouquin sur les passages secrets du manoir. Je gagnerais une fortune en le vendant aux sixième.

J'y dévoilerais par exemple comment, en entrant dans le placard à balais du concierge, on peut accéder à un conduit qui descend jusqu'au garde-manger du majordome. Et que, dans un des escaliers, un panneau en bois cache un accès à toutes les chambres de l'aile nord du manoir. (Il suffit d'appuyer trois fois dessus pour qu'il s'ouvre.) Mais bon, pour celles qui ont peur des araignées, ce n'est pas le meilleur itinéraire.

— Tu verras bien, Macey, ai-je répliqué tandis qu'on arrivait devant la tapisserie.

J'ai jeté un œil à l'arbre généalogique des Gallagher, puis à Macey. Mais elle n'a pas eu l'air de s'y intéresser, et encore moins de remarquer son nom de famille inscrit dessus.

— T'es canon, comme ça, a-t-elle simplement dit.

Ouah ! Venant d'elle, le compliment m'allait droit au cœur.

J'étais en train de lever le coin de la tapisserie pour me glisser derrière quand Bex m'a lancé :

— Tu vas l'achever, avec cette tenue !

Une fois à l'intérieur du passage secret, j'ai entendu Liz crier :

— C'est juste une façon de parler, hein ? Garde-le en vie !

CHAPITRE 14

Pourquoi est-ce que j'avais accepté cette mission ? Se faufiler hors du manoir est une chose. Il suffit de connaître les zones balayées par les caméras, d'échapper à la vigilance des gardes et de contourner les détecteurs de mouvements le long de la façade sud. Faire le mur avec des chaussures à talons en est une autre. C'est sûr, les bottes noires de Macey me donnaient une allure digne des Drôles de dames. Mais, une fois arrivée sur la place, j'avais les pieds en compote, une cheville foulée et les nerfs à vif.

Heureusement, j'avais le temps de me remettre de mes émotions. Tout le temps, même.

Il y a un truc qu'il faut savoir à propos des missions secrètes. Ça peut être sacrément ennuyeux. Bien sûr, vous êtes parfois amené à faire exploser des bombes ou à sauter de trains en marche, mais, le plus souvent, vous devez attendre qu'il se passe quelque chose. Un truc qu'on ne vous montre jamais dans les films.

Bref, heureusement que j'étais au courant. Parce que je me serais sentie vraiment bête quand je me suis assise sur le banc en essayant de paraître normale.

17 h 35 : L'Agent a rejoint sa position.

18 h 00 : L'Agent regrette de ne pas avoir emporté de casse-croûte, vu qu'il ne peut pas quitter son poste pour acheter une barre de chocolat et encore moins aller aux toilettes.

18 h 30 : L'Agent se rend compte qu'il est très difficile de garder son sex-appeal avec une envie pressante.

Et dire que, au lieu de faire mes devoirs, je devais poireauter ici en frottant ma cheville enflée ! J'avais pourtant pas mal de travail : les cinquante premières pages de *L'Art de la guerre* à traduire en arabe, un modificateur d'empreintes digitales à améliorer pour le docteur Fibs, et un quiz sur la culture pop à rendre à Mme Dabney.

19 h 55… Bon allez, je lui donnais cinq minutes…

— Salut, a lancé une voix derrière moi.

Oh, mon Dieu ! Il était là ! Pourquoi est-ce que j'étais incapable de me retourner ? Pourtant, il le fallait bien.

— Cammie ?

J'aurais pu lui dire bonjour en quatorze langues… mais aucun son n'est sorti de ma bouche quand il s'est retrouvé devant moi, à part :

— Heu… oh… heu…

— Josh, a-t-il dit en pointant son index contre sa poitrine, comme s'il pensait que j'avais oublié.

Alors ça, j'ai trouvé ça super-touchant ! Même si je ne suis pas une experte en garçons, j'ai pu en déduire que l'humilité fait partie de ses qualités. Parce qu'en général, quand quelqu'un suppose que l'autre a zappé son prénom, ça signifie qu'il est tout sauf imbu de lui-même.

— Salut.

Est-ce que j'avais bien parlé dans ma langue maternelle ? J'étais tellement troublée que je me suis demandé si je ne m'étais pas adressée à lui en arabe ou en allemand. Pitié ! Pourvu qu'il ne me prenne pas pour une de ces filles qui essaient de frimer en plaçant les trois mots étrangers qu'elles connaissent.

— Je t'ai vue assise sur ce banc en arrivant.

Bon, apparemment, je m'étais bien exprimée dans ma langue maternelle. C'était déjà ça.

— Ça fait un moment que je ne t'ai pas croisée dans le coin, a-t-il continué.

— Oh… J'étais en Mongolie.

Il fallait quand même que je garde un truc à l'esprit : éviter les mensonges vraiment énormes.

— Avec l'Armée du salut, ai-je poursuivi. Mes parents en sont des membres très actifs. C'est quand ils y sont entrés que j'ai commencé les cours à la maison…

— Ouah. C'est cool.

— Tu trouves ?

J'avais du mal à croire qu'il était sérieux. Mais, comme il souriait, j'ai enchaîné :

— Je veux dire… c'est vrai que c'est cool.

Il s'est installé à côté de moi.

— T'as vécu où avant de venir ici ?

Même si j'ai un peu voyagé, je n'ai habité que trois endroits : un ranch au Nebraska, une maison à Washington et une école pour surdouées. Mais, heureusement, ma couverture avait été pensée dans les moindres détails.

— En Thaïlande. C'est un pays magnifique.

— Ouah !

Et puis je me suis souvenue du conseil de Macey : « Ne lui en mets pas trop plein la vue. » J'ai donc essayé de minimiser les choses :

— Mais bon, c'était il y a longtemps.

— Et tu vis ici, maintenant ?

Le Sujet a tendance à faire remarquer des choses évidentes, ce qui peut révéler un manque d'observation et/ou des problèmes de mémoire.

— Oui.

Grand silence. Ça devenait vraiment gênant.

— J'attends ma mère, ai-je fini par lâcher en me rappelant ce que j'avais convenu de dire avec mes amies. Elle suit des cours du soir à la bibliothèque. (J'ai montré du doigt le bâtiment en brique rouge dominant la place.) Comme je n'ai pas souvent l'occasion de sortir, je l'accompagne chaque fois qu'elle doit aller en ville.

Le Sujet a des yeux très bleus. Ils scintillent quand il regarde quelqu'un chez qui il soupçonne des troubles mentaux.

Après un autre long moment sans prononcer un mot, il s'est levé en déclarant :

— Je dois y aller.

Même si je mourais d'envie de lui demander de rester, je ne voulais pas paraître désespérée. Et je ne voyais aucun moyen de l'empêcher de partir… à part deux ou trois prises d'arts martiaux.

— Au fait, c'est quoi ton nom de famille ? a-t-il demandé.

— Solomon.

Mais qu'est-ce qui m'avait pris de donner *ce nom-là* ?

— T'es dans l'annuaire ?

Quel annuaire ?

Devant mon air perplexe, il a ri.

— Je peux t'appeler ? a-t-il insisté.

Ça alors ! Josh venait de me demander s'il pouvait m'appeler ! Il voulait mon numéro ! Ça voulait donc dire que je n'étais pas « personne » ?! Enfin, ça ne changeait rien à un problème de taille. Le dernier téléphone que j'avais utilisé faisait aussi office de taser. Rien que pour cette raison, il valait mieux ne pas lui en donner le numéro.

— Non, ai-je répliqué.

Et là, il s'est passé un truc dingue : Josh a eu l'air tout malheureux ! Comme si on venait d'écraser son chien !

— Non ! ai-je crié, cette fois. Je ne voulais pas dire « Non, *tu* ne peux pas m'appeler » mais « Non, tu *ne peux pas* m'appeler ». Mes parents sont très stricts sur certaines choses.

Ce qui n'est pas faux.

Il a acquiescé, feignant de comprendre, et a demandé :

— Et ton adresse mail ?

J'ai secoué la tête de droite à gauche.

— Je vois, s'est-il résigné.

— Je reviens ici demain… ai-je improvisé. Ma mère a un autre cours et…

— OK. Alors, on se croisera peut-être, a-t-il conclu en tournant les talons.

— *Mais qu'est-ce que ça veut dire, tout ça ?* ai-je crié à Macey, même si ce n'était pas sa faute.

Je ne comprenais vraiment rien aux garçons. Pourquoi est-ce que ce type, qui avait l'air tout déçu de ne pas avoir mon numéro, m'avait dit que « peut-être » on se verrait le lendemain, alors que je lui avais affirmé que je serais là à la même heure ?

Liz affichait une expression à la fois effrayée et ravie. La même que quand le docteur Fibs nous annonce qu'on va avoir besoin de nos masques à gaz. Quant à Macey, elle se faisait les ongles pendant que Bex s'adonnait à ses exercices de yoga.

En général, le yoga est censé détendre, non ? Eh bien, c'est une règle qui ne s'applique pas à Bex. La preuve, elle a proposé :

— Si tu veux, je peux le liquider.

— Je crois que le plus simple, Cammie, est intervenue Liz, c'est que tu y ailles demain. S'il vient, alors ça veut dire que tu l'intéresses.

— Faux, a lancé Macey. S'il vient, ça signifie juste qu'il est curieux ou qu'il n'a rien de mieux à faire.

— Alors, comment savoir si Cammie lui plaît ? a demandé Liz.

Macey a levé les yeux au ciel et affirmé, comme si c'était la chose la plus évidente du monde :

— C'est pas la question. La question, c'est de savoir à quel point.

Décidément, j'en apprends tous les jours !

CHAPITRE 15

Avant de vous raconter ce qui va suivre, il vaut mieux que je vous explique un truc. Quand on a commencé l'entraînement pour devenir espion, on ne peut pas s'arrêter sur commande. Ça fait partie de votre être, que vous soyez en train de manger, de dormir ou même de respirer. Bref, en ce qui me concerne, c'est inscrit dans mes gènes au même titre que mes cheveux ternes ou mon faible pour les M&M's.

Imaginez un peu que vous vous retrouviez à ma place. Vous êtes seule dans une rue déserte et sombre, en route vers un rendez-vous clandestin, contente d'avoir pensé, cette fois, à emporter une barre de chocolat… quand, tout à coup, des mains vous couvrent les yeux.

Bien sûr, moi, je n'ai pas paniqué. J'ai juste appliqué les réflexes d'autodéfense qu'on m'avait appris. J'ai attrapé le bras de mon agresseur, et je l'ai fait basculer par-dessus mon épaule en me servant de sa force.

« Trop fastoche », ai-je pensé… jusqu'à ce que je baisse les yeux. Josh était étendu à mes pieds, le souffle coupé. Je me suis jeté à genoux en criant :

— Oh mon Dieu ! Je suis désolée ! Ça va ? Pitié ! Dis-moi que ça va !

— Cammie ? a-t-il croassé d'une voix mourante.

Ça y est ! J'avais tué l'homme de ma vie, le seul que je pourrais jamais aimer. Je me suis penchée vers lui, prête à recueillir ses dernières paroles. Mes cheveux sont tombés dans sa bouche ouverte. J'ai cru qu'il allait régurgiter son dîner.

J'ai coincé ma mèche derrière mon oreille avant d'approcher de nouveau mon visage du sien.

— Tu veux faire quelque chose pour moi ? a-t-il murmuré.

— Tout ce que tu veux !

— Ne raconte jamais ce qui vient de se passer à mes copains.

En le voyant sourire, j'ai poussé un gros soupir de soulagement. Alors, comme ça, il pensait que j'allais rencontrer ses amis ! Ça voulait dire quelque chose, ça, non ?

Le Sujet montre des capacités physiques étonnantes, après s'être remis très vite d'une chute particulièrement brutale sur le trottoir.

J'ai aidé Josh à se relever, puis j'ai tapoté ses vêtements pour en enlever la poussière.

— Ouah ! s'est-il exclamé. T'as appris ça où ?

J'ai réfléchi à ce que Cammie, l'adolescente normale au chat nommé Suzie, aurait répondu :

— Ma mère dit qu'une fille doit pouvoir se défendre toute seule.

Ce n'était même pas un mensonge.

Il s'est frotté l'arrière du crâne.

— Je plains ton père, alors.

J'ai eu l'impression de recevoir une balle en plein cœur. Puis j'ai réalisé que, contrairement à la plupart des gens qui faisaient allusion à mon père sans le vouloir, il n'essayait pas de rattraper sa gaffe. Il s'est contenté de me regarder avec un grand sourire. Et, pour la première fois, j'ai souri en pensant à mon père…

— Il prétend être plus fort qu'elle, ai-je déclaré, mais je crois qu'elle pourrait avoir le dessus.

— Telle mère, telle fille, hein ?

Josh ne pouvait pas me faire plus plaisir.

— Tu veux te promener ?

— Oui.

Après un moment passé à écouter nos pas résonner sur le bitume, je me suis rendu compte qu'on était censés se parler. Mais j'avais beau me creuser les méninges, tout ce que je trouvais, c'était des trucs du style : « T'as lu la nouvelle traduction de *L'Art de la guerre* ? Moi, je préfère le texte d'origine… » Le silence était si pénible que j'espérais presque qu'il se passe quelque chose de dingue – qu'il sorte un couteau ou qu'il se mette à parler japonais. Mais non, il se taisait toujours. Et je ne savais absolument pas quoi faire. Alors je l'ai imité. Il a souri, j'ai souri. Il a tourné au coin de la rue, je l'ai suivi. (Je dois préciser qu'il n'en a même pas profité pour vérifier qu'on ne nous filait pas, mais bon…)

On est arrivés à un terrain de jeux réservé aux enfants, et il a dit :

— Je me suis cassé le bras ici, quand j'étais petit. En fait, je me suis retrouvé au milieu d'une sale bagarre.

— Ah oui ?

— Ma mère a eu la peur de sa vie. Elle m'a poussé dans la voiture en hurlant… On ne rigole pas tous les jours, tu sais, avec elle.

— Je vois le genre… Avec ma mère, c'est un peu pareil.

— Ça m'étonnerait. La tienne a l'air cool. Elle t'a emmenée dans plein d'endroits sympas. La mienne, tout ce qui l'intéresse, c'est de faire des tartes. Je ne pense pas que ce soit la passion de ta mère.

— Oh mais si ! Elle est très forte en cuisine.

— Tu veux dire que je ne suis pas le seul à devoir rester des heures à table devant au moins huit plats ?

— On fait ça tout le temps !

Ce n'était pas faux, si on considère que cinq Coca light et trois cookies font huit plats.

— Nooon ! Je pensais pas que ça pouvait exister chez des gens de l'Armée du salut…

— Qu'est-ce que tu crois ? On est très famille.

C'est là qu'il a fait un truc super-mignon.

— Attends, a-t-il dit. T'as un cil…

Il a caressé ma joue avec son doigt pour l'enlever.

— Fais un vœu.

Mais j'avais déjà tout ce que je voulais…

Je ne sais pas combien de temps on s'est baladés dans les rues.

— Parle-moi de toi, m'a demandé Josh.

J'ai répliqué, un peu paniquée :

— Qu'est-ce que tu veux savoir ?

— Tout. Quelle est ta couleur préférée ? Ton groupe favori ? Ton anniversaire ?

— Heu…

La mise en garde de M. Solomon contre les hésitations m'est tout de suite revenue.

— Le 19 novembre.

— Ta glace préférée ?

— Menthe aux éclats de chocolat, ai-je répondu du tac au tac, en me rappelant le pot vide trouvé dans sa poubelle.

Son visage s'est illuminé.

— Moi aussi ! T'as des frères et sœurs ?

— Des sœurs.

— Qu'est-ce que fait ton père quand il ne sauve pas le monde ?

— Il est ingénieur. Je l'adore.

Cette dernière phrase est sortie toute seule. Et je me suis souvenue de ce que j'étais censée dire de mon père : « Il est un peu strict, mais il m'aime. » De tous les mensonges que j'avais préparés, celui-là était le plus proche de la vérité.

— T'as de la chance. Je suis sûr qu'il ne t'oblige pas à suivre ses traces... (Il a shooté dans un caillou.) Comment on appelle ça, déjà ? Tu sais, quand on peut faire ce qu'on veut ?

— Le libre arbitre ?

— Oui, c'est ça. Estime-toi chanceuse d'avoir ton libre arbitre.

— Pourquoi tu dis ça ?

On était justement arrivés devant une rangée de boutiques plongées dans l'ombre, à côté de la place. Josh a désigné une enseigne lumineuse au-dessus de l'une d'elles : *Pharmacie Abrams et fils depuis 1938*.

Il ne m'apprenait rien. Je savais, bien sûr, que sa famille tenait cette pharmacie. Mais ce que les données informatiques ne m'avaient pas révélé, c'est ce que Josh pensait du métier de son père. Et je n'étais pas du tout préparée à voir son air triste quand il a affirmé :

— C'est pour ça que je fais du foot. C'est le seul prétexte que j'ai trouvé pour ne pas aider mon père à la pharmacie après les cours.

Quelque chose me disait que c'était la première fois qu'il avouait ça à quelqu'un.

— Tu sais, ai-je rétorqué, ma famille aussi me met un peu la pression pour que je suive la voie de mon père.

— Non ! C'est vrai ?

Je me suis contentée d'acquiescer, incapable de prononcer un mot de plus. Mon problème à moi, c'est que je ne sais pas ce que cette voie me réserve. Un autre destin que celui de mon père, j'espère.

Dix heures du soir ont sonné à l'horloge, et je me suis crue dans la peau de Cendrillon, même s'il n'était pas minuit.

J'ai pivoté vers la bibliothèque en annonçant :

— Je dois y aller… Je ne peux pas… Désolée…

Il m'a rattrapée par le bras.

— Attends. T'as une identité secrète, c'est ça ? (Il a souri.) Allez, tu peux me l'avouer. T'es la fille cachée de Wonder Woman ? Ça ne me dérange pas, tu sais… du moment que ton père n'est pas Superman, parce que, franchement, il m'énerve celui-là avec ses grands airs.

J'ai répliqué dans un éclat de rire :

— Je dois vraiment y aller…

— Mais qui va me raccompagner chez moi ? C'est dangereux, par ici.

De l'autre côté de la place, un groupe de vieilles dames quittait le cinéma.

— Ne t'en fais pas. Tu t'en sortiras très bien tout seul.

— On se voit demain ?

Il avait posé la question de façon si douce, presque sensuelle, que, s'il ne m'avait pas tenue par le bras, je serais tombée dans les pommes.

J'aurais tellement voulu dire oui ! Mais j'avais une tonne de devoirs : un examen de biochimie, sept chapitres de sciences politiques à apprendre, et une énorme note de synthèse pour le docteur Fibs. Et puis, de toute façon, M. Solomon nous avait bien expliqué qu'un bon espion devait varier ses habitudes. Sans compter qu'on risquait de remarquer mon absence au manoir, si je disparaissais trois soirs de suite.

— Vraiment désolée… Mais je ne sais pas quand ma mère doit retourner à la bibliothèque.

— On ne peut même pas se voir pour que tu me donnes quelques cours d'autodéfense ?

Tout à coup, une super-idée m'a traversé l'esprit.

— T'aimes les films d'espionnage ?

— Heu… oui.

Je me suis tournée vers le kiosque. J'avais remarqué que les pierres de sa base n'étaient pas toutes très bien scellées.

— Une fois, j'ai vu un vieux film en noir et blanc dans lequel l'héroïne cherchait un moyen de communiquer avec un agent secret sans se faire remarquer, ai-je expliqué. Tu devines la suite ? Ils se sont échangé des messages grâce à une boîte aux lettres morte. Si tu veux, on peut utiliser un système du même genre. Tu n'auras qu'à me laisser des mots ici.

J'ai enlevé une pierre. Un trou est apparu derrière, dans le ciment.

— Je saurai qu'il y a quelque chose pour moi quand tu auras placé la pierre à l'envers. Et moi, je la remettrai à l'endroit, et tu devineras que je t'ai répondu… On utilisait tout le temps cette technique… en Mongolie.

Le pauvre, il devait se dire : « Ma parole, elle vit à quelle époque ? Elle a jamais entendu parler des mails ? De Skype ? Des portables ? »

Effectivement, il me regardait comme si j'étais folle. Du coup, j'ai lancé :

— OK, c'est débile. Laisse tomber… (J'ai pivoté sur mes talons.) Bon, je dois y aller.

— Cammie ?

Je me suis arrêtée.

— T'es peut-être pas la fille de Wonder Woman, mais t'es quand même spéciale, hein ?

Bon, finalement, je devrais songer à ajouter la clairvoyance aux qualités de Josh.

CHAPITRE 16

RAPPORT DE COMMUNICATION

Le 18 octobre, pendant un cours de conduite, les Agents ont remarqué que la pierre du kiosque avait été retournée. L'Agent Morgan a donc simulé un mal de ventre pour sortir de la voiture et s'emparer discrètement du message suivant :

Si ton père n'est pas Superman, alors ça doit être Spiderman.

Traduction de Macey McHenry : « J'essaie désespérément d'être drôle, parce que je n'ai aucune confiance en moi. »

La semaine suivante, l'Agent Morgan a trouvé un nouveau mot :

Aujourd'hui, mon prof de techno m'a collé parce que je ne suis pas arrivé à poncer correctement un nichoir. Ensuite, mon père m'a demandé de l'aider à la pharmacie deux soirs par semaine. Et, quand je suis rentré chez moi, ma mère a voulu que je goûte les dix-huit sortes de

cakes à la banane qu'elle venait de faire... Bref, cette journée a été un vrai calvaire.
Et toi, comment s'est passée la tienne ?

Traduction de Macey McHenry, assistée d'Elizabeth Sutton : « J'aime te faire des confidences, à toi dont la vie est si passionnante. Je trouve très excitant de cacher des messages et de te voir en secret. »

Les Agents ont considéré cette missive comme un signe encourageant, et une preuve que le Sujet désire poursuivre la correspondance. Un lien de confiance semble se créer, et le Sujet pourrait être sur le point de vouloir accélérer les choses.

Le message suivant disait :

C'est quand même dingue qu'on communique par petits mots, non ?

Traduction de Macey McHenry : « Même si cette relation palpitante me fait oublier ma vie monotone, je me rends compte qu'elle ne peut pas durer éternellement. Mais j'ai envie de voir ce que ça donne. »

Les Agents ont conscience qu'il ne faut pas brusquer les choses. Par conséquent, l'Agent Morgan s'abstiendra de proposer quoi que ce soit – rendez-vous ou sortie – jusqu'à nouvel ordre.

Quelques jours plus tard, l'Agent Morgan a reçu un message digne du plus grand intérêt :

Tu crois que tu pourrais venir voir un film vendredi ? Je sais que ça risque d'être difficile pour toi, mais, au cas où, je serai à l'endroit habituel à 19 heures.

Traduction de Cameron Morgan, approuvée par Macey McHenry : « Allez, je me lance !!! »

Ça y est ! J'avais enfin un vrai rencard ! Au cinéma !

Mon excitation a duré jusqu'au soir. Mais, le lendemain, l'espionne a repris le dessus sur l'ado et mon euphorie est retombée.

Qu'est-ce qui se passerait si je tombais nez à nez avec un des membres du personnel de l'Academy dans la salle obscure ?

Assise à la table du Grand Hall, Liz comparait le dernier message de Josh aux autres – elle les avait analysés au laboratoire pour savoir si le papier et l'encre pouvaient nous donner des informations.

— Regardez le *f* de « film », a-t-elle dit en nous tendant le mot. Je crois avoir lu quelque part que ça montre une certaine tendance à…

Je ne devais jamais connaître la fin de sa phrase. Toutes les élèves, à notre table, étaient devenues étrangement silencieuses.

— Bonsoir, mesdemoiselles, nous a saluées M. Solomon.

Je venais d'engouffrer le mot de Josh aussi discrètement que possible. Le problème, c'est que ce n'était pas du papier auto-désintégrant…

— Alors, elles sont bonnes, ces lasagnes ? a demandé M. Solomon.

J'allais répondre quelque chose, quand je me suis rendu compte que j'avais la bouche pleine.

— Le forum de l'emploi de l'Academy se tiendra vendredi soir, a-t-il annoncé.

Mes amies et moi, on s'est regardées, interloquées. Quoi ? Le forum avait lieu *ce vendredi soir* ?

Il a lancé une pile de brochures sur la table.

— Voici les entreprises qui seront représentées. C'est une opportunité unique, en particulier pour celles qui ne me rejoindront pas au sous-sol numéro 2 l'année prochaine.

J'ai dégluti, avalant en même temps un bout de papier.

Sitôt M. Solomon parti, j'ai recraché ce qui restait du message et j'ai contemplé la brochure susceptible de changer le cours de ma vie. Ça m'a coupé net l'appétit.

Le forum de l'emploi de l'Academy ressemble sans doute à ceux des autres lycées… sauf que, chez nous, les invités débarquent en hélicoptère, suspendus à des cordes. Il y a vraiment des frimeurs parmi les espions !

Les couloirs étaient encombrés de tables pliantes et de bannières ringardes du genre « Foncez avec les Forces armées ! ». Pendant qu'un chasseur de têtes s'asseyait au fond de chaque classe, une marée de spectateurs s'installait dans l'ancienne grange pour assister au cours d'autodéfense des seconde.

— T'es malade ou quoi ? a crié Liz.

Est-ce qu'elle parlait du crochet qui venait de passer à deux centimètres de son nez ? Ou du fait que Bex s'opposait au report de mon rendez-vous du soir ? En tout cas, une chose était sûre : on aurait dû éviter d'avoir cette conversation dans une salle remplie d'agents secrets…

Pendant que les hirondelles nichaient tranquillement au-dessus de nous, Tina Walters montrait à un agent du FBI comment tuer un adversaire avec un spaghetti cru.

Un coup de sifflet a retenti. Mme Hancock, notre prof, nous signalait qu'on devait échanger les rôles, et Bex est venue se mettre derrière moi. Elle a enroulé ses bras autour de mon cou avant de me souffler à l'oreille :

— Les couloirs sont pleins de monde. Personne ne remarquera l'absence du Caméléon…

Je l'ai fait basculer par-dessus ma tête, et elle s'est retrouvée étendue de tout son long sur le tapis.

— Et moi, je pense que tu devrais annuler, a déclaré Liz en me fonçant dessus.

Après l'avoir esquivée, je l'ai envoyée connaître le même sort que Bex.

Elle s'est relevée à demi et a répété ce qu'elle avait lu sur la brochure de présentation :

— *Les élèves de la Gallagher Academy pourront décider quelle voie emprunter pour devenir les femmes Gallagher de demain.*

Je pensais les avoir mises hors d'état de nuire, mais Bex, sans avoir besoin de se relever, m'a lancé un grand coup de pied qui m'a jetée à mon tour par terre.

Avant que j'aie pu contre-attaquer, un homme s'est dirigé vers nous, et on s'est redressées toutes les trois d'un bond. Il n'était ni grand ni petit, ni beau ni laid. Bref, c'était le genre de personne que vous pouviez croiser dix fois sans jamais la reconnaître. Comme moi.

— Bien joué ! nous a-t-il félicitées. Vous êtes en seconde, c'est ça ?

Bex a répondu d'un ton fier :

— Oui, monsieur.

— Et vous suivez toutes les cours d'opérations secrètes ? a-t-il demandé en glissant un œil vers Liz, qui s'était emmêlé les cheveux – Dieu sait comment – dans les lacets de mes chaussures.

— Juste ce semestre, a répondu celle-ci.

Le soulagement qu'elle affichait en disait long sur son intention. Elle ne tenait visiblement pas à connaître un jour le sous-sol numéro 2.

— Oui, enfin, après on peut continuer si on veut, a précisé Bex.

— Très bien… Je vous laisse à votre entraînement.

L'homme a enfoui les mains dans ses poches en souriant. Je l'ai regardé pivoter sur ses talons avec la certitude qu'il ne m'avait même pas remarquée. Mais il a tourné la tête vers moi et m'a saluée :

— Au revoir, mademoiselle Morgan.

À l'extrémité de la salle, Mme Hancock a donné un nouveau coup de sifflet.

— Tout le monde en cercle ! Vous allez maintenant montrer à nos invités comment on joue à Pierre, Feuille, Ciseaux.

Opération « Diviser pour régner »

Au cours de l'opération du vendredi 29 octobre au soir, qui a impliqué quatre Agents, trois ont été assignés à une mission de sécurité au sein de la Gallagher Academy. Chacun d'eux a quadrillé une zone prédéfinie, prêt à répondre aux questions qu'on pourrait lui poser sur l'Agent Morgan. Lorsqu'un individu leur demanderait où se trouvait ce dernier, ils avaient convenu de répliquer « Je ne sais pas » ou bien « Elle est partie par-là ». Au cas où l'individu se ferait plus insistant, ils devaient s'exclamer « Vous l'avez manqué de peu ! » avant de s'éloigner le plus vite possible.

J'ai suivi Bex et Macey dans le couloir. Il était encombré de sixième buvant les paroles de beaux recruteurs dans le genre de M. Solomon et de seconde s'extasiant devant les dernières transmissions satellite du département de la

Sécurité intérieure. (En particulier celles de la chambre de Brad Pitt…)

Bex avait raison. Je n'avais jamais vu les pensionnaires de l'Academy dans un tel état d'excitation – même pendant les Alertes Rouges.

— Tu peux y aller, m'a soufflé Bex. Et n'oublie pas de mettre le paquet !

— Tu vas assurer, m'a affirmé Macey – ce qui m'a donné des ailes, avant qu'elle ajoute : À condition que tu ne fasses pas ta petite dinde…

J'ai continué mon chemin jusqu'à un couloir désert. À mesure que les bruits de voix de mes camarades s'évanouissaient, j'avais une impression étrange. Comme une présence qui se rapprochait. J'ai soulevé la tapisserie pour tirer sur la petite épée des armoiries, quand j'ai entendu une voix prononcer mon nom :

— Vous devez être Cameron Morgan.

Je me suis figée sur place. L'homme qui s'avançait vers moi avait les cheveux noirs, un costume noir et des yeux d'encre.

— Où est-ce que vous courez comme ça ?

— Oh… On est à court de serviettes en papier au stand des rafraîchissements.

Avouez quand même que je deviens experte en bobards !

Il a éclaté de rire.

— Comment quelqu'un comme vous peut-il s'abaisser à une tâche pareille ?

Je l'ai regardé fixement, incapable de sourire, jusqu'à ce qu'il se présente :

— Je m'appelle Max Edwards. J'ai bien connu votre père.

Sans doute. Il n'était pas le premier à me dire ça ce soir-là. Une poignée de types dans son genre avaient insisté pour me parler de mon père. Même si Josh ne m'avait pas attendue, je crois que j'aurais eu envie de m'enfuir le plus loin possible.

— Je travaille pour Interpol, maintenant. Je sais que, vu la profession de vos parents, les portes de la CIA vous sont grandes ouvertes, mais ce n'est pas une raison pour refermer les autres, pas vrai ?

— Oui, monsieur.

— Vous avez commencé les cours d'opérations secrètes ?

— Oui, monsieur.

— Bien, bien. Je suis sûr que M. Solomon se fait une joie de *vous* former.

Il a posé sa main sur mon épaule. Pourquoi avait-il insisté sur le « vous » ? Je n'en avais aucune idée. Puis il s'est penché vers moi et a chuchoté :

— Vous savez, tout le monde n'a pas l'étoffe d'un espion. Tout le monde n'a pas ça dans le sang – le goût pour l'adrénaline, le danger, le sacrifice.

Il a fouillé dans sa poche pour en sortir une carte de visite.

— Appelez-moi quand vous voulez. Vous aurez toujours une place chez nous.

Il m'a tapoté l'épaule avant de s'éloigner. J'ai attendu de le voir disparaître, puis j'ai compté jusqu'à dix et je me suis faufilée derrière la tapisserie. Au milieu du couloir, je me suis arrêtée pour échanger mon uniforme contre des vêtements plus discrets. Je n'ai jamais pu remettre la main sur sa carte…

CHAPITRE 17

Je sais bien que, dans les films d'espionnage, la fille enlève sa tenue de serveuse pour enfiler une belle robe sexy en un éclair, le temps que l'ascenseur arrive au troisième étage. Mais, en réalité, l'art de se changer demande énormément d'entraînement – et encore plus quand on se retrouve dans un tunnel obscur.

Quand j'ai découvert la tête que faisait Josh devant le kiosque, j'ai paniqué en pensant que le mauvais éclairage m'avait joué des tours. Ma chemise était à moitié ouverte ou quoi ? Ou bien le haut de ma culotte dépassait de ma jupe ? Ou pire encore ?

— T'es…

Et zut ! Je devais avoir du rouge à lèvres sur les dents… Les cheveux pleins de toiles d'araignée… Des chaussures de couleurs différentes…

— … magnifique.

Pour la première fois de ma vie, je n'avais plus l'impression d'être invisible. Les corps de rêve de Bex et de Macey m'étaient sortis de la tête, de même que les sublimes boucles blondes de Liz. Je me voyais à travers les yeux de Josh. Au point d'en oublier que je ne serais peut-être jamais aussi belle que ma mère.

Tout à coup, j'ai réalisé que c'était à moi de parler. Il portait une veste en cuir et un pantalon kaki semblable à celui des forces spéciales de la Marine – elles devaient justement être en pleine démonstration sur le lac artificiel de l'Academy.

— Et toi, t'es très… classe.

— Merci… (Il a tiré sur son col.) Ma mère a compris que j'avais rendez-vous avec une fille et… disons qu'un peu plus et je me retrouvais avec un bracelet de fleurs au poignet…

Un bracelet de fleurs ? Comme ceux que les garçons offrent à leur cavalière au bal de fin d'année ? J'avais déjà vu mon père donner ce genre de truc à ma mère. La différence, c'est que son bracelet à elle était équipé d'un scanner optique et d'un émetteur-récepteur.

— Désolé, a repris Josh. On a raté la séance. J'aurais dû vérifier l'horaire avant de t'en parler. Ça commençait à 18 heures.

La mission a été compromise à 19 heures quand l'Agent et le Sujet ont réalisé qu'ils avaient raté leur première vraie sortie – et que l'Agent a compris qu'il avait enfilé sa plus jolie tenue pour rien.

— Ah bon, ai-je lancé en essayant de cacher ma déception.

Liz m'avait fait une super-coiffure. J'avais parcouru trois kilomètres dans le noir. J'avais attendu ce moment toute la semaine, mais, en véritable espionne, je me suis contentée d'afficher mon plus beau sourire et de prétendre :

— C'est pas grave. Je vais…

— Tu veux aller manger un hamburger ?

Manger un hamburger ? Je venais juste de déguster un filet mignon avec le directeur adjoint de la CIA, mais je me suis quand même exclamée :

— Avec plaisir !

En face, les lumières d'un café brillaient. On a marché dans cette direction, puis Josh a ouvert grand la porte et m'a laissée passer. Trop mignon !

Le sol était un assemblage de carreaux blancs et noirs, les banquettes étaient en vinyle rouge et des photos d'Elvis ornaient le mur. Ce n'était pas trop mon style de musique, mais ça ne m'a pas empêchée de me glisser sur une banquette – en face de la fenêtre malheureusement, puisque Josh s'était déjà installé à la meilleure place. Heureusement que M. Solomon ne me voyait pas, parce qu'il aurait été très déçu par cette erreur de stratégie ! Mais, l'essentiel, c'était que la table cache mes genoux flageolants...

L'Agent a essayé d'adopter la respiration permettant de tromper n'importe quel détecteur de mensonges. Cependant, l'Agent ne peut pas affirmer avec certitude que cela suffise à duper un garçon de quinze ans.

La serveuse est venue prendre notre commande et, juste après, Josh s'est adossé confortablement à la banquette. D'après les fiches de Liz sur le langage corporel, ça signifiait qu'il était en confiance. Ou alors que j'avais une drôle d'odeur et qu'il voulait s'éloigner le plus possible de moi...

— C'est vraiment dommage qu'on ait raté le film... a-t-il dit.

— Pas grave. C'est bien aussi, ici.

Et là, la conversation a cessé d'un coup, comme dans cet épisode de *Buffy contre les vampires* où tous les habitants de la ville se font déposséder de leur voix. Je commençais à me demander si la CIA n'avait pas provoqué une catastrophe en fourrant son nez dans le laboratoire du docteur Fibs. Du genre, justement, envoyer des ondes capables de rendre tout le monde muet à des kilomètres à la ronde. J'allais ouvrir la bouche pour vérifier que je pouvais toujours parler quand j'ai entendu quelqu'un crier « Josh ! » derrière la vitre.

La porte du café s'est ouverte, et une bande d'adolescents s'est avancée vers nous. Laissez-moi vous dire que, pour quelqu'un qui fréquente une école de filles depuis la sixième, c'était plutôt flippant !

Pour la première fois de ma vie, je me retrouvais immergée jusqu'au cou en territoire ennemi. J'ai aussitôt essayé de me rappeler les différentes façons de repousser une attaque multiple. En temps normal, j'aurais dû pouvoir compter sur Josh – mon guide dans ce monde inconnu. Mais, d'après sa mâchoire inférieure tombante et la frite qui s'était arrêtée à mi-chemin de sa bouche, il était lui aussi en proie à la panique.

J'ai réfléchi à mes points forts. Personne ne me connaissait. Je ne portais pas mon uniforme. Et puis, si une bagarre éclatait, je savais me défendre.

Le problème c'est que, même si j'avais peu de chances d'être grillée, ma confiance en moi était au plus bas. Et elle a dégringolé encore d'un échelon quand une des filles – une blonde super-mignonne – a lancé « Salut, Josh ! » et qu'il a répondu « Salut, DeeDee ».

L'Agent a pu observer que, bien qu'elle ne soit pas en possession de papier à lettres rose, la personne suspecte connue sous le nom de « DeeDee » dirigeait la troupe d'assaillants.

Contrairement aux autres, qui sont juste passés devant nous en saluant Josh, DeeDee et un type nous ont rejoints sur la banquette. Et devinez qui s'est collée à Josh ? DeeDee, comme par hasard ! Heureusement que le café était rempli de monde, parce que, sinon, je crois que je lui aurais réglé son compte avec la bouteille de ketchup.

— Salut, moi, c'est DeeDee ! s'est-elle exclamée en piquant une frite à Josh. (En plus, elle ne se gênait pas !) On se connaît ?

« Mes parents sont agents secrets, j'ai un QI bien supérieur à la moyenne et, si je voulais, je pourrais te tuer dans ton sommeil en faisant passer ça pour un accident, espèce de stupide petite dinde… »

— Cammie vient d'emménager à Roseville.

Voilà pourquoi c'est toujours mieux d'avoir un coéquipier. Sans Josh, je ne sais pas si j'aurais pu renoncer à me servir de la bouteille de ketchup…

— Oh, a-t-elle simplement dit.

Sous le maquillage que Macey m'avait soigneusement appliqué, j'ai eu l'impression de sentir une éruption de boutons… La nouvelle venue a pris une autre frite et a lancé sans me regarder :

— Enchantée.

— DeeDee et moi, on se connaît depuis toujours, a déclaré Josh.

Celle-ci a piqué un fard sans que je comprenne pourquoi.

Deux des filles de la bande ont mis des pièces dans le juke-box, qui s'est mis à hurler une chanson. Du coup, le garçon à côté de moi a dû crier pour m'expliquer :

— Ouais, elle est comme un pote pour nous… Au fait, moi c'est Dillon.

Il m'a fallu quelques secondes pour reconnaître le garçon à qui Josh avait dit que je n'étais personne.

— Salut, moi c'est Cammie, ai-je fini par articuler.

Dillon a hoché la tête sans me quitter des yeux.

— Alors, comme ça, c'est toi la fille mystérieuse ?

DeeDee a aussitôt arrêté de mâcher sa frite.

— Tu dois excuser mon ami ici présent, a repris Dillon. Sa timidité lui fait manquer à tous ses devoirs. Mais tu peux me demander ce que tu veux. Je suis à ta disposition.

Il avait passé son bras autour de mes épaules. Je n'avais pas pris tous ces cours d'autodéfense pour rien… Ceci dit, je n'ai pas eu besoin de l'envoyer au tapis, parce que Josh lui a donné une grande claque sur l'épaule par-dessus la table.

— Ben quoi ? a crié Dillon. J'essaie juste d'être aimable.

Il a continué sans se démonter :

— D'ailleurs, je comprends maintenant pourquoi Josh veut te garder pour lui tout seul…

Il a tendu la main pour attraper une frite, mais Josh a éloigné l'assiette avant de lancer :

— Merci d'être passés. On ne vous retient pas.

Puis il a voulu donner un coup de pied sous la table à Dillon, mais c'est mon tibia que sa chaussure a rencontré. Heureusement pour lui, j'en avais vu d'autres. Je n'ai même pas crié.

— Attends, tu rigoles ou quoi ? a répliqué Dillon en baissant la voix. Tu ne vas pas nous lâcher maintenant ! On a un super-plan pour ce soir : escalader le mur de cette école de filles blindées de fric pour leur montrer nos fesses. Qu'est-ce que t'en dis ?

Je rêvais ou il parlait de NOTRE école ? Des garçons avaient-ils pu exposer régulièrement leur postérieur juste sous nos fenêtres sans que je m'en rende compte ? Et Josh ? Il s'y était mis lui aussi ? Si ça se trouvait, les types de la sécurité possédaient des photos valant le détour... Dans ce cas, il faudrait que je mette la main dessus !

La confusion devait se lire sur mon visage, parce que Josh s'est penché vers moi pour préciser :

— Il parle de la Gallagher Academy. C'est une école privée pour snobinardes. Les pensionnaires sont toutes des délinquantes bourrées aux as.

Je mourais d'envie de prendre notre défense. Comment pouvait-il dire ça de quelqu'un qui venait de traverser un tunnel obscur dans des chaussures horriblement inconfortables ? Et puis, il ne savait pas tout ce que lui et les autres devaient aux élèves de notre Academy... Mais bon, parfois, les espions n'ont pas d'autre choix que d'acquiescer à toutes sortes de bêtises en lançant : « Ah oui ? »

— Non, c'est pas vrai ! s'est exclamé Dillon. Tu connais pas la Gallagher Academy ? T'es *jamais* passée devant ?

Et il a éclaté d'un rire tonitruant qui a fait se retourner toutes les têtes dans le café.

Je l'ai observé en me demandant combien de temps il me faudrait pour pirater la base de données du service des impôts. Lui et sa famille pourraient bien se retrouver prochainement sur la paille...

— Je suis des cours à domicile, ai-je commenté.

— Ah oui, j'avais oublié. Tu sais que c'est bizarre, quand même ?

Avant que j'aie pu ouvrir la bouche, DeeDee a pris ma défense :

— Moi, je trouve ça chouette.

Finalement, j'allais peut-être avoir du mal à la détester, celle-là...

— Bon alors, t'es des nôtres ? a insisté Dillon en regardant Josh.

Mais Josh n'a pas répondu. Il a poussé doucement DeeDee pour qu'elle se lève de la banquette, a sorti son portefeuille, a laissé tomber un billet sur la table puis m'a tendu la main.

— On s'en va ?

« Oh que oui ! » ai-je eu envie de crier. J'ai attrapé sa main pour me lever, laissant les deux hamburgers à peine entamés sur la table. Mais, une fois debout, Josh ne m'a pas lâchée. Ouah ! *On se tenait la main !*

Il m'a entraînée vers la sortie sans se retourner vers ses amis. Pourtant, une élève de la Gallagher Academy ne peut pas oublier en un clin d'œil quatre ans de cours de bienséance. J'ai donc lancé à Dillon et à DeeDee :

— Salut. Ravie d'avoir fait votre connaissance.

Tu parles !

Dillon a crié :

— Tu loupes une super-occasion de rigoler, mon pote. Ces snobinardes sont pas près de nous oublier !

« C'est ça, ouais. Essaie toujours pour voir… » ai-je pensé pendant que Josh ouvrait la porte.

Dans les films d'espionnage, d'habitude, le héros et l'héroïne se donnent toujours la main quand ils sont en train de courir, ce qui en fait n'est pas du tout réaliste. Avouez que ce n'est quand même pas très pratique pour piquer un sprint !

Mais, Josh et moi, on ne courait pas. On se baladait tranquillement, les doigts toujours enlacés.

Au bout d'un moment, il s'est arrêté et a déclaré :

— Je suis désolée…

— Pourquoi ?

Je ne voyais vraiment pas ce qu'il avait à se reprocher.

— Tu sais, Dillon… Il n'est pas aussi méchant qu'il en a l'air. Il parle beaucoup, mais il ne fait pas grand-chose.

— Alors, on n'aura pas besoin d'aller prévenir les filles de la Gallagher Academy ? ai-je demandé en riant.

Il a répliqué avec un sourire :

— Non, je pense qu'elles n'ont rien à craindre.

Il ne croyait pas si bien dire…

— DeeDee, par contre, elle a l'air sympa, ai-je repris.

Ce n'était même pas un mensonge. Malheureusement.

— Oui, mais – ses doigts ont pressé les miens – j'ai pas très envie de parler d'elle.

Encore maintenant, j'ai du mal à comprendre comment les choses sont arrivées ensuite. C'était peut-être à cause des lumières sous le kiosque, ou bien de la main de Josh contre la mienne, ou encore du gaz étrange du docteur Fibs que j'avais respiré un peu plus tôt… Tout à coup, le décor s'est mis à tourner autour de nous. Comme si, avec Josh, on s'était retrouvés au beau milieu d'un tourniquet lancé à toute vitesse. Il devait y avoir une sacrée force centripète, parce que, lui et moi, on était comme aimantés l'un vers l'autre. Et puis, soudain, ce dont j'avais rêvé toute ma vie s'est réalisé.

Ceci dit, ne comptez pas sur moi pour vous raconter ce qui s'est passé exactement. Je n'ai aucune envie qu'on connaisse les détails de mon premier baiser.

Bon, OK, je lâche le morceau. Oui, je l'avoue, Josh m'a embrassée. Mais pas question de vous parler de la douceur de ses lèvres. Ni de la sensation incroyable que j'ai ressentie… comme si nos âmes se rejoignaient… Tout ça relève de ma vie privée.

La seule chose que je peux écrire, c'est que ce baiser d'une douceur inouïe était le début de… Bref, ce n'était que le début.

CHAPITRE 18

Avantages et inconvénients de sortir avec le mec le plus mignon et le plus gentil du monde quand on est apprentie espionne :

Avantage 1 : Pouvoir lui parler en quatorze langues.

Inconvénient : Il n'en comprend qu'une. Sa langue maternelle.

Avantage 2 : Quand il a des difficultés en chimie, vous avez un prétexte tout trouvé pour le rejoindre à la bibliothèque.

Inconvénient : Vous ne pouvez pas l'aider tant que ça parce qu'il finirait par se rendre compte que vous avez le niveau d'un docteur en chimie. Et il se poserait des questions.

Trois semaines plus tard, assise dans le Grand Hall, j'écoutais mes camarades faire des projets pour le samedi soir quand Liz a déboulé. Elle a jeté une pile de bouquins sur la table avec une force telle que ma fourchette a été éjectée de mon assiette.

— Alors, t'es prête à te mettre au boulot ? a-t-elle demandé, irradiant de joie.

— Liz… Tu sais bien que… j'ai quelque chose de prévu avec…

— Josh. (Elle a ramassé un exemplaire du *Guide maya de la régénération moléculaire* tombé par terre pour le mettre au-dessus de la pile.) Le problème, c'est qu'on doit rendre ce projet mercredi, Cammie.

— Je sais.

— Et ça comptera pour un tiers de notre moyenne.

— Je sais. Je vais m'y mettre…

Quand ? Je n'en avais aucune idée. D'ailleurs, je n'avais pas pensé une seule fois à ce projet depuis que le docteur Fibs nous l'avait confié, trois semaines plus tôt – juste après mon premier rencard avec Josh. Depuis, je prenais la vie comme elle venait. Chaque chose en son temps.

Le Grand Hall commençait à se vider, et je me suis moi-même levée en constatant l'heure.

— Écoute, Josh m'a préparé une surprise. Une grosse surprise, je crois. Alors, je m'y mettrai demain.

Mais bon, c'est aussi ce que j'avais dit la veille.

Heureusement, Liz n'a pas fait de commentaire. Elle s'est contentée d'acquiescer en me recommandant d'être prudente. J'ai filé vers la bibliothèque, où il suffit d'appuyer sur la tablette du rayon « D-F », tout en extrayant l'exemplaire de l'*Usage moderne des armes anciennes*, pour se retrouver dans un de mes passages secrets préférés.

Sauf que M. Solomon en personne se trouvait dans la pièce.

— Bonsoir, mademoiselle Morgan.

Je me suis arrêtée net. Même si j'étais presque sûre qu'il ne connaissait pas l'existence de ce passage – j'avais mis deux ans à le découvrir –, ça m'a fichu la trouille de tomber sur lui à ce moment précis.

— Qu'est-ce que vous avez prévu ce soir ?

Il a enfoncé ses mains dans ses poches et s'est penché vers moi.

— Un rendez-vous galant ?

J'avais beau être convaincue qu'il essayait seulement d'être drôle, je n'ai pas pu m'empêcher de rire jaune. Il y avait mieux pour ne pas se faire griller.

— J'étais juste…

— C'est moi que tu cherches ? a lancé une voix.

Levant la tête, j'ai découvert ma mère debout sur le balcon qui surplombait la pièce. Puis elle a descendu les marches, un livre de poésie à la main. Elle ne m'avait jamais paru aussi belle… Une fois à ma hauteur, elle a passé son bras autour de ma taille.

— Je voulais justement te voir.

— Ah bon ?

— Dans ce cas, a décrété M. Solomon, je vais vous laisser, les filles.

Les filles ? Là, c'était sûr, ma mère allait lui tordre le bras derrière le dos et lui envoyer un coup de botte à talon dans la figure (une prise que je compte bien perfectionner dès que je pourrai avoir ce genre de bottes). Mais non. Au lieu de ça, ma mère lui a souri ! Ça m'a rendue malade !

Elle m'a entraînée vers le Grand Hall, d'où s'élevaient encore des conversations en farsi et quelques cliquetis de fourchettes, puis vers la chapelle.

— Tu veux faire quelque chose ce soir ? a-t-elle proposé.

Mais, quand elle a constaté que je ne débordais pas de joie, elle a ajouté :

— Ou pas. Je pensais que ça te ferait plaisir d'aller te balader en ville.

Évidemment que ça me ferait plaisir. Mais pas avec elle. Ce n'était pas pour rien que j'avais mis du brillant à lèvres et planqué des vêtements dans le tunnel. Josh avait eu l'air si content quand il avait dit : « Alors, c'est d'accord, on se retrouve samedi soir ? T'as rien de prévu avec tes parents, hein ? »

J'ai regardé ma mère dans les yeux et j'ai déclaré :

— Je suis crevée, tu sais.

— Dans ce cas, on pourrait opter pour quelque chose de reposant. Comme aller au cinéma.

— C'est que je… Je dois…

— Cammie m'a promis de m'aider en chimie organique, a lancé une voix derrière moi.

Je me suis retournée. Macey se dirigeait vers nous d'un air tranquille. Cette fille était peut-être à la traîne en chimie, mais quand il s'agissait de mentir – une grande qualité chez les espions – elle était d'un naturel incroyable.

— Oh, je vois, a dit ma mère.

Mais son sourire était un peu forcé et sa voix un peu triste quand elle m'a pressé affectueusement le bras.

— Bon, d'accord. C'était juste pour que tu ne passes pas la soirée toute seule.

Toute seule ? Comment est-ce que je pourrais être seule ici, au milieu de toutes les élèves de ce manoir ?

Une fois que ma camarade s'est éloignée, elle a déclaré :

— Je sais que ça n'a pas dû être facile d'accepter Macey. Je suis fière de toi, tu sais.

Elle m'a serrée contre elle pendant de longues secondes, comme si elle n'allait pas me revoir avant un bout de temps. Je serais bien restée comme ça éternellement, mais Josh m'attendait.

— On se voit demain soir pour le dîner ? ai-je demandé.

— Bien sûr, ma chérie.

Elle a coincé une mèche de mes cheveux derrière mon oreille, et je l'ai quittée. En tournant au coin du couloir, je me suis retrouvée nez à nez avec Macey.

Elle était adossée au mur, les mains sur les hanches.

— Je n'aime pas raconter des bobards à ta mère, a-t-elle affirmé. Avec mes parents, c'est pas pareil, mais avec ta mère…

Puis elle a étouffé un rire.

— J'espère qu'il en vaut le coup.

— Pas de doute là-dessus.

— Ah oui ? T'es sûre ? Parce que moi, je ne vois pas ce qu'il a de si spécial pour que tu prennes des risques pareils.

Évidemment, quand on s'appelle Macey McHenry et qu'on a tout reçu sur un plateau sans lever le petit doigt, risquer de tout perdre pour un garçon peut paraître un peu dingue.

— Il est…

J'aurais pu dire un tas de choses comme « gentil », « attentionné » ou « drôle ». Mais, je ne sais pas pourquoi, j'ai juste déclaré :

— Il est… normal.

— Ah bon ? Eh ben moi, j'en connais plein des mecs normaux.

— Pas moi, ai-je conclu en la regardant droit dans les yeux.

CHAPITRE 19

Avec Josh, on avait convenu de se rejoindre au kiosque. Mais il n'était pas là. En fait, il n'y avait personne dans les alentours. Même pas devant le cinéma. Les boutiques étaient plongées dans le noir. Un papier orange a voleté sur la place déserte, et tout à coup j'ai eu l'impression de me retrouver dans un de ces films d'apocalypse.

De quoi avoir la chair de poule.

L'Agent a quadrillé la zone à l'affût d'éventuelles menaces, tout en évaluant les chances que le joli sac dans la vitrine soit un jour en solde.

Soudain, un minivan a surgi dans la rue. J'étais sans doute trop absorbée par l'autocollant sur le pare-chocs qui disait *Mon enfant est un génie* pour réaliser que Josh était au volant. Je ne l'ai reconnu que quand il est sorti du véhicule, un bracelet de fleurs au poignet.

Oui, vous avez bien lu : *un bracelet de fleurs !*

Il s'est avancé vers moi, et j'ai bredouillé :

— Mais… c'est un bracelet de fleurs…

— Heu… oui, a-t-il avoué en rougissant. C'est un soir spécial, après tout.

— C'est pas plutôt ta mère qui t'a obligé à acheter ça ? Ou alors, c'est de l'humour…

Il s'est penché pour m'embrasser.

— Tu veux vraiment savoir ?

— Oui.

— Les deux.

À 18 h 07 précises, le Sujet s'est présenté à l'Agent, arborant un indice révélateur de sa personnalité (un bracelet de fleurs). Macey McHenry a plus tard décrété qu'il s'agissait d'une preuve de profonde ringardise. Au contraire, l'Agent, voyant cela comme un signe de gentillesse et d'une certaine forme d'humour, a décidé de le porter avec fierté.

— Tu es magnifique, a déclaré Josh.

Ce n'était pas mon avis. Je m'étais habillée en pensant qu'on irait au cinéma ou au bowling. Et ma tenue n'allait absolument pas avec un bracelet de fleurs.

J'ai tiré sur ma jupe.

— Alors, qu'est-ce qui se passe de spécial, ce soir ?

Il a éclaté de rire.

— Tu pensais que j'allais oublier ?

Oublier quoi ? Je mourais d'envie de lui poser la question, mais l'espionne que je suis s'est contentée d'affirmer avec un sourire :

— Bien sûr que non.

Josh a ouvert la portière du minivan.

— Alors, on y va ?

D'après le protocole, un agent secret ne devrait jamais se laisser emmener en territoire inconnu. Cependant, connaissant le Sujet et l'ayant envoyé un jour valdinguer aussi facilement qu'un sac de patates, l'Agent a estimé le risque quasi nul.

— J'adore ton van.

— Je suis en train d'économiser pour acheter une voiture…

Apparemment, il pensait que j'étais ironique.

— Je ne rigole pas, tu sais. Il est… spacieux et… vraiment grand… Enfin, j'aime bien.

Qu'est-ce que je racontais ? J'étais devenue stupide, ou quoi ?

Josh était vraiment trop beau, ce soir-là. Ses cheveux avaient un peu poussé depuis notre première rencontre, et ses longs cils faisaient une ombre sur ses pommettes. Depuis le siège passager, je pouvais observer tranquillement les moindres détails de son physique. Comme ses mains, ou bien la petite cicatrice de sa mâchoire. Une trace, selon lui, d'une bagarre au couteau. Et, d'après son dossier médical, d'une chute de vélo quand il avait sept ans.

— Josh ?

On était presque sortis de Roseville, et les arbres devenaient de plus en plus nombreux.

— Oui ? a-t-il demandé d'un ton un peu inquiet, comme s'il s'attendait à ce que je lui dise que quelque chose n'allait pas.

Il a quitté la nationale pour s'engager sur une route sinueuse.

— Merci.

— Pourquoi ?

— Pout tout.

Il y a au moins deux choses à savoir sur les habitants de Roseville. D'abord, ils n'ont vraiment aucune idée de ce qui se passe derrière les murs de la Gallagher Academy. Ensuite, ils ne font pas les choses à moitié quand il est question de leur ville.

Devant le champ où Josh s'apprêtait à se garer, un homme vêtu d'une veste à bandes réfléchissantes et d'une lampe de poche orientait les conducteurs.

— Qu'est-ce qui se passe, ici ? ai-je demandé.

— Tu vas voir, a répliqué Josh en m'ouvrant grand la portière.

On s'est dirigés vers une immense grange d'où s'échappaient de la musique et des lumières.

— Hé ! ai-je crié. On dirait notre grange…

Il m'a regardée d'un air perplexe.

— … en Mongolie.

— C'est la fête des vendanges, a expliqué Josh. Une tradition qui remonte au temps où il n'y avait que des fermiers à Roseville. Aujourd'hui, c'est juste un prétexte pour boire et danser. (Il s'est arrêté et m'a regardée.) J'ai pensé que tu aimerais passer la soirée ici. Mais, si tu préfères qu'on aille autre part, on peut…

Je lui ai fermé la bouche avec un baiser. Il paraît que c'est une technique très répandue, même chez les filles ordinaires.

— Allons danser, ai-je conclu.

Je peux vous dire que les cours de tango de Mme Dabney ne m'ont pas franchement aidée. En revanche, ils m'auraient peut-être été utiles pour infiltrer une soirée donnée par des ambassadeurs… J'avais à peine mis le pied dans la grange que j'ai compris une chose : je n'étais pas du tout préparée à ce genre de danse.

Des banderoles et des lampions pendaient au plafond, et un groupe jouait un vieil air de country pendant que la foule dansait en cercle. Des dames âgées, assises sur des bottes de foin, tapaient dans leurs mains en écoutant le chef de la police promener son archet sur un violon.

Mon cavalier m'a entraînée vers une table revêtue de papier crépon.

— Hé, bonsoir, Josh, a lancé la femme installée derrière.

— Deux places, s'il te plaît, Shirley, a-t-il demandé en sortant son portefeuille.

— Oh, mais ta mère s'est déjà occupée de ça !

Josh m'a regardée d'un air paniqué, et mon sang s'est figé dans mes veines.

— Ils sont déjà là ?

— Josh ! Cammie ! a appelé quelqu'un avant même que la dénommée Shirley puisse répondre.

Le chef de la police a posé son violon, et un garçon a pris la relève au saxophone. Tout le monde a suivi la cadence, y compris la femme en blanc qui s'avançait vers nous, les bras grands ouverts.

— Josh ! Cammie !

Elle s'est frayé un passage parmi les danseurs, suivie par un homme grand et mince.

— Je suis vraiment désolé, a murmuré Josh. Vraiment désolé. On va juste leur dire bonjour, OK ? Je pensais que j'aurais le temps de te prévenir…

— Cammie ! a crié la femme. Qu'est-ce que tu es jolie !

Puis elle m'a serrée contre elle. Voilà un autre truc auquel la Gallagher Academy ne m'avait pas préparée : qu'une parfaite inconnue me fasse des mamours… Elle m'a ensuite saisie par les épaules et m'a regardée.

— Je suis Mme Abrams. Quel plaisir pour moi de te rencontrer enfin !

Et elle m'a de nouveau enlacée !

Une fois immergé en territoire ennemi, l'Agent est entré en contact avec des individus apparemment haut placés dans la communauté. Bien qu'il n'ait pas reçu l'entraînement adéquat pour gérer ce genre de situation, l'Agent s'est efforcé de ne pas compromettre l'opération.

— Oh ! a continué Mme Abrams. Je vois que tu portes ton bracelet de fleurs ! (Elle les a effleurées du doigt.) Elles sont magnifiques, n'est-ce pas ?

Je comprenais maintenant pourquoi le pantalon et la chemise de Josh étaient si bien repassés. Avec ses tenues toujours impeccables, il ressemblait plus à un pharmacien qu'à un adolescent…

— Bonsoir, jeune fille, a dit l'homme. Je suis M. Abrams, le père de Josh. Alors, que penses-tu de Roseville ?

J'étais cuite ! Si les parents de Josh commençaient à me bombarder de questions, j'allais sans doute finir par répondre à côté. Et ils ne tarderaient pas à me prendre pour une extraterrestre.

J'avais trois options. A) Prétexter un mal de ventre et battre en retraite. B) Piquer le stylo de Shirley, que je voyais abandonné sur la table, et leur régler leur compte avant de me faire plaquer au sol par la moitié de la ville. C) Considérer l'expérience comme une mission de la plus haute importance et en tirer profit.

— Je trouve que c'est une très jolie ville, ai-je affirmé en tendant la main à mon interlocuteur. Monsieur Abrams, ravie de faire votre connaissance.

Il avait les mêmes cheveux ondulés que Josh et prenait visiblement grand plaisir à saluer les gens qui passaient près de lui :

— Bonsoir, Carl, bonsoir, Betty… Ah, Pat ! Je viens de recevoir les coussinets en silicone qui permettront de soulager tes oignons…

— Dans la famille, on est pharmacien de père en fils depuis 1938, m'a expliqué fièrement Mme Abrams.

Puis son mari m'a demandé :

— Josh t'a parlé de notre pharmacie ?

— Oui.

— Il n'y a pas une personne dans cette salle à qui je n'ai pas vendu de médicaments.

Josh s'est à moitié étouffé avec son punch.

— C'est… ai-je bredouillé, ne sachant pas trop quoi dire. Impressionnant.

Il a posé la main sur l'épaule de son fils.

— Et, un jour, la pharmacie reviendra à ce garçon.

— Oh, Jacob, est intervenue Mme Abrams. Laisse-le tranquille avec ça.

La mère de Josh ressemble au prototype de la femme « parfaite ». Je suis sûre qu'elle ne s'est jamais tachée de sa vie, et qu'elle n'est jamais sortie de chez elle avec une veste froissée. Ou même sans bijou.

J'ai tiré sur le col de ma chemise, avec l'impression d'être toute nue. Si j'avais su, j'aurais mis le collier de perles de ma mère. Même sans le lecteur de microfilms intégré, il m'aurait été bien utile.

J'avais un tas de questions à poser à Mme Abrams. Du genre « Comment faites-vous pour que vos vêtements restent immaculés dans cette poussière ? » ou « Est-ce que le chewing-gum censé blanchir les dents marche vraiment ? ». Mais, évidemment, je ne pouvais pas lui demander ça. Alors je suis restée plantée là, à sourire comme une idiote.

— Tes parents ne sont pas là ? a-t-elle voulu savoir en scrutant la foule.

— Non… Ils sont… très occupés.

— C'est vraiment dommage !

Le groupe de musiciens a changé de chanson, et Mme Abrams s'est penchée vers moi pour crier par-dessus le bruit :

— Quelle est ta tarte préférée ?

Cette femme avait vraiment de quoi vous taper sur les nerfs ! J'étais sur le point de perdre les pédales et de crier comme une folle « Je ne suis pas une espionne ! » quand j'ai vu Dillon, debout sur une botte de foin, agiter la main dans notre direction.

La mère de Josh, après avoir suivi le regard de son fils, a déclaré :

— D'accord, les enfants, allez-y.

Et elle m'a *une nouvelle fois* serrée contre elle. Elle commençait vraiment à me fiche la trouille !

— Passe nous voir quand tu veux, Cammie, a-t-elle conclu. Et donne notre numéro à tes parents. Ils voudront peut-être rejoindre notre club de bridge…

Elle pouvait toujours rêver. La dernière fois que mes parents ont fait un bridge, c'était en Chine, et ça s'est fini par une explosion à la dynamite.

— Merci, ai-je dit avec un sourire.

Alors, c'était ça, des parents normaux ? Des gens qui interdisaient à leur fils de sortir avec une tache ou un pantalon mal repassé ? Tout à coup, Josh me paraissait beaucoup moins mystérieux.

Je me suis dirigée vers Dillon et sa bande de copains, mais Josh m'a tirée par la main.

— On danse ?

— Mais… c'est pas tes amis, là-bas ?

— Oui… Enfin, ce sont les gens de mon lycée.

— Tu ne veux pas leur dire bonjour ?

— Écoute. J'ai le choix entre danser avec la plus jolie fille de la soirée ou aller retrouver une bande d'abrutis que je vois tous les jours. Qu'est-ce que tu ferais à ma place ?

OK, ce compliment lui valait un paquet de bons points supplémentaires. Mais, après ce qui venait de se passer, je ne le voyais plus tout à fait comme avant. Apparemment, lui aussi avait l'impression de se retrouver en territoire ennemi…

Il m'a entraînée de l'autre côté de la grange, où on a dansé un long moment avant que Josh me dise :

— Merci d'avoir joué le jeu avec mes parents. Ils voulaient absolument te rencontrer.

— Ils sont très gentils.

— Complètement barges, tu veux dire… T'as entendu comment mon père parle de sa pharmacie ? Il est persuadé que sans lui toute la ville serait morte… T'as de la chance, toi. Tes parents ont l'air chouette.

Il m'a serrée plus fort contre lui, ce qui a eu deux avantages. A) Il ne voyait pas mes yeux embués de larmes – lesquelles allaient mettre à l'épreuve le nouveau mascara waterproof de Macey. B) Ça me permettait de me cacher, ce dont j'allais avoir bien besoin.

— Oh mon Dieu ! ai-je gémi en enfouissant ma tête contre l'épaule de Josh.

— Qu'est-ce qui se passe ?

— Euh… Rien… je me suis juste cogné l'orteil, ai-je prétexté.

Je ne pouvais quand même pas lui dire : « Au fait, en parlant de parents, ma mère vient d'entrer avec mon prof d'opérations secrètes. »

Sur la piste de danse, M. Solomon faisait tourner ma mère sur elle-même, et ils riaient en chœur. Elle était tellement belle, avec ses cheveux qui virevoltaient comme dans une pub pour un shampoing, qu'elle aurait pu vendre un masque capillaire à n'importe quel chauve !

Je me suis dissimulée dans l'ombre et j'ai commencé à m'éloigner le plus possible des portes principales. Comment j'avais pu être assez stupide pour ne pas repérer les sorties ? Je me maudissais intérieurement.

— Je m'assiérais bien un peu, ai-je déclaré.

J'avais trouvé un coin plongé dans l'obscurité, tout au fond de la grange, juste en dessous du grenier à foin, loin de ma mère et de M. Solomon.

— Tu veux un verre de punch ? a proposé Josh.

— Oh oui ! Quelle bonne idée !

Il a disparu dans la foule, et pendant quelques secondes mon angoisse s'est calmée. Puis, tout à coup, j'ai eu l'impression que le sol se dérobait sous mes pieds. Seulement, ce n'était pas qu'une impression. J'étais *vraiment* en train de m'élever dans les airs…

CHAPITRE 20

« Oh mon Dieu ! » ai-je pensé. Heureusement que je n'ai pas pu crier. Non seulement parce que j'avais le souffle coupé, mais aussi parce que Bex avait plaqué sa main sur ma bouche. Dans la pénombre du grenier à foin, le visage de Liz s'est dessiné. D'ici, on entendait à peine la musique, étouffée par les bottes de paille qui jonchaient le plancher.

— Cammie, a commencé Liz doucement. On a dû te tirer de là. Ta mère et M. Solomon… Ils sont ici !

C'est en voyant le système de poulie qu'elles avaient installé et les câbles qui nous serraient la taille, à Bex et à moi, que j'ai compris comment j'avais atterri là. Et pourquoi j'avais eu l'impression qu'on me tirait comme un poisson au bout d'une canne à pêche…

Macey aussi était là, allongée sur le sol, à l'autre bout du grenier.

— Bien joué, les filles ! (Elle a roulé sur elle-même pour se rapprocher de nous.) Je crois que personne ne vous a vues. Il fait noir comme dans un four, en bas.

Pour quelqu'un qui participait à sa première mission secrète, Macey semblait plutôt calme. Tina avait peut-être raison, au bout du compte. Selon ses informations, Macey avait fait chanter le rédacteur en chef de *Vogue* pour l'obliger à remettre les treillis à la mode. C'est sûr, cette fille avait du cran !

Liz, par contre, avait l'air complètement paniquée.

— Tu m'entends, Cammie ? Ta mère et M. Solomon sont là ! Ils t'ont peut-être aperçue ! Tu sais ce qui va se passer si c'est le cas ?

— Oui.

Je me suis affalée sur le plancher, le nez dans le foin, en attendant que mon cœur arrête de battre à cent à l'heure. Et puis j'ai réalisé quelque chose.

— Ils ne m'ont pas vue, ai-je affirmé.

— Comment tu peux en être aussi sûre ?

— Parce que sinon elle serait déjà morte, a répliqué Bex.

Bex et Liz se sont mises elles aussi à plat ventre, et ont rejoint Macey en rampant. Tandis que des lumières clignotaient faiblement en dessous de nous, le groupe a commencé à jouer un slow. Ma mère dansait toujours avec M. Solomon. Et, cette fois, elle avait la tête sur son épaule… Autant vous dire un truc. J'aurais préféré qu'ils m'étripent vivante plutôt que d'assister à *ça* !

— Ouah ! a murmuré Macey. Ils font un beau couple, quand même.

— T'inquiète pas, Cammie, a tenté Liz. Je suis certaine qu'ils sont juste amis. Pas vrai, Bex ?

Mais Bex n'a rien répondu… Ça ne me disait rien qui vaille.

— Ils sont juste… a répété Liz.

Macey l'a interrompue :

— T'en fais pas. Parce que, crois-moi, ils ne sortent pas ensemble, et ils ne sont pas amoureux.

Elle avait l'air si sûre d'elle ! Comment pouvait-elle savoir un truc pareil ? Peu importe, de toute façon. Je pouvais lui faire confiance. Macey McHenry était une experte de ce genre de question. J'allais pousser un soupir de soulagement… quand elle a ajouté :

— Enfin… pas encore.

Et là, j'ai cru que j'allais me trouver mal.

— Comment vous avez su qu'ils viendraient ici ? ai-je demandé pour changer de sujet.

— J'ai surpris une conversation entre ta mère et M. Solomon, a expliqué Macey.

— Et, vu qu'on a eu peur qu'ils te tombent dessus, on a glissé une balise GPS dans le sac de ta mère, a expliqué Bex, l'air très contente d'elle-même.

— Et on a activé celle qu'on avait mise l'autre soir dans la chaussure de Josh, a ajouté Liz.

Liz m'a indiqué sur sa montre ultrasophistiquée deux points lumineux qui se rapprochaient l'un de l'autre. Dans la salle en contrebas, Josh passait à quelques centimètres de ma mère, un verre de punch dans chaque main.

— Quand on a découvert que ta mère prenait la même direction que Josh, on a mis au point un sauvetage d'urgence.

J'ai enfoncé mon visage dans le foin, en priant pour que tout ça ne soit qu'un mauvais rêve. J'avais presque réussi à m'en persuader, lorsque Macey a dit :

— Mignon, ton bracelet.

— Arrête de te payer ma tête, ai-je lancé en levant les yeux vers elle.

Mais on avait visiblement d'autres chats à fouetter que de se disputer, parce que Bex s'est reculée dans l'ombre et a déclaré :

— Prêtes pour la phase 2 ?

Elle m'a tirée par la main pour me remettre d'aplomb, puis m'a attachée au câble pendant que Macey ouvrait la petite porte qui donnait sur l'extérieur.

— Non, ai-je protesté.

Mais Liz m'a poussée dehors.

— Non, je ne peux pas !

Trop tard. Je tournoyais déjà dans le vide. Je me suis retrouvée sur la terre ferme, suivie aussitôt de Liz et de Macey, qui a filé droit vers les arbres au bout du champ.

— Liz, il faut que je retourne à l'intérieur, ai-je affirmé.

— T'es devenue dingue ou quoi ? a demandé Bex en nous rejoignant.

— Mais Josh y est…

— Avec ta mère et M. Solomon.

— Bex ! Je peux pas le planter là. Il va s'inquiéter. Il va sans doute me chercher et poser des questions à tout le monde…

— Elle a raison, est intervenue Liz. C'est une violation de la règle numéro 1 du code de la mission secrète, qui consiste à…

Je ne devais jamais connaître la suite, parce que des lumières rouges ont soudain surgi de la forêt.

— Grouillez-vous ! a crié Macey, assise au volant.

Décidément, je n'étais pas au bout de mes surprises ! Non seulement mes amies venaient à ma rescousse à bord de la voiture de golf appartenant à l'Academy, mais en plus Bex laissait Macey conduire !

Devant mon air ahuri, Liz a expliqué, un peu honteuse :

— Laisse-moi juste te dire que quand Chewing-gum se réveillera dans quelques heures, il sera tout étonné que son médicament contre la sinusite l'ait fait autant dormir.

Dans la grange, la musique s'est arrêtée et des applaudissements ont retenti.

— Je ne peux pas partir avec vous, ai-je insisté en regardant Bex.

Liz était déjà en train de grimper dans la voiture.

— T'inquiète pas. Dès que j'aurai retrouvé Josh, on s'en ira tous les deux, ai-je ajouté.

Bex restait silencieuse. Même dans la pénombre, je pouvais voir la déception sur son visage.

— Tu sais que tu risques de te faire choper ?

— Hé ! ai-je lancé avec un rire forcé. T'oublies que je suis le Caméléon !

Bex s'est glissée sur la banquette arrière et a conclu :

— À tout à l'heure.

L'Agent a décidé d'attendre le moment adéquat pour soustraire le Sujet et sauver la mission. Le territoire étant envahi par un escadron ennemi, le risque encouru n'était pas négligeable. Pourtant, malgré le retrait de ses renforts, la détermination de l'Agent se révélait sans faille.

Ma mère et M. Solomon avaient beau être beaucoup plus entraînés et expérimentés que moi, j'avais quand même un avantage sur eux. Je savais qu'ils étaient là, alors qu'ils ignoraient ma présence. Je me suis tapie derrière une grosse Buick noire, les yeux fixés sur les portes, en réfléchissant aux scénarios possibles. A) Provoquer une diversion et profiter du chaos pour filer avec Josh. B) Attendre que Josh s'en aille – ou que ma mère et M. Solomon s'en aillent – en priant pour qu'ils ne partent pas tous les trois en même temps. C) Trouver un autre plan.

Après tout, j'avais pas mal d'armes potentielles à portée de main : de l'essence, des pierres et des canettes en aluminium. Le problème, c'est qu'il n'y a pas plus inflammable qu'une grange. Et il n'était pas question de prendre le moindre risque.

J'étais en train de me demander si je pourrais trouver une corde dans un des pick-up quand quelqu'un a dit :

— Cammie ?

J'ai pivoté sur mes talons, et j'ai vu DeeDee se diriger vers moi.

— Salut ! a-t-elle continué. Je me disais bien que c'était toi.

Avec sa jolie robe rose et ses cheveux blonds relevés, on aurait dit une poupée.

— Salut, DeeDee. T'es toute belle !

— Merci. Toi aussi.

J'ai tripoté mon bracelet de fleurs, un peu gênée. Les pétales des orchidées étaient tout doux contre ma peau.

— Finalement, il s'est décidé à t'en offrir un…

— Oui.

Josh lui avait donc parlé de ses intentions ? Je ne savais pas trop quoi en penser, mais, ce qui était sûr, c'est que DeeDee avait l'air encore plus touchée que moi.

— Je me suis dit que, si j'arrivais en retard, a-t-elle repris, je ferais moins longtemps tapisserie.

Ça alors ! DeeDee aussi était un caméléon ? J'avais du mal à l'imaginer en train de se fondre dans le décor, au milieu des couples qui dansaient.

— Et toi, qu'est-ce que tu fais là, toute seule ?

— La musique est tellement forte, là-dedans ! Ça m'a donné un mal de tête terrible, alors je suis sortie prendre l'air.

— Oh. Tu veux de l'aspirine ? a-t-elle demandé en fouillant dans son sac rose.

— Non merci. Ça va aller.

— Tu sais, il t'aime vraiment bien, a-t-elle ajouté sans oser me regarder dans les yeux. Je le connais depuis très longtemps, et je peux t'assurer que c'est vrai.

Elle, elle en était dingue, il n'y avait pas de doute là-dessus. Et elle aurait tout donné pour qu'il lui offre un bracelet de fleurs.

— Moi aussi, je l'aime beaucoup, ai-je répliqué.

Elle a souri.

— Je sais.

Bon, elle allait s'en aller maintenant ? Il fallait absolument que je trouve un moyen de récupérer Josh !

— Bon, bah, je ne te retiens pas, DeeDee, ai-je lancé en songeant aux possibles diversions que je pourrais provoquer : une petite explosion, un feu de forêt facilement maîtrisable, etc.

— Cammie ?

— Quoi ? ai-je répliqué d'un ton sec.

— Tu veux que j'aille dire à Josh de te ramener chez toi ?

Ça pouvait être une solution, effectivement…

En regardant DeeDee s'avancer vers la grange, je n'ai pu m'empêcher de l'envier. Elle voyait Josh tous les jours au lycée. Elle savait quel était son plat préféré à la cafèt' et où il s'asseyait en classe. Elle connaissait tout de lui, et ils s'étaient rendus à un tas de fêtes foraines ensemble. Mais c'était peut-être mon côté énigmatique qui attirait Josh… Et je ne risquais pas de lever le mystère…

— T'es sûre que tu ne veux pas que je te dépose devant chez toi ? m'a demandé Josh alors qu'on s'approchait du centre de Roseville.

— Non merci, ça va. Je n'ai plus mal à la tête, maintenant.

— Vraiment ?

— Oui.

Il s'est garé, puis on a rejoint le kiosque. Là, il m'a pris la main – la sienne était chaude et douce – et, devinez quoi ! Il m'a tendu un cadeau ! Un petit paquet bleu entouré d'un ruban rose…

— J'espère que ça te plaira.

J'étais sous le choc. Vraiment. Bien sûr, ce n'était pas la première fois qu'on m'offrait un cadeau. Mais, jusqu'à présent, c'étaient plutôt des trucs du genre baskets ou exemplaire dédicacé du *Guide d'un espion dans la Russie secrète*. Je n'avais jamais reçu de joli paquet décoré d'un ruban soyeux.

— Ma mère m'a aidé, a avoué Josh. Bon, qu'est-ce que t'attends pour l'ouvrir ?

En fait, je n'en avais aucune envie. Pour moi, c'est vraiment l'intention qui compte, beaucoup plus que ce qu'il y a dans le paquet.

— Allez ! Je ne savais pas trop ce qui te ferait plaisir, alors…

Finalement, il m'a pris la boîte des mains et a déchiré lui-même le papier.

— Bon anniversaire !

Au cas où vous n'auriez pas compris, ce n'était pas mon anniversaire.

— Tu vois ! J'ai pas oublié ! DeeDee m'a aidé à les choisir.

Il a sorti de la boîte les plus jolies boucles d'oreilles que j'aie jamais vues. (Note à moi-même : penser à me faire percer les oreilles.)

— Je me suis dit qu'elles iraient bien avec ta croix en argent.

J'ai contemplé, comme hypnotisée, les bijoux qui étincelaient dans la pénombre, en songeant que personne n'avait un petit ami aussi gentil que le mien. Et que personne ne le méritait moins que moi.

Tout à coup, j'ai eu l'impression d'être sortie de mon corps et d'observer la scène. Est-ce que cette fille se rendait compte de sa chance ? Est-ce qu'elle réalisait que son petit ami avait pensé à lui offrir des boucles d'oreilles *assorties* à sa chaîne en argent ? Est-ce qu'elle savait que, des garçons comme lui, ça ne courait pas les rues ? Quelle importance avaient la physique quantique, les formules chimiques et la cryptologie à côté de ça ?

Et surtout, est-ce qu'elle avait conscience que les bons moments ont toujours une fin ?

CHAPITRE 21

Pendant que j'avançais dans l'étroit couloir, une pensée résonnait dans ma tête : ce n'était pas mon anniversaire !

J'ai essayé tant bien que mal de ne pas me sentir coupable. De quoi est-ce que je me plaignais ? J'avais de belles boucles d'oreilles, même si ce n'était pas à la bonne date.

On était le 19 novembre. Quand il m'avait posé toutes ces questions lors de notre premier rendez-vous, c'est cette date de naissance que je lui avais donnée sans réfléchir. J'aurais presque préféré qu'elle lui soit sortie de la tête.

Le couloir serpentait devant moi. J'étais fatiguée, j'avais faim, et j'aurais bien pris une douche et parlé de tout ça avec mes amies. En arrivant devant le pan de mur qui s'ouvrait sur la cheminée au premier étage, j'étais à moitié endormie. Quand j'ai tiré sur le levier qui permet aux pierres de se desceller, j'ai heurté un porte-torche. Et là, surprise ! Une autre partie de la paroi a glissé, révélant un passage dont j'ignorais l'existence.

Je m'y suis aventurée sans réfléchir. Au bout d'un moment, j'ai aperçu des rais de lumière filtrer par les fissures d'un mur. J'y ai glissé un œil, et j'ai reconnu la salle d'histoire, où l'épée de Gilly trônait à sa place habituelle.

C'est là que j'ai entendu des sanglots étouffés. D'où pouvaient-ils bien venir ? J'ai continué mon chemin pour me retrouver juste derrière la bibliothèque escamotable de ma mère. Une nouvelle fente dans le plâtre m'a permis de découvrir son bureau. Ma mère était là, en pleurs.

Blottie dans son fauteuil, elle avait le visage ruisselant de larmes. Et dire que, la dernière fois que je l'avais vue, elle riait et dansait ! J'aurais tellement voulu la réconforter. Mais impossible. Comment est-ce que je lui aurais expliqué ma présence… et surtout ma tenue ? Et puis, elle n'aurait sans doute pas été ravie que je la surprenne dans cet état.

Elle a attrapé sa boîte de mouchoirs sur l'étagère sans même ouvrir les yeux. J'en ai déduit que ce geste devait être habituel. Il y avait un tas de choses que j'ignorais sur ma mère. Y compris ses chagrins. En plongeant la main dans ma poche, j'ai senti le cadeau de Josh sous mes doigts. Et, tout à coup, j'ai su pourquoi elle pleurait.

J'ai quitté mon poste d'observation pour regagner mon alcôve, devant la fenêtre, et j'ai fait de mon mieux pour retenir mes larmes. Quelque chose me disait que, si deux membres de la famille Morgan sanglotaient en même temps, l'univers ne le supporterait pas… Je suis restée là sans bouger, à regarder la nuit, laissant le silence apaiser ma tristesse. Puis j'ai observé mon reflet dans la vitre sombre et j'ai soufflé :

— Bon anniversaire, papa.

Le lendemain matin, j'ai résisté à l'envie d'aller voir ma mère jusqu'à midi. Puis je n'y ai plus tenu. Il fallait absolument que je m'assure qu'elle allait bien et que je m'excuse d'avoir oublié l'anniversaire de papa.

Je suis entrée dans son bureau sans m'annoncer. J'y ai trouvé ma mère, M. Solomon et Mme Buckingham. Ils se sont arrêtés net de parler – un truc pas très discret pour des espions – en me regardant comme si je venais d'être catapultée de l'espace. Je ne savais pas ce qui me chiffonnait le plus. Leur attitude louche, ou le fait que trois membres émérites de la meilleure école pour espionnes aient oublié de fermer la porte.

Après une éternité, Mme Buckingham a dit :

— Cameron, vous tombez bien.

Malgré sa mauvaise hanche et ses doigts artificiels, elle semblait d'une détermination à toute épreuve.

Elle s'est tournée vers ma mère.

— Évidemment, Rachel, vous êtes la mieux placée pour décider ce qu'il convient de faire. Informer ou non votre fille.

— Elle est là, maintenant. Et je suis sûre qu'elle voudra bien nous aider.

Le suspense commençait à devenir insupportable.

— Qu'est-ce qui se passe ? Qu'est-ce que…

— Fermez la porte, s'il vous plaît, Cameron, m'a demandé Mme Buckingham.

J'ai obéi, et M. Solomon, adossé au bureau de ma mère, a annoncé :

— On a perdu la liaison avec Abe Baxter, le père de Rebecca.

C'est seulement quand j'ai senti mon sac à dos plaqué contre ma colonne vertébrale que j'ai réalisé ce qui m'était arrivé. J'étais tombée à la renverse sur le canapé en entendant ces mots.

— Il a pu être retardé par quelque chose, bien sûr, a suggéré Mme Buckingham. Ou alors, un problème technique l'a empêché de nous joindre. Mais perdre la liaison aussi longtemps avec lui, c'est quand même… troublant.

— Est-ce que la mère de Bex… est avec lui ? ai-je bafouillé.

M. Solomon a jeté un coup d'œil à Mme Buckingham, qui a secoué la tête.

— Nos amis nous ont affirmé que non.

Et là, j'ai compris pourquoi c'était elle qui menait la discussion. Elle avait fait partie du M16 britannique, comme les parents de Bex. C'est elle qui avait reçu l'information. Et c'est elle qui allait décider s'il fallait tenir Bex au courant.

— Cammie, ce n'est pas la première fois que ce genre de chose arrive, tu es bien placée pour le savoir. Mais tout le monde ne réagit pas de la même façon. Tu connais Bex mieux que nous et…

— Ne lui dites rien, ai-je lâché sans hésiter.

Même si on était censées pouvoir encaisser le pire, je ne voulais pas que Bex apprenne la nouvelle trop vite. J'ai regardé ma mère. On savait toutes les deux que les blessures mettent longtemps à cicatriser. Mon amie aurait toute sa vie pour pleurer, et on n'avait pas le droit de lui ôter l'espoir trop tôt.

— Hé ! a lancé la voix de Macey derrière moi. J'espère que c'est pas un garçon qui te met dans cet état-là.

Elle a laissé tomber sa pile de livres à côté de moi. La tête toujours baissée, j'ai essuyé les larmes que j'avais laissées couler en silence en pensant au père de Bex – et aussi au mien. De longues minutes ont passé, puis Macey m'a doucement poussée du coude.

— Allez, crache le morceau.

Une super-espionne aurait inventé un bobard. Mais j'en étais incapable. Je ne sais pas pourquoi – un trop-plein de stress ou de chagrin –, j'ai levé les yeux vers Macey et lui ai expliqué :

— Le père de Bex est porté disparu. Il est peut-être mort.

Elle a aussitôt répliqué :

— Ne lui dis rien pour le moment…

— Bien sûr que non !

Je me suis mouchée bruyamment.

— Quand est-ce qu'on sera fixé ?

— Aucune idée. Dans quelques jours. Ou quelques mois, peut-être. Il ne donne plus aucun signe de vie. Mais il reste quand même un peu d'espoir.

— Il faut garder ça pour nous.

Pour *nous* ? Pour la première fois, ce « nous » m'a interpellée. Je ne pouvais pas tout raconter à ma mère, ni à mon petit ami, ni même à certaines de mes amies. Mais Macey connaissait presque tout de moi, maintenant. Je n'étais plus tout à fait seule…

Elle s'est levée.

— Cammie, ne le prends pas mal…

Quand une fille dans son genre commence une phrase de cette façon, il faut vraiment s'attendre au pire.

— … mais ne te montre pas comme ça. Tu fais peur à voir, et Bex va se poser des questions.

Elle avait raison.

Macey a disparu, et je suis restée là à réfléchir. Je me suis souvenue de la fois où mon père m'avait emmenée au cirque. Ce qui m'avait le plus marquée, c'était ce funambule capable de marcher sur un fil à quinze mètres du sol en portant des gens sur ses épaules. En réalité, je l'avais à peine regardé. J'étais trop occupée à observer mon père : il avait vraiment l'air de vibrer avec cet homme qui avançait au-dessus du vide sans filet.

Tout ce qui me restait à faire, maintenant, c'était mettre un pied devant l'autre et prier pour qu'aucun des secrets qui pesaient sur mes épaules ne me fasse perdre l'équilibre.

CHAPITRE 22

— Fermez les yeux, a ordonné M. Solomon.

Le projecteur ronronnait au fond de la classe. Derrière mes paupières closes, j'essayais de me rappeler en détail l'image qu'on venait de voir : le parking d'un supermarché.

— Mademoiselle Alvarez, qu'est-ce qui cloche sur cette photo ? a demandé notre professeur.

— Le van bleu porte un macaron « handicapé », a répondu Eva. Pourtant, il est garé au bout du parking, très loin de l'entrée.

— Exact. Cliché suivant.

On avait seulement deux secondes pour l'observer.

— Mademoiselle Baxter, qu'est-ce qui ne va pas sur celui-ci ?

— Le parapluie, a répliqué Bex. Il est fermé. Pourtant, il y a des gouttes d'eau à l'extérieur de la fenêtre, et l'imperméable sur le portemanteau est trempé. Il ne peut pas sécher comme ça.

— Très bien.

Quand j'ai ouvert de nouveau les paupières, au lieu de diriger mon regard vers l'écran, je l'ai posé sur M. Solomon.

J'étais sous le choc. Comment pouvait-il s'adresser à Bex comme si de rien n'était ?

— Fermez les yeux.

Je l'ai entendu avancer d'un pas.

— Mademoiselle Morgan, quel est le problème avec cette image ?

— Heu… Je n'ai pas… Je… Heu…

Le problème, c'est que j'avais évité de rencontrer le regard de mon amie pendant toute la journée. Le problème, c'est que des gens continuaient à vivre sans savoir qu'Abe Baxter était peut-être mort.

— Bon, OK. Qu'en pensez-vous, mademoiselle Bauer ?

— L'anse de la tasse est orientée du mauvais côté.

— Correct.

La lumière est revenue, et on a toutes cligné des yeux. Est-ce que M. Solomon avait décidé que son cours était fini ? Ce n'était pourtant pas l'heure.

— Je vous ai apporté quelque chose, a-t-il annoncé en tendant un paquet de feuilles aux filles du premier rang.

Liz a instantanément levé la main.

— Non, mademoiselle Sutton. Il ne s'agit pas d'une interrogation, ni d'un examen quelconque. Nous avons juste besoin de savoir lesquelles d'entre vous envisagent de poursuivre le cours d'opérations secrètes au semestre prochain.

Mes camarades ont aussitôt commencé à remplir le formulaire, mais M. Solomon les a arrêtées.

— Mesdemoiselles ! (Tout le monde a levé la tête.) Comme mon collègue M. Smith aime à le répéter, le monde dans lequel évoluent les espions est rempli de pièges. (Il a laissé passer quelques secondes, pendant lesquelles je suis certaine d'avoir senti son regard s'attarder sur moi.) Ne prenez pas cette décision à la légère.

Bex m'a tapoté l'épaule, et je me suis retournée. Elle a levé ses deux pouces vers moi en chuchotant : « J'ai trop hâte d'y être ! »

J'ai de nouveau contemplé mon formulaire, avant de le palper et d'essayer de détecter une éventuelle odeur de poison.

C'était du papier ordinaire. Il n'était même pas auto-désintégrant. J'ai croisé le regard de M. Solomon, avec l'impression qu'il lisait dans mes pensées. Non, ce formulaire n'était pas voué à disparaître, et oui, notre décision, une fois couchée sur le papier, serait irrévocable. Même si je ne devais pas l'avaler, cette fois, j'avais un goût amer dans la bouche.

CHAPITRE 23

Vous avez peut-être dans l'idée que, quand une élève de la Gallagher Academy sort avec un garçon de Roseville, la meilleure chose qui puisse lui arriver, c'est qu'une fille comme Tina Walters accoure vers elle en s'exclamant :

— Cammie ! Ta mère nous autorise à aller nous promener en ville samedi !

Eh bien, si vraiment vous pensez ça, vous avez tout faux.

Participer à ce genre de virées entre filles me faisait prendre de gros risques. Josh pouvait me voir avec elles – et mes amies pouvaient me surprendre avec lui. Mais j'avais vraiment besoin de me changer les idées. Oublier ma tristesse quelques heures me ferait le plus grand bien.

Le samedi matin, le niveau sonore était au maximum dans les chambres des seconde, qui se disputaient pour savoir quel film choisir. Moi, ça m'était égal : j'avais déjà vu avec Josh les deux qui passaient en ce moment.

On est toutes parties à pied et, un peu avant d'arriver en centre-ville, j'ai prétexté :

— J'ai super-mal à la tête. Quelqu'un a de l'aspirine ?

Les filles ont toutes fouillé dans leur sac, mais aucune n'a pu mettre la main sur un tube de cachets. Normal, je les leur avais piqués pendant la nuit.

— Vous n'avez qu'à continuer sans moi, ai-je proposé. Je vais faire un saut à la pharmacie.

— Le film commence dans dix minutes, m'a rappelé Bex pendant que je m'éloignais.

— Je vous retrouve là-bas !

J'étais plutôt fière de mon plan. J'avais prévu de passer deux heures avec Josh, puis de me faufiler au fond du cinéma à la fin de la séance. Comme ça, personne ne saurait que j'avais manqué le film.

Un *ding ! dong !* a retenti quand j'ai poussé la porte. C'était la première fois que je pénétrais dans la pharmacie de la famille Abrams. En temps normal, j'aurais évité d'y venir. Mais je savais que Josh devait aider son père à la boutique le samedi. Et je n'allais quand même pas louper une occasion pareille !

Je me suis approchée de la femme derrière le comptoir.

— Bonjour, madame. Est-ce que Josh est là ?

— Ah, bonjour, Cammie ! a lancé une voix.

M. Abrams s'avançait vers moi. Dans sa blouse blanche brodée à son nom, j'ai cru un instant qu'il allait me faire un détartrage…

— Quelle bonne surprise !

— Oh, bonjour, monsieur Abrams.

— C'est la première fois que tu visites notre pharmacie ?

— Oui. C'est… (J'ai jeté un coup d'œil aux bouteilles de sirop et aux boîtes de pansements.) C'est sympa, ici.

M. Abrams a souri de toutes ses dents.

— Josh vient de partir livrer un paquet. Il ne devrait pas tarder. Pendant ce temps, va te prendre une glace*. C'est offert par la maison.

Je me suis retournée. Dans un coin, un bar trônait à côté d'un grand congélateur.

— Oh, super ! Merci beaucoup.

M. Abrams m'a de nouveau souri avant de se diriger vers un escalier étroit.

— Reviens quand tu veux, Cammie.

Puis il a disparu.

Je suis allée m'accouder au bar, derrière lequel un grand miroir courait sur le mur. Une affiche indiquait : *Ici, on sert du Coca-Cola depuis 1942*. La pharmacienne, qui faisait visiblement aussi office de serveuse, est venue prendre ma commande. Elle n'a pas bronché quand je lui ai demandé un sundae double chocolat.

Malgré le froid dehors, le soleil brillait, et les rayons me chauffaient doucement à travers la vitre pendant que je dégustais ma glace. J'avais enfin l'impression d'être une fille normale ! Ou presque.

Le *ding ! dong !* de la porte n'a même pas réussi à me faire sortir de ma bulle. Ce sundae était un vrai délice ! Mais, quand la pharmacienne est retournée derrière son comptoir, ma cuillère s'est arrêtée à mi-chemin de ma bouche. La silhouette d'Anna Fetterman était apparue dans le miroir, en face de moi.

— Excusez-moi, a-t-elle dit. Pouvez-vous recharger mon inhalateur, s'il vous plaît ?

— Bien sûr. (La femme lui a pris son appareil des mains.) Je reviens tout de suite.

---

* Aux États-Unis, les pharmacies vendent de tout (des vêtements, de la nourriture, des produits ménagers, etc.).

Je me suis levée, essayant de me cacher derrière un mur de paquets de couches pour adultes. Puis j'ai réalisé une chose. Le seul péché dont on aurait pu m'accuser, c'était de déguster un sundae juste après un copieux déjeuner. Et, croyez-moi, Anna avait été témoin de crises de boulimie bien plus impressionnantes de ma part. J'allais lui faire coucou, quand le signal sonore de la porte a de nouveau retenti.

De ma cachette, j'ai vu Dillon et sa bande entrer… et se diriger droit vers Anna.

— On se connaît ?

Le ton était tout sauf amical. On aurait dit un prédateur prêt à fondre sur sa victime quand il a lancé :

— Ah mais non. T'es pas dans mon lycée…

Dans le miroir, je l'ai regardé bousculer Anna, qui s'est retrouvée plaquée contre une étagère.

— Je parie que tu viens de la Gallagher Academy.

Elle a serré son sac contre elle, comme s'il allait le lui arracher et s'enfuir avec.

— Joli sac. C'est ton papa qui te l'a acheté ?

Elle s'y est agrippée de plus belle, pendant que, de mon côté, je me cramponnais à mon présentoir.

Les copains de Dillon ont éclaté de rire. Vous comprenez maintenant pourquoi les élèves de la Gallagher Academy ne sont pas censées rencontrer les garçons du lycée public…

Anna a reculé en tremblant. Malgré quatre ans de cours d'autodéfense, elle aurait été incapable de faire du mal à une mouche. Ce n'était pas un hasard si Dillon s'en prenait à elle. Parmi toutes les filles de l'Academy qui se promenaient dans les rues cet après-midi-là, il avait repéré la plus vulnérable.

— Je suis juste venue… a bredouillé Anna.

— Qu'est-ce que tu racontes ? J'ai rien entendu.

— Je…

J'aurais vraiment voulu l'aider. Seulement, j'étais incapable de faire un pas en avant. J'étais son amie, c'est vrai. Mais, pour Dillon, je suivais des cours à domicile. Il ne devait pas savoir que je connaissais Anna. Pour me rassurer, je me répétais : « Elle va s'en tirer, elle va s'en tirer. »

— C'est quoi, le problème ? On t'a pas appris à parler, à la Gallagher Academy ?

J'aurais tout donné pour qu'Anna réplique quelque chose en arabe, en japonais ou en farsi, mais, au lieu de ça, elle a reculé encore un peu. Son coude a heurté une grosse boîte de pansements, qui a failli basculer.

Elle s'est finalement retrouvée à quelques mètres de la porte, et a murmuré :

— Je reviendrai pour…

Trop tard. Les copains de Dillon l'ont encerclée, et elle a disparu derrière un mur de blousons.

J'essayais de rester optimiste. « Ça va aller. » J'avais raison d'espérer, parce que le *ding ! dong !* s'est de nouveau fait entendre, et Macey est entrée.

— Hé, salut, Anna.

Même si elle n'avait jamais dit plus de deux mots à Anna depuis qu'elle était à l'Academy, elle avait l'air de s'adresser à sa meilleure amie.

— Qu'est-ce qui se passe ?

Les garçons se sont écartés, sans doute impressionnés par la bulle de chewing-gum que Macey venait de faire éclater à la figure de Dillon. Et peut-être aussi parce qu'ils n'avaient jamais vu une aussi belle fille. Dillon, lui, n'a pas bougé d'un pouce.

— Oh ! mais elle a une copine, a-t-il lancé, ironique, en toisant Macey des pieds à la tête.

Anna, elle, regardait la nouvelle venue d'un air ahuri. Elle semblait ne rien comprendre à son attitude. Parce que, au lieu de dire, comme on aurait pu s'y attendre de sa part, « Quoi ? Cette fille ? C'est pas ma copine », Macey a saisi une boîte de vitamine C sur l'étagère et l'a tendue à Anna.

— Je te conseille vraiment de prendre ça.

Puis elle s'est baladée dans l'allée pour examiner les médicaments, ignorant royalement Dillon et ses amis, qui attendaient les ordres de leur chef.

— J'aurais dû me douter qu'on ne laissait pas les petites pensionnaires se promener sans chaperon, chez vous, a raillé Dillon.

Macey lui a envoyé son plus beau sourire.

— Eh oui, a-t-elle répliqué avec un regard insistant vers ses amis. On n'est pas aussi courageuses que vous, nous.

— Il y a un problème, ici ?

C'était la voix de Bex. Je n'ai pas compris comment elle avait franchi la porte sans actionner le signal sonore, mais toujours est-il qu'elle a longé le rayon « Grippe et rhume » pour se poster à côté d'Anna. Pourquoi est-ce qu'elle n'était pas au cinéma ? Je n'en avais aucune idée et, pour l'instant, c'était le cadet de mes soucis.

Elles étaient trois contre quatre maintenant, ce qui avait l'air de beaucoup contrarier Dillon. Il a quand même dévisagé Bex avant de demander :

— Qu'est-ce qui se passe ? Ton yacht est tombé en panne, c'est ça ?

Il a ricané, imité aussitôt par ses acolytes.

— Pas que je sache, a rétorqué Macey, ce qui les a arrêtés net.

— Vous êtes venus draguer Anna, c'est ça ? s'est moquée Bex. (Elle a poussé celle-ci, pétrifiée, vers les quatre garçons.) Allez, Anna, parle-leur un peu de toi…

— J'ai un petit ami, a-t-elle lâché avec tellement de sincérité qu'on ne pouvait pas en douter.

Ça alors ! *Anna avait un petit ami !* J'étais sous le choc. Tout comme Bex et Macey. Je n'aurais jamais cru qu'une de mes camarades de classe puisse en avoir un, et encore moins Anna.

— Il s'appelle Carl, a-t-elle ajouté.

— Désolée, les gars, a conclu Bex en passant son bras autour des épaules d'Anna. La place est prise.

— Voilà, j'ai votre…

La pharmacienne s'est figée en découvrant quatre garçons nez à nez avec trois filles.

— Merci, madame, a dit Bex avant d'attraper l'appareil et de demander à Anna : C'est tout ce que tu voulais ?

Anna a hoché la tête, et son visage a repris des couleurs.

— Et toi ? a lancé Macey à l'intention de Dillon. Tu as ce que tu étais venu chercher ?

Au lieu de répondre, il a battu en retraite avec ses amis, et tous les quatre ont disparu dans la rue.

Le carillon a continué de sonner dans ma tête de longues minutes après leur départ. Puis j'ai regardé Anna s'éloigner à son tour, accompagnée de ses sauveuses – de ses amies.

Une main s'est posée sur mon poignet.

— Hé, t'es là ? a dit Josh.

Son reflet était apparu dans le miroir, mais je ne pouvais pas quitter la rue des yeux. Et pour cause. À travers la vitre, sur le trottoir d'en face, Liz me regardait comme si elle me voyait pour la première fois…

— Ça ne va pas ? a demandé Josh en me faisant pivoter vers lui. Qu'est-ce que tu fabriques avec tous ces tubes ?

Il indiquait du menton les boîtes d'aspirine que j'avais attrapées sans m'en rendre compte. Au cas où les renforts ne seraient pas arrivés, j'en aurais mitraillé Dillon et sa bande.

— Oh… Ils sont tombés. J'allais les remettre à leur place.

— Donne.

Il me les a pris des mains et les a rangés sur l'étagère.

Quand je me suis retournée vers la vitre, Liz avait déjà disparu.

CHAPITRE 24

L'atmosphère était glaciale ce mardi soir. Au propre comme au figuré.

Des feux de cheminée brûlaient dans chaque pièce, et on avait troqué nos grandes chaussettes contre des collants bien chauds. Toutes les fenêtres étaient couvertes de givre, rendant le monde extérieur opaque. Mais rien ne me faisait plus frissonner que l'expression de Liz. C'était comme si la vitre de la pharmacie nous séparait toujours. Comme si elle ne reconnaissait plus son amie.

Quand je suis allée au laboratoire de chimie, après le dîner, Liz s'y trouvait déjà. Ses yeux étaient cachés par de grosses lunettes de protection.

— Ah, c'est cool de te voir là, ai-je affirmé en essayant de paraître enthousiaste.

Elle n'a même pas levé la tête.

— Allô, la Terre ? Il y a quelqu'un ?

Pas plus de succès. Pire, elle m'a tourné le dos.

— Je n'ai pas le temps de t'aider à faire tes devoirs, Cammie, a-t-elle finalement lancé.

Je ne sais pas si c'était mon imagination, mais j'ai cru voir geler instantanément les liquides dans les récipients qu'elle manipulait.

— C'est pas grave. Je crois que je pourrai m'en sortir toute seule.

On a travaillé en silence un long moment, jusqu'à ce qu'elle demande :

— C'est un copain de Josh, c'est ça ?

J'ai tout de suite compris de qui elle parlait, bien sûr.

— Oui. Ils sont voisins. Josh me l'a présenté, c'est pour ça que je ne pouvais pas…

— Sympa, le copain.

— Il parle beaucoup mais il ne passe jamais à l'acte, tu sais. On n'a rien à craindre de lui.

— C'est ça. Va demander à Anna ce qu'elle en pense, a-t-elle rétorqué d'une voix légèrement tremblante.

La mésaventure d'Anna avait fait le tour de l'Academy en un clin d'œil. Et, vu que Bex et Macey avaient un peu arrangé la réalité, elle était devenue une sorte d'héroïne.

Mais, Liz et moi, on connaissait la vérité.

— Si les choses avaient mal tourné, j'aurais pu…

— Tu *aurais pu* ou tu *aurais* tout court ?

— J'*aurais* agi.

— Même si ça signifiait perdre Josh ?

Je savais que d'autres questions se cachaient derrière celle-là. Est-ce que je serais intervenue si Liz s'était trouvée à la place d'Anna ? Qui l'aurait finalement emporté, de la vraie Cammie ou de la petite amie que croyait connaître Josh ?

La porte s'est ouverte, au fond du laboratoire, et Macey est entrée.

— Ah ! Je savais que je vous trouverais là, toutes les deux.

— T'as vraiment dépassé les bornes, ce coup-ci, Cammie, a continué Liz sans s'occuper de notre camarade.

Elle touillait nerveusement sa mixture, qui a fini par former des bulles et changer de couleur. On aurait dit une sorcière au-dessus de son chaudron.

— Comment ça, *j'*ai dépassé les bornes ? Et qui a fait exploser la voiture pendant le cours de conduite ? Moi, peut-être ?

— Hé ! T'oublies quand même une chose ! Josh servait peut-être d'appât !

— Mais on s'est vite rendu compte qu'il n'avait rien à se reprocher. Et on a pensé que ça valait le coup que je prenne des risques pour lui. Et, effectivement, il en vaut la peine.

— J'aurais jamais cru que t'étais du genre à faire passer ton petit ami avant tes amies !

— Hé, du calme, vous deux, est intervenue Macey.

— Et moi, je n'aurais jamais cru que mes amies me demanderaient de choisir !

Je me suis levée et j'ai filé vers la porte. Mais, avant de l'atteindre, j'ai entendu Macey expliquer à Liz :

— Tu te trompes sur Cammie. Tu serais étonnée d'apprendre de quoi elle est capable pour ses amies.

— Quoi ? Qu'est-ce que tu entends par là ?

— Désolée, mais je ne peux pas t'en dire plus.

J'ai couru jusqu'au placard à balais du couloir, où j'ai attrapé une lampe de poche pour éclairer le mur qui donnait accès à un passage secret. (Je l'avais découvert un jour en cherchant Onyx, le chat de Mme Buckingham.)

J'ai appuyé ma main sur la pierre froide, la paroi s'est fendue en deux, et un courant d'air frais m'a enveloppée.

Une heure plus tard, je frissonnais dans la nuit, rue North Bellis.

Qu'est-ce qui m'avait pris d'escalader cette barrière ? Tout ça pour me retrouver à poireauter comme une idiote devant la maison de Josh !

Derrière le voilage de la cuisine, sa mère faisait la vaisselle. Quand son fils est entré, elle lui a envoyé des bulles de liquide vaisselle au visage, et il a ri. Bex devait rire aussi, en ce moment. Et peut-être que ma mère pleurait en cachette.

Et moi, dans tout ça ? Où était la vie dont je rêvais ? Est-ce que ça avait un sens de regarder Josh rire en tremblant de froid ? Sans trop savoir pourquoi, j'ai fondu en larmes.

CHAPITRE 25

Avec les contrôles de fin de semestre et le stress qui va avec, j'avais à peine vu Liz. Jusqu'à ce qu'un soir elle vienne s'installer près de moi, pendant le dîner.

— Alors, t'étais passée où hier ? m'a-t-elle demandé. (Et, avant que je puisse répondre, elle a dit :) T'es allée voir Josh ?

J'ai acquiescé.

— T'as pas cassé avec lui, au moins ?

Elle avait l'air vraiment inquiète.

— Bien sûr que non !

— Cool. (Elle avait dû percevoir mon trouble, parce qu'elle a ajouté :) Tu le mérites. (Elle a balayé du regard la centaine d'élèves installées dans le Grand Hall.) D'ailleurs, on le mérite toutes, non ?

J'ai jeté un coup d'œil à Bex, qui riait à mes côtés. C'est sûr, on mérite toutes de s'amuser, d'être aimées et d'avoir des amies comme les miennes. Mais je me suis demandé si Bex trouverait la vie aussi drôle si elle savait la vérité. Et si les destins de nos pères avaient été échangés, est-ce que nos personnalités l'auraient été aussi ? C'est peut-être moi qui aurais incité Anna à montrer comment elle avait réglé leur compte à ses vingt agresseurs… (Eh oui, de quatre, le nombre d'assaillants était passé à vingt…) Et Bex, est-ce qu'elle serait devenue un caméléon ?

— Mademoiselle Baxter !

En voyant Mme Buckingham fondre sur nous, j'ai cru que mon cœur allait s'arrêter de battre.

En face de moi, Macey me fixait avec angoisse – contrairement à Bex, qui ne se doutait visiblement de rien.

Impossible d'interpréter le visage impassible de notre professeur.

— Mademoiselle Baxter, je viens de recevoir un coup de téléphone… (Elle a tourné la tête vers moi.)… *de votre père*.

J'ai retenu un énorme soupir de soulagement. Mon sang s'est remis à circuler dans mes veines, et je suis presque sûre que Mme Buckingham m'a adressé un petit clin d'œil.

— Il vous embrasse.

Tous mes muscles se sont détendus. Macey, de son côté, semblait avoir retrouvé son souffle.

— Oh, a dit Bex sans cesser de mâcher son chewing-gum. C'est chouette.

Elle ne saurait jamais à quel point !

À la table principale, ma mère a levé son verre dans ma direction. Seule Bex restait inconsciente du dénouement tragique qu'on avait craint pour son père – et des risques qu'il encourait sans doute toujours. Tant mieux, après tout.

Vingt minutes plus tard, les autres élèves étaient remontées. Il ne restait plus que Bex et moi dans le Grand Hall.

— Qu'est-ce que tu veux faire, maintenant ? m'a-t-elle demandé.

— C'est toi qui décides.

Peu importait l'endroit, du moment qu'on fêtait cette bonne nouvelle – même si Bex ne savait pas pourquoi.

— On n'a qu'à aller s'empiffrer de glace et…

— Cammie ! a crié Liz en descendant l'escalier à toute allure.

Puis elle a murmuré – ou du moins essayé de murmurer, parce que j'ai eu l'impression que tout le manoir pouvait entendre ce qu'elle disait :

— C'est Josh !

Même si on suit des cours d'informatique très poussés, je n'en avais jamais vraiment mesuré l'utilité avant que Liz me montre son écran d'ordinateur, dans notre chambre.

— Regarde ce que j'ai trouvé !

Pauvre Liz ! Elle s'était pliée en quatre pour s'introduire dans la boîte mail de Josh, et je voyais bien à quel point elle le regrettait maintenant. Parfois, il vaut mieux ne pas savoir. Mais, chez les espions, s'informer est vital.

De : D'Man

À : JAbrams

Quand est-ce que tu vas regarder la vérité en face ? Puisque je te dis que je l'ai vue de mes propres yeux ! Tu dois me croire ! Elle va à la Gallagher Academy !! Elle t'a raconté des bobards !!

De : JAbrams

À : D'Man

Je fais confiance à Cammie. T'as dû te tromper. Elle était pas avec ces filles samedi. Elle ne les connaît même pas. T'inquiète.

La réponse de Dillon consistait en une seule ligne.

De : D'Man

À : JAbrams

Ce soir, à 21 heures, on aura la preuve !

Ça y est ! Je commençais à paniquer. Je sais, ce n'est pas digne d'un futur agent secret, mais bon, je suis aussi une fille ! Et parfois, la fille peut l'emporter sur l'espionne. J'étais d'autant plus anxieuse que, d'après mes références cinématographiques, les « preuves » qu'utilisent les garçons contre la gent féminine consistent souvent en des vidéos et/ou des sous-vêtements. En pensant à ça, j'ai crié :

— Oh, mon Dieu !

Il fallait que je mette la main sur les fiches de Liz ! Tout de suite ! Elles m'indiqueraient sans doute ce qu'il faut faire quand votre couverture est définitivement grillée !

Ayant découvert que leur mission était sérieusement compromise, les Agents ont réfléchi à d'éventuelles mesures, dont voici la liste non exhaustive :

A) Semer la confusion dans l'esprit du Sujet. Dans ce cas précis, parvenir à persuader Josh que Dillon a vu quelqu'un qui ressemble à Cammie. L'un des Agents pourrait, par exemple, prendre l'apparence de Cammie et surgir devant eux tandis que celle-ci dirait : « C'est pas elle que t'as vue ? » (Technique efficace si le Sujet est myope.)

B) Prendre le Sujet par les sentiments. Cette méthode est non seulement utilisée par les espions depuis des siècles, mais aussi très en vogue parmi les adolescentes. Voici à quoi pourrait ressemblait la conversation entre Cammie et Josh :

JOSH : Cammie, est-il exact que tu fréquentes la Gallagher Academy, ce lieu de perdition pour héritières corrompues, alors que tu as prétendu suivre des cours à domicile ?

CAMMIE (fondant aussitôt en larmes – détail de la plus haute importance) : Oui, c'est vrai. Je fréquente la Gallagher Academy, mais personne ne me comprend là-bas. Ce n'est pas un lycée. (Pause mélodramatique.) C'est une prison. Je comprendrais très bien que tu ne veuilles plus jamais me revoir.

JOSH : Comment pourrais-je t'en vouloir, Cammie ? Je t'aime. Et encore plus maintenant, si c'est possible.

C) Éliminer les témoins gênants. En l'occurrence Dillon, alias D'Man. (Remarque : Cette option n'a pas remporté tous les suffrages.)

À part le paragraphe C – que j'ai laissé pour faire plaisir à Bex –, je trouvais ces solutions pas si mal. Mais, à mesure que 21 heures approchait, je me disais qu'il y en avait peut-être une autre. Une qu'on n'avait pas mentionnée.

Josh et Dillon allaient venir chercher des preuves. Et même si, d'après la rumeur, le service de sécurité venait d'investir dans des flèches empoisonnées, je n'osais pas imaginer ce qui se passerait quand Josh essaierait de franchir les grilles de l'Academy.

J'ai attrapé mes boucles d'oreilles et ma croix en argent en annonçant :

— Je reviens.

— Qu'est-ce que tu vas lui dire ? m'a demandé Bex pendant que je fonçais vers la porte.

Sans m'arrêter, j'ai lancé :

— La vérité !

CHAPITRE 26

En fait, je ne comptais pas lui dire « la vérité, toute la vérité et rien que la vérité ». Plutôt une version abrégée. Du genre de celles que donnent les espions.

Oui, je vais à la Gallagher Academy.

Oui, je t'ai menti.

Oui, il faut se méfier de tout ce que je raconte.

Mais parfois, la vérité ne suffit pas. Un espion doit aller plus loin pour remplir sa mission. Et c'était peut-être mieux qu'une relation qui avait commencé par un mensonge finisse par un mensonge – même si ça ne me faisait pas plaisir.

Non, je n'ai jamais été vraiment amoureuse de toi.

Non, ça ne me fait ni chaud ni froid de te voir souffrir.

Non, je ne veux plus jamais te revoir.

Pour un lundi soir, le manoir était vraiment silencieux. Mes pas résonnaient dans les couloirs vides. Au bout du passage secret, Josh m'attendait, et avec lui la fin d'une époque que j'avais adorée.

Mais, avant d'emprunter une dernière fois un des passages secrets, il y avait un truc dont je devais me débarrasser.

J'avais juste besoin de faire un petit détour pour atteindre le bureau de M. Solomon. J'ai extirpé de la poche arrière de mon jean le formulaire que tout le monde avait rendu depuis longtemps – sauf moi. Il était complètement froissé. Pas étonnant. Ça faisait des semaines que je le trimballais partout – non complété et non signé.

Vingt-quatre heures plus tôt, je n'aurais même pas osé le regarder. Mais, en une journée, il peut se passer tellement de choses dans la vie d'un espion ! Un père peut ressusciter, une amitié se disloquer, un amour se dissoudre aussi facilement qu'un mot doux... Vingt-quatre heures plus tôt, j'étais assise entre deux chaises. Maintenant, je savais sur laquelle m'installer.

En bas de la page, les deux petites cases me faisaient penser à des panneaux de signalisation placés à une bifurcation. Ils annonçaient chacun une direction opposée. J'avais assez hésité. Dehors, il y avait un garçon qui pouvait souffrir à cause de moi. Ici, des gens que je pouvais aider. C'était sans doute la décision la plus difficile de mon existence. J'ai coché une des cases en pensant à la règle d'or de l'agent en mission secrète : essayer de ne pas compliquer les choses.

« Salut, Josh. Salut, Dillon. Contente de vous voir. » Voilà ce que je me répétais en arpentant le trottoir plongé dans l'ombre, pour tuer le temps. Mais surtout, je réfléchissais à un moyen de mettre Dillon K-O l'air de rien.

Bip. Bip, bip. Bip, bip, bip.

Sur ma montre, un point lumineux se rapprochait de ma position.

Bip, bip, bip, biiiiiip.

J'ai désactivé le signal sonore juste à temps.

— Tu vas voir, ça va pas être... a commencé Dillon.

— Salut, les garçons.

Apparemment, j'étais toujours un peu un caméléon, parce qu'ils avaient failli passer devant moi sans me remarquer. En me voyant, Dillon a laissé tomber sa corde. Soit dit en passant, il n'y a que les mauviettes qui ont besoin d'une corde pour escalader un mur de moins de quatre mètres ! J'y arrivais déjà en CM1.

Même si j'avais pris Dillon par surprise, il n'avait pas perdu son air arrogant.

— Tiens, tiens. (Il s'est avancé lentement vers moi.) La voilà. Alors, comment c'était, *les cours*, aujourd'hui ?

Qu'est-ce qu'il croyait ? Que j'allais tomber dans son piège ? J'ai rétorqué en déglutissant :

— Très bien.

Il ne fallait surtout pas que je croise le regard de Josh. Sinon mes nerfs lâcheraient, j'en étais sûre. Dillon pouvait bien chercher la bagarre et me lancer autant de regards Gallagher qu'il voulait, ça m'était égal. Ça me permettrait au moins de lui hurler dessus. Mais voir Josh mêlé à notre embrouille me ferait trop mal.

— On venait justement te rendre visite, a déclaré Dillon.

— Ah bon ? (J'ai fait de mon mieux pour paraître nerveuse.) Mais… Vous ne savez pas où j'habite…

— Bien sûr que si. Je t'ai aperçue samedi. Tu te dirigeais vers ton *école*. Avec tes *amies*.

— Qu'est-ce que tu racontes ? Je suis des cours à domicile… Je ne vois pas de quoi tu parles.

Et le prix de la meilleure actrice est attribué à... Cammie Morgan !

La lumière du lampadaire, au-dessus de nous, a vacillé quelques secondes, et Dillon en a profité pour se rapprocher encore un peu.

— Allez, crache le morceau. Je t'ai *vue* !

Derrière lui, Josh a murmuré :

— Dillon…

Mais celui-ci a continué à cracher son venin :

— T'es rien ici. Et je me fiche pas mal de ce que ton père…

— Dillon ! a répété Josh, plus fermement cette fois.

Cette fois, je n'ai pas pu m'empêcher de regarder Josh. J'ai chuchoté sans le quitter des yeux :

— Je suis désolée.

C'était l'aveu que Dillon attendait. Mais il était loin de se douter que j'avais d'autres crimes à mon actif.

— Vraiment désolée.

— Cammie ? a demandé Josh. Est-ce que c'est… ?

J'ai acquiescé, les yeux remplis de larmes.

— Ah ! tu vois ? a triomphé Dillon. Qu'est-ce que je t'avais dit ?

— Dillon ! s'est exclamé Josh. Ça suffit, maintenant. Va-t'en !

— Mais…

Josh s'est avancé pour se mettre entre son copain et moi. Dommage ! Je lui aurais bien arraché les yeux, à cette enflure !

— Laisse-nous, a insisté Josh.

Il l'a forcé à reculer, ce qui n'a pas empêché Dillon de lancer :

— On se retrouvera…

Je mourais d'envie de lui casser la figure, histoire qu'il ait aussi mal que moi. Mais, s'il y a une chose qu'on ne nous enseigne pas, à la Gallagher Academy, c'est comment briser le cœur de son ennemi.

Tandis que Dillon s'éloignait, j'ai pensé aux bobards que j'avais prévu de servir à Josh. Pendant quelques secondes, j'ai cru que je ne pourrais jamais y arriver. Mais j'ai commencé à changer d'avis quand il s'est tourné vers moi en criant d'un air agressif :

— C'est vrai ?

— Josh, je…

Il s'est rapproché, et sa voix s'est durcie encore un peu.

— T'es des leurs ?

Des leurs ? De qui il parlait ?

— T'es une *élève Gallagher*, c'est ça ?

Toute ma vie, j'avais entendu ces deux mots prononcés avec respect, presque avec adoration. Mais, dans la bouche de Josh, ils sonnaient comme une insulte. Et, tout à coup, il a cessé d'être le garçon de mes rêves. J'avais plutôt l'impression de me retrouver en face d'une des petites frappes de Dillon qui avaient agressé Anna à la pharmacie…

— Et alors ? ai-je lancé d'un ton cinglant.

Josh a secoué la tête, les yeux dans le vide.

— J'aurais dû m'en douter…

Il a shooté dans un caillou, et il a bredouillé comme pour lui-même :

— Des cours à domicile…

Puis il a levé la tête vers moi.

— Pourquoi t'as fait ça ? Pour t'amuser ? C'est si marrant que ça de te payer la tête d'un type comme moi ?…

— Josh…

— Non, je veux savoir. Ou alors t'es sortie avec moi par pitié… Ou bien j'étais inscrit sur ta liste et tu prévoyais de me jeter avant de passer au suivant ? Ou…

— Josh !

— Ou alors… tu t'ennuyais…

— OUI ! ai-je crié pour qu'il arrête. Oui, c'est vrai. Je m'ennuyais et j'ai essayé de me distraire en sortant avec toi.

M. Solomon a raison. La pire des tortures, c'est de voir quelqu'un que vous aimez souffrir.

Josh a reculé. Sa voix n'était plus qu'un souffle quand il a dit :

— OK.

On était allés trop loin. Les mots avaient dépassé nos pensées. Mais il y avait une chose qu'on savait tous les deux. Ce n'est pas pour rien que les filles de la Gallagher Academy ne sortent pas avec les garçons de Roseville. Seulement, lui, il en ignorait les vraies raisons, vu qu'elles sont classées « secret défense ».

— Écoute, je pars demain, ai-je menti. Je voulais te dire au revoir.

Je devais être sûre que Josh n'essaie pas d'escalader le mur de l'Academy un jour ou l'autre.

J'ai sorti les boucles d'oreilles de mon jean. Elles brillaient dans ma main comme des étoiles tombées du ciel.

— Je te les rends.

— Non. Elles sont à toi.

— Non. (Je les lui ai collées de force dans le poing.) Tiens. Donne-les à DeeDee. (Il a eu l'air choqué.) Je suis certaine que ça lui fera plaisir.

— Bon, puisque t'insistes…

Sitôt les bijoux disparus dans sa poche, je lui ai lancé un sourire forcé.

— Prends bien soin de toi.

Je m'apprêtais à le quitter quand je me suis rappelé quelque chose.

— Et, au fait, tu te souviens de ce que tu m'as dit sur le libre arbitre ?

— Oui ?

Il avait l'air tout surpris que j'aie gardé ça en tête.

— J'espère que tu le récupéreras un jour.

Et moi, est-ce que j'avais mon libre arbitre ? Je crois que oui. Après tout, personne ne m'avait obligée à choisir ma vie. Je retournais à mon destin librement, même si je devais m'éloigner de Josh – le garçon qui m'avait fait prendre conscience de ce à quoi je devais renoncer. Pourvu qu'il ait déjà tourné les talons en me détestant ! Il n'y avait que comme ça qu'il pourrait commencer à guérir de sa blessure. Quant à moi, j'ai marché droit devant moi sans me retourner.

Si je l'avais fait, j'aurais sans doute vu le van.

CHAPITRE 27

Des pneus ont crissé sur la route. Une odeur de caoutchouc brûlé a envahi l'air, suivie de cris et d'un bruit de portières qu'on claque. Des mains m'ont couvert les yeux et la bouche. Encore ! Guidée par mes réflexes, j'ai de nouveau envoyé mon assaillant mordre la poussière. Mais, cette fois, ce n'était pas Josh.

D'autres mains ont essayé de me maîtriser, et des coups de poing ont volé. Finalement, mon pied a atteint sa cible. Une voix familière a gémi :

— Ahou ! ça fait mal !

Mais, avant que j'aie pu mettre un nom dessus, je me suis retrouvée à plat ventre sur le plancher du van, où j'ai entendu quelqu'un ordonner :

— Démarrez !

J'étais furieuse ! M. Solomon laissait entendre depuis des semaines que notre examen de fin de semestre serait une mise en situation. Et je n'avais pas réalisé ce que ça signifiait vraiment, jusqu'à ce que M. Smith me bande les yeux et me ligote les mains derrière le dos.

— Désolé, monsieur Mosckowitz, ai-je marmonné.

Je ne l'avais pas raté, le pauvre ! C'était seulement sa seconde mission, et il avait reçu un coup de pied en plein dans l'estomac.

Il a essayé de reprendre son souffle avant de dire :

— Ça va. Je m'en remettrai…

— Harvey…

M. Solomon le rappelait à l'ordre. Il n'était pas censé faire la conversation.

— Heu… oui. Tenez-vous tranquille, jeune fille ! m'a-t-il lancé en me donnant un petit coup dans les côtes.

Le nez sur le plancher, j'ai compté les secondes (neuf cent quatre-vingt-sept au total), tout en essayant de deviner notre itinéraire : après avoir tourné à droite, puis deux fois à gauche, le véhicule a franchi plusieurs ralentisseurs – ceux qui donnaient sur le parking du supermarché, de toute évidence.

Quand le van a pris la direction du sud, j'aurais parié qu'on se dirigeait vers le complexe industriel.

Enfin, les portières ont de nouveau claqué. Quelqu'un m'a fait descendre sur du gravier, et deux paires de mains fermes m'ont entraînée. Bientôt, j'ai senti un sol dur sous mes pieds et une lumière crue qui parvenait à mes pupilles, sous mon bandeau. La pièce dans laquelle on m'avait amenée semblait grande et vide, à en juger par les sons qui résonnaient contre les murs.

— Attachez-la sur la chaise, a ordonné M. Solomon.

Est-ce que je devais essayer de riposter maintenant, ou attendre un meilleur moment ? Je me suis finalement risquée à lancer un coup de pied, qui a atteint quelqu'un.

— Mademoiselle Morgan, savez-vous qui vous venez de frapper ? a demandé M. Solomon. Votre mère !

— Oh, je suis vraiment désolée, maman, ai-je crié en me retournant, comme si je pouvais la voir derrière mon bandeau.

— Bien joué, ma chérie !

On m'a assise sur une chaise, et mon professeur d'opérations secrètes a déclaré :

— Mademoiselle Morgan, vous connaissez les règles : il n'y en a aucune. Tous les coups sont permis. Vous pouvez même essayer de vous enfuir.

Son haleine sentait le chewing-gum à la menthe.

— Oui, monsieur.

— Votre équipe doit récupérer un disque contenant des informations de la plus haute importance. Vous avez été capturée pour être soumise à un interrogatoire. Les vôtres ont donc deux colis à récupérer. Vous devinez lesquels ?

— Le disque et moi ?

— Exact. Mais nous ne vous dirons pas où ils sont ni s'ils ont retrouvé votre trace.

J'ai entendu ses pas résonner sur le sol en béton.

— Ce sont bien des élèves de l'Academy ?

— Oui.

— Alors, elles ne vont pas tarder.

Quinze minutes plus tard, je me suis retrouvée enfermée dans une pièce plus petite. Même si j'étais toujours bandée et ligotée, j'ai remercié intérieurement mon ange gardien qu'on n'ait pas trop serré mes liens.

On m'avait laissée avec M. Mosckowitz.

— Je m'en veux tellement, si vous saviez, ai-je dit.

— Cammie, je crois qu'on est censés ne pas parler.

— Oh oui, c'est vrai. Pardon.

J'ai gardé le silence pendant environ… douze secondes.

— C'est juste que, si j'avais su que c'était un examen, je n'aurais jamais utilisé un coup interdit. Je le jure !

— Oh.

M. Mosckowitz s'est tu pendant un bon moment avant de demander, comme je m'y attendais :

— Interdit ? C'est-à-dire ?

— Ne vous inquiétez pas. Je suis sûre que vous n'avez rien. À moins que… Vous n'avez pas la tête qui tourne ? Ni des points lumineux devant les yeux ?

— Oh, mon Dieu…

On peut lire en Harvey Mosckowitz comme dans un livre ouvert. Un comble pour une sommité du langage codé, quand même, non ?

— Restez calme, ai-je repris en prenant l'air de quelqu'un qui cède à la panique. Ça ne devient dangereux que si des taches rouges apparaissent en bas de votre dos. Vous n'en avez pas, hein ?

D'après ce que j'entendais, M. Mosckowitz décrivait des cercles comme un chien qui tente d'attraper sa queue.

— Je n'arrive pas à… Oh, j'ai la tête qui tourne de plus en plus.

Pas étonnant, à force de faire la toupie !

Il m'a arraché le bandeau des yeux.

— Si vous pouviez jeter un œil…

Je n'aurais jamais cru l'avoir aussi facilement. Et ç'aurait été encore plus facile si j'avais osé utiliser certaines prises. Mais bon, j'aime bien M. Mosckowitz, et je n'avais pas la permission du Département de la Défense. Ceci dit, il a aussitôt accepté sa défaite.

— Oh, ces filles ! Elles me feront toutes tourner en bourrique ! s'est-il lamenté quand je l'ai attaché à la chaise.

— Restez tranquille. Quelqu'un viendra bientôt vous chercher.

— Heu… Cammie ? a-t-il demandé en me voyant me diriger vers la porte. Je n'ai pas été si mauvais, quand même ?

— Vous avez été formidable.

Étape numéro 1 : sortir de cette pièce. Le disque n'était pas là, sinon M. Solomon n'aurait jamais laissé M. Mosckowitz le garder tout seul. J'ai donc traversé sans attendre l'entrepôt vide à la recherche d'une sortie. Une porte ! Après avoir vérifié qu'elle n'était pas munie de détecteur de mouvement ni d'alarme, je l'ai poussée et je me suis retrouvée dehors, dans la nuit.

Mes yeux se sont accoutumés doucement à l'obscurité. Une petite lumière brillait dans le bâtiment que je venais de quitter. En dehors de ça, il n'y avait rien que des constructions sombres en tôle rouillée et aux vitres brisées autour de moi. Un vent froid s'est engouffré entre les murs, faisant voler des feuilles mortes et des bouts de papier. J'ai scruté les alentours en essayant de déceler un quelconque mouvement. Si je n'avais pas remarqué la chaîne neuve qui brillait sur un des portails et les caméras cachées un peu partout, je me serais crue dans une ville fantôme.

Tout à coup, j'ai entendu un grésillement suivi d'une voix familière :

— Rat de Bibliothèque à Caméléon. Caméléon, tu m'entends ?

— Liz ?

J'ai fait volte-face.

— Ici Rat de Bibliothèque. T'as oublié mon nom de code ? C'est comme ça qu'on est censées s'appeler quand on communique par oreillettes.

Mais… je n'avais pas d'oreillette ! J'étais partie sans, vu que, ce soir-là, j'avais juste prévu de rompre avec mon petit ami. Pas de me retrouver en pleine mission ! Et puis, je me suis rappelé la croix en argent à mon cou.

Avant que j'aie pu lui poser la question, Liz m'a expliqué :

— Un week-end où je m'ennuyais, j'ai décidé de réparer ton pendentif. Et de l'améliorer. Qu'est-ce que t'en penses ?

Ce que j'en pensais ? Je pensais que mes amies étaient de vrais génies – même si c'était un peu flippant, parfois. Mais bon, il ne fallait pas compter sur moi pour le lui avouer.

— Alors, comment s'est passé ton *projet* ? a voulu savoir Liz.

Le problème, c'est que la moitié de la classe était sans doute en train de m'écouter.

— Est-ce qu'il y a eu des complications ou… ?

— Liz, l'ai-je coupée.

La dernière personne à qui j'avais envie de penser, c'était Josh. Et je n'avais pas besoin non plus de me souvenir de ce que j'avais fait. Ce n'était pas le moment de pleurnicher sur mon sort.

J'ai demandé :

— Où est le disque ?

Cette fois, c'est Bex qui m'a répondu :

— On pense qu'il se trouve dans le grand bâtiment situé au nord du complexe industriel. Tina et Mick sont parties en reconnaissance pendant qu'on attend là.

— Où ça, là ?

— Lève la tête.

Deux jours après l'enterrement de mon père, ma mère est partie en mission. Je n'avais jamais compris comment elle avait pu faire ça… jusqu'à ce soir-là. Dans les moments douloureux, un espion trouve plus de réconfort sur le terrain qu'à rester bien au chaud chez lui. Accroupie sur le toit entre

Bex et Liz, j'avais presque oublié que je venais de casser avec mon petit ami. Au lieu de pleurer, j'ai lancé un coup d'œil à ma montre et vérifié mon matériel. Tout ce qui comptait, c'était ma mission. Pas mon cœur en miettes.

— OK, a dit Liz aux seconde qui l'entouraient. Apparemment, l'Academy n'a pas lésiné sur le matériel.

Elle a sorti un schéma grossier tracé à l'eye-liner – du moins, ça y ressemblait – sur du papier auto-désintégrant.

— J'ai repéré des détecteurs de mouvement un peu partout et des alarmes sur les fenêtres, a-t-elle continué.

En voyant le visage de Bex s'illuminer, Liz a aussitôt calmé son enthousiasme.

— Ça m'a tout l'air d'être l'œuvre du docteur Fibs. Pas moyen de s'introduire là-dedans avec un simple passe-partout et des pinces.

— Oh, a lancé Bex, visiblement très déçue qu'on ne la laisse pas s'amuser un peu.

Eva a pointé un objet vers le bâtiment qui nous faisait face. On aurait dit un radar portatif, mais en fait c'était un détecteur de chaleur. Elle a balayé la zone avec, avant d'annoncer :

— Bingo ! Il y a une source de chaleur, là-bas.

Une dizaine de formes rouges bougeaient sur l'écran de son appareil, tandis que d'autres se tenaient immobiles au milieu.

— Voilà où se cache notre colis, a conclu Bex.

— Le problème, c'est de s'introduire là-dedans, a dit Liz. Les fenêtres, ce n'est même pas la peine d'essayer. Quant aux gaines de chauffage…

— Tu sais ce qu'il te reste à faire… a déclaré Bex en défiant notre amie du regard.

Liz nous a dévisagées l'une après l'autre. On pensait toutes la même chose. C'était notre seule option, et elle faisait dix kilos de moins que nous.

— Non ! a crié Liz. Plutôt mourir que de…

— Moi, je veux bien y aller.

Derrière nous, Anna – qui avait pourtant blêmi en découvrant sa feuille de mission quelques mois plus tôt en cours d'opérations secrètes – s'est avancée en disant :

— J'ai le gabarit qu'il faut, pas vrai ?

C'est là que j'ai compris une chose. Dillon allait bientôt avoir des nouvelles d'Anna. Et, ce jour-là, il passerait un sale quart d'heure.

Bip.

Qu'est-ce que c'était que ce bruit ?

Bip, bip.

— C'est un missile ou quoi ? s'est étonnée Anna en levant la tête.

Bip, bip, bip, bip, bip.

— On est faites comme des rats ! a crié Eva.

Biiiiiiiiiiiiiiiiiiiiiiip.

— Que personne ne bouge ! a crié quelqu'un derrière nous.

Mes camarades se sont figées, et moi aussi, mais pour une raison très différente. Je croyais ne jamais entendre de nouveau cette voix, qui bredouillait maintenant :

— J'ai… j'ai appelé les flics. Ils seront là d'une minute à…

Il n'a pas pu finir. Le mot « flics » était bien le dernier à prononcer devant des élèves de la Gallagher Academy. Eva et Courtney s'étaient jetées sur lui.

— Arrêtez ! ai-je lancé.

Tout le monde m'a dévisagée. Y compris Josh, visiblement surpris de ne pas me voir ligotée ou même morte. Quant à mes camarades, elles semblaient ne pas comprendre pourquoi je voulais les empêcher de neutraliser un type qui, de toute évidence, allait nous causer des problèmes.

— Josh ! ai-je murmuré en désactivant le signal d'alarme du GPS. Qu'est-ce que tu fais ici ?

— Je suis venu te sortir de là. (Il a jeté un œil à mes collègues toutes vêtues de noir.) Qui est-ce ?

— Nous aussi, on est venues l'aider, a expliqué Bex.

— Ah ? (Il a paru ahuri.) Mais… il y avait ce van… et toi, tu… Je…

— Oh, ça ? ai-je dit. C'est juste un truc entre nous. (J'ai essayé de prendre l'air le plus détaché possible.) Disons que c'est… une sorte de bizutage.

Josh m'aurait peut-être crue s'il ne s'était pas retrouvé sur un toit, devant une classe entière de seconde portant des ceintures bourrées de matériel sophistiqué.

Il s'est avancé vers moi.

— Écoute, Cammie. D'abord, je découvre que tu vas à la Gallagher Academy. Ensuite, tu m'annonces que tu pars. Juste après, je te vois te battre comme une furie puis te faire enlever.

En voulant s'approcher un peu plus de moi, il a shooté par inadvertance dans un bout de ferraille. Celui-ci a glissé du toit pour atterrir avec fracas quelques mètres plus bas.

Des sirènes ont aussitôt hurlé, et des faisceaux lumineux se sont mis à balayer le sol.

— Il a déclenché l'alarme ! a crié Liz.

Mais j'étais à peine consciente du chaos qui m'entourait. Tout ce que je voyais, c'était Josh. Tout ce que j'entendais, c'était sa voix tremblante qui disait :

— Cammie, dis-moi la vérité.

La vérité ? J'avais moi-même du mal à m'en souvenir. J'avais mis tellement d'énergie à essayer de l'oublier quand j'étais avec Josh que j'ai dû faire un gros effort pour me rappeler pourquoi je me retrouvais sur ce toit.

— Je t’ai dit la vérité. Je suis une élève de la Gallagher Academy. Et ce sont mes amies.

Derrière moi, mes camarades se préparaient à la phase suivante.

— Et on doit partir, maintenant.

— Je ne te crois pas…

Il n’y avait plus vraiment de souffrance dans ses yeux. Mais plutôt une lueur de défi.

— Qu’est-ce que tu veux savoir de plus ? Que mon père est mort ? Que ma mère ne sait pas cuisiner ? Et que je n’ai pas de sœurs, si ce n’est d’adoption, toutes ces filles que tu vois là ? Est-ce que je dois ajouter que, toi et moi, on ne se reverra plus jamais ? Parce que c’est la pure vérité.

Il a voulu tendre le bras vers moi, mais j’ai reculé.

— N’essaie pas de me retrouver, Josh. Il ne faut plus qu’on se voie. (J’ai enfin plongé mon regard dans le sien.) Crois-moi, tu t’en porteras beaucoup mieux.

Bex me tendait un harnais. Avant de le prendre, j’avais une dernière chose à avouer à Josh :

— Ah, au fait ! Je n’ai pas de chat !

Je me suis détournée de lui, et j’ai contemplé la nuit à travers mes larmes. Ça y est. Une page était tournée. J’étais libérée de mes mensonges. Et maintenant, je pouvais me consacrer à ce pour quoi j’étais venue au monde. J’ai couru. J’ai sauté. J’ai étendu les bras et, pendant quelques secondes magiques, j’ai même volé.

CHAPITRE 28

Bon, d'accord, aller d'un bâtiment à un autre grâce à une tyrolienne, ce n'est pas vraiment voler. Mais quand même. J'étais quasi en apesanteur, et c'était loin d'être désagréable.

À la vitesse à laquelle j'allais, pas question de jeter un dernier coup d'œil vers Josh. Il fallait que je me concentre sur ce qui se trouvait devant moi. Quand j'ai atteint l'autre côté, j'ai entendu Eva annoncer à Tina, via son oreillette : « On se dirige vers les disjoncteurs. »

On était des élèves Gallagher en mission – c'est ce qu'on savait faire de mieux. Je ne devais penser à rien d'autre. D'ailleurs, ce qui venait de se passer avec Josh m'était déjà sorti de la tête quand Bex m'a demandé :

— Ça va ?

— Ça va.

Et c'était vrai, dans ce moment de pure adrénaline.

On a couru vers le bâtiment sud, et Bex a extirpé de sa poche ce qui ressemblait à un bâton de rouge à lèvres, mais qui en fait est une substance acide super-puissante. Mieux vaut éviter de le confondre avec du maquillage, comme vous allez le voir ! Bex avait à peine tracé un cercle sur le toit que l'acide a désintégré la tôle. Trente secondes plus tard, j'atterrissais sur le sol en béton de l'entrepôt.

La pièce était envahie de grandes étagères en métal où étaient empilées des palettes en bois. On s'est dirigées en silence vers le sud, pendant que nos camarades filaient vers le nord.

— Il est plus grand que ce que j'avais imaginé, a chuchoté Bex.

Accroupie dans un coin, elle attendait que je la rejoigne. Il fallait ensuite s'assurer que personne ne nous guettait derrière la cloison.

— Oui, enfin, peu imp…

Une ombre venait de surgir du haut d'une étagère – un des colosses chargés de la sécurité à la Gallagher Academy. Il fondait sur nous comme un gros corbeau noir mais, Bex et moi, on avait senti sa présence. J'ai bondi de côté juste à temps. Il a roulé contre une étagère avant de se relever, rapide comme l'éclair, et de pivoter vers nous. Heureusement, Bex a réussi à lui coller un patch sur le front. Ça ressemblait à un patch à la nicotine, mais ce n'en était pas un. Parce que, en fait, il était bourré de tranquillisants.

Débarrassées de notre assaillant, on a pu continuer notre route à travers le dédale sombre des pièces.

— T'inquiète, a dit Bex. Tu trouveras un autre mec. Un mec encore plus beau, avec d'encore plus jolies boucles !

Elle mentait, bien sûr. Mais c'était gentil de sa part.

Sur nos gardes, on tendait attentivement l'oreille, guettant le moindre bruit. Après tout, si M. Solomon avait fait appel aux armoires à glace de la sécurité, c'est qu'il devait prendre cet examen très au sérieux.

— Équipe Bêta, vous m'entendez ? ai-je soufflé dans mon micro.

Pas de réponse, à part un faible grésillement.

J'ai jeté un coup d'œil inquiet à Bex. Ça ne présageait rien de bon.

— Équipe Charlie ?

Rien non plus de ce côté-là.

J'avais l'impression d'être un rat coincé dans un labyrinthe à la recherche d'un morceau de fromage. Chaque coin pouvait cacher un attaquant. On pouvait à chaque pas se retrouver prises au piège. Bex et moi, on s'est regardées avec la même idée, et on a fait ce que les espions dignes de ce nom font toujours : lever la tête.

On n'a pas eu tort d'escalader les étagères. Après avoir parcouru quelques mètres en hauteur pour se rapprocher du centre du bâtiment, on a aperçu des silhouettes juste en dessous de nous, qui surveillaient les allées.

Bex m'a tendu les lunettes-loupes pour que j'inspecte à mon tour l'intérieur du bureau, qu'on voyait à travers une fenêtre.

— Devine qui se trouve là-dedans ? a-t-elle lancé.

— Solomon.

Bex s'est couvert la bouche avec sa paume pour ne pas se faire repérer en parlant dans son micro.

— Équipes Bêta et Charlie. On est en position. Je répète, l'équipe Alpha est…

Une main venait de m'attraper le pied. J'ai donné un grand coup de jambe en l'air, dans l'espoir de me débarrasser de mon assaillant, avant de me tourner vers Bex. Elle avait disparu. Mais, d'après les bruits de bagarre en bas, elle devait donner du fil à retordre à son adversaire. La grosse poigne du mien agrippait toujours ma cheville.

Des boîtes sont tombées par terre, puis je me suis moi-même sentie glisser. Par chance, j'ai réussi à attraper un des montants d'une étagère. Je m'y suis cramponnée pendant quelques secondes, avec l'idée de prendre appui sur mes bras pour remonter au sommet du meuble. Trop tard.

On me saisissait de nouveau et cette fois j'ai dégringolé jusqu'au sol, où j'ai senti le ciment froid sous mes doigts. Et je me suis retrouvée nez à nez avec une énorme paire de bottes – pointure 48.

Ça sentait le roussi !

J'aurais bien voulu rouler sur moi-même, me relever d'un bond et envoyer mon pied dans la mâchoire de mon assaillant. Mais je ne pouvais pas tenter grand-chose, vu qu'il m'avait immobilisé les bras.

— Du calme, Cammie, m'a conseillé Chewing-gum. Ce n'est pas la peine de vous débattre. Je vous ai eue.

Il m'a relevée et emmenée rejoindre Bex, qui était encadrée par deux autres types au nez sanguinolent.

— C'était quand même bien joué, m'a soufflé Chewing-gum en me poussant vers le bureau.

Ceci dit, je ne crois pas qu'un vrai ennemi aurait été aussi sympa avec moi.

Je ne m'avouais pas vaincue pour autant. Comment me sortir de là ? Prendre mon geôlier par les sentiments, me tordre la cheville, feindre une crise d'épilepsie, ou carrément lui envoyer un coup de boule dans le nez ? Quelque chose me disait qu'il en fallait plus pour venir à bout de Chewing-gum. Il avait quinze ans d'expérience de plus que moi et pesait bien quarante kilos supplémentaires.

— Désolée, mademoiselle Morgan, a commencé M. Solomon, qui nous attendait devant le bureau. C'est fini pour vous. Vous n'avez pas réussi à récupérer le disque. Vous avez donc échoué.

De toute évidence, on avait perdu la partie. Du moins, c'est ce qu'on pouvait penser en nous voyant encadrées par trois malabars. Mais, tout à coup, quelqu'un – Liz sans doute – a coupé le courant, et on s'est tous retrouvés dans le noir.

Des silhouettes ont surgi de partout. On aurait dit qu'il pleuvait des filles. Impossible de vous raconter en détail ce qui s'est passé. C'est allé trop vite. Des poings ont volé. Des coups de pied ont atteint leurs cibles. Des corps lourds sont tombés, foudroyés par les patchs collés sur leur front.

Le bâtiment devait être équipé d'un éclairage de secours, parce que, au bout d'une minute, une étrange lumière jaune a inondé progressivement la pièce. Tout le monde s'est figé. Puis Bex s'est précipitée vers le bureau. Juste au moment où elle a atteint la porte, une sirène s'est déclenchée ; des barreaux ont surgi du sol pour former une sorte de cage à l'intérieur de la pièce. Là où était vraisemblablement caché le disque.

Pendant que Bex secouait désespérément les barreaux, Joe Solomon a lancé :

— Désolé, mesdemoiselles. J'ai bien peur que, cette fois, votre mission soit bel et bien terminée.

Au lieu d'afficher un air de triomphe, comme on aurait pu s'y attendre, il semblait vraiment dépité.

— J'ai essayé de vous faire comprendre à quel point cet examen est important. Je vous ai entraînées au mieux. Et voilà le résultat.

Effectivement, on n'était pas belles à voir. Même si on était toujours debout, on avait les bras et le visage en sang.

— Comment comptiez-vous vous en sortir ? Aviez-vous au moins un plan de repli ? Était-ce vraiment votre intention de sacrifier les trois quarts de votre équipe pour rien ?

Il a secoué la tête et s'est détourné de nous.

— Je ne veux voir aucune de vous au semestre prochain, a-t-il conclu.

— Excusez-moi, monsieur, suis-je intervenue. Est-ce que ce que vous venez de dire est valable si on a le disque ?

Il a ricané d'un rire presque inaudible, nous rappelant que les hommes ne cesseront sans doute jamais de sous-estimer la gent féminine. C'est du moins ce qu'ont toujours ressenti les femmes de la Gallagher Academy.

— *Ce* disque ! ai-je continué en pointant le doigt vers la cage qui emprisonnait le bureau.

Là où les barreaux sortaient du plancher, une tranchée étroite s'ouvrait. Un homme n'aurait jamais pu s'y glisser. Mais une fille menue comme Anna Fetterman, si.

M. Solomon et ses acolytes ont regardé, ébahis, celle-ci agiter le disque vers eux, puis disparaître dans le trou par lequel elle était venue. Pendant que deux ou trois armoires à glace se précipitaient vainement vers elle, Joe Solomon, les yeux encore écarquillés, a lancé :

— Eh bien. Je crois que…

Un énorme fracas l'a interrompu. La pièce a été envahie de poussière, et la cloison a volé en éclats. Chewing-gum m'a plaquée contre le mur pour me protéger des étagères en acier qui tombaient les unes après les autres comme des dominos.

Ce n'est qu'au bout d'une éternité qu'il m'a laissée me dégager. Il avait l'air complètement hébété. Tout comme moi, d'ailleurs. Après tout, ce n'est pas tous les jours que A) vous cassez en secret avec votre petit ami, B) vous vous faites kidnapper par une bande d'ex-agents au service du gouvernement, et C) votre ex-petit ami mentionné ci-dessus essaie de vous délivrer en démolissant un mur avec un chariot élévateur.

— Cammie ! a crié Josh à travers la poussière.

Ce n'était vraiment pas le moment d'avoir une discussion. Pas devant M. Solomon. Qui, d'ailleurs, avait prévu tous les cas de figures, sauf un. L'obstination d'un garçon ordinaire qui avait la malchance d'être tombé amoureux d'une fille exceptionnelle.

— Cammie ! a répété Josh.

Le nuage de poussière autour du chariot élévateur ne s'était toujours pas dissipé, et Josh a fini par en descendre. Il s'est retrouvé debout sur un tas de gravats.

— Il faut qu'on parle !

— Effectivement, a lancé une voix derrière moi.

J'ai pivoté pour découvrir ma mère, si forte, si belle, si brillante.

— Il faut *vraiment* qu'on parle, a-t-elle continué.

M. Solomon était enfin sorti de sa torpeur. Chewing-gum essayait de ventiler la pièce en faisant des moulinets avec les bras. Et Bex avait un sourire jusqu'aux oreilles, comme si elle ne s'était jamais autant amusée de toute sa vie.

Ça y est, c'était fini. L'examen, les mensonges, tout. Alors, j'ai cru bon de dire :

— Josh, je te présente ma mère.

CHAPITRE 29

Après avoir appris la vérité sur mes parents, et avant d'aller à la Gallagher Academy, je n'arrêtais pas de m'inquiéter pour eux. Sauf quand ils restaient dans mon champ de vision. Je crois que c'est à partir de là que je suis devenue un caméléon. Je me faufilais dans leur chambre pour les regarder dormir. Je me cachais derrière le canapé pendant qu'ils étaient devant la télé, le soir. J'en ai passé des soirées sans dormir ! Et pourtant, je n'ai jamais trouvé le temps aussi long que cette nuit-là.

23 h 00 : Les Agents sont retournés dans leur QG avec pour consigne d'aller se coucher.

23 h 40 : Tina Walters a rapporté que la directrice s'était enfermée dans son bureau avec le Sujet.

1 h 19 : L'Agent Morgan a enfin réussi à débarrasser complètement ses cheveux de la sciure de bois qui s'y était agglutinée.

2 h 30 : La plupart des seconde ont arrêté de réviser leur géopolitique pour se mettre au lit.

4 h 00 : L'Agent Morgan n'est toujours pas arrivé à trouver le sommeil. Il a réalisé que la meilleure solution pour régler le problème avec le Sujet serait de lui faire avaler un thé permettant

de modifier sa mémoire. Le Sujet se réveillerait ainsi dans son lit quelques heures plus tard sans se souvenir des événements de la nuit précédente. L'Agent Morgan n'a pas voulu imaginer un autre scénario.

À 7 heures du matin, j'en ai eu assez d'attendre et je suis allée frapper à la porte de ma mère. Je croyais que, après ce qui s'était passé la veille, rien ne pourrait plus jamais m'étonner. Eh bien, j'avais tort.

— Salut, a dit Josh.

— Qu'est-ce… Heu… Que…

Il devait commencer à avoir des doutes sur mon prétendu génie en m'entendant bafouiller comme ça. Mais il aurait dû être parti depuis longtemps. Et je ne m'attendais pas du tout à le revoir. Ni à ce qu'on se retrouve nez à nez sur le seuil du bureau de ma mère. J'avais rarement été aussi embarrassée. Josh n'était pas censé tomber un jour sur les deux Cammie : l'espionne et sa petite amie…

— T'as passé la nuit ici ? ai-je fini par demander, une fois que j'ai réussi à reconnecter mes neurones.

Il avait beau avoir les yeux rouges et bouffis de fatigue, il ne semblait pas pressé d'aller se coucher. En fait, il avait l'air de quelqu'un qui n'allait plus jamais pouvoir trouver le sommeil.

— Oui, j'ai appelé ma mère pour lui dire que je dormais chez Dillon. Ils… ils n'ont rien deviné…

— Ici, on est du genre à appeler en numéro masqué, tu sais.

Ce n'était pas vraiment fait pour être drôle, mais le Josh que je connaissais aurait ri – ou au moins aurait souri. Le nouveau Josh, lui, m'a regardée fixement sans prononcer un mot.

— Cammie, a appelé ma mère. Viens me voir, s'il te plaît.

J'ai dû me frotter à lui pour entrer dans la pièce.

— Je vais... a-t-il bredouillé en se dirigeant vers la banquette, en haut de l'escalier. Ta mère et cet homme m'ont dit que je pouvais attendre là.

Mais moi, je ne voulais pas qu'il attende là. Autrement, j'allais être obligée de le regarder dans les yeux, cette fois, et de lui expliquer des choses qui n'étaient même pas tout à fait claires pour moi. Tout ce que je voulais, c'était qu'il parte sans se retourner. Ma mère a de nouveau lancé :

— Cammie ?

On n'avait pas de temps à perdre, ni elle ni moi, alors j'ai obéi.

Elle ne m'a pas embrassée, ni serrée contre elle. Même si je m'y attendais un peu, ça m'a paru vraiment bizarre. J'avais l'impression qu'une partie d'elle manquait.

M. Solomon se tenait dans un coin de la pièce.

— Bien dormi ? a-t-il demandé.

— Pas vraiment.

— Ça m'a fait plaisir de rencontrer enfin Josh, a affirmé ma mère. Il a l'air vraiment gentil.

— Euh... oui. Il...

Et là, j'ai réalisé que quelque chose clochait dans ce qu'elle venait de déclarer.

— Attends... Ne me dis pas que...

Ma mère a souri à M. Solomon et – croyez-le ou non – il lui a souri lui aussi. De toutes ses dents. C'était la première fois que je voyais une expression pareille sur son visage. Bon, OK, je dois bien avouer que son sourire m'a fait fondre, mais seulement une seconde ou deux.

— C'était bien joué, ma chérie, a repris ma mère. Mais on y est un peu pour quelque chose.

Oh mon Dieu ! Je me suis affalée sur le canapé.

— Depuis quand… ? Comment… ?

Ce n'était pas très difficile de finir mes phrases.

— Tu as été très occupée ces derniers temps, a fait remarquer ma mère.

Elle s'est assise sur un des sièges en cuir devant moi et a croisé ses jambes magnifiques.

— Vous ne vous êtes pas demandé comment nous vous avons retrouvée hier soir ? s'est étonné M. Solomon.

Non, pas une seconde. Tout s'était passé si vite. Même maintenant, je n'arrivais pas à analyser les événements. J'avais juste l'impression d'être une gamine stupide qu'on avait prise la main dans le sac.

— Cammie, tu sais très bien qu'ici on ne peut pas se comporter comme dans n'importe quel lycée. Tu as agi de manière très imprudente et très dangereuse. Si tu t'étais comportée comme ça durant une vraie mission, tu aurais risqué des vies et tu aurais échoué. Tu t'en rends compte ?

— Oui.

— Ceci étant dit… tu nous as quand même impressionnés.

Elle a jeté un coup d'œil à M. Solomon, qui a acquiescé.

— C'est vrai ?

Je n'arrivais pas à y croire. Au lieu d'un compliment, je m'attendais plutôt à ce qu'une trappe s'ouvre sous mes pieds pour me faire basculer dans un cachot.

— Je ne vais pas avoir de problèmes ?

Ma mère a secoué la tête de droite à gauche.

— C'est la première fois qu'une élève de la Gallagher Academy profite d'un entraînement sur le terrain aussi complet, avec notre autorisation tacite.

— Ah oui ?

— Mais, Cammie… Pourquoi n'es-tu pas venue me voir pour me parler de tout ça ?

Elle semblait très triste tout à coup, et ça m'a causé une peine énorme.

— Je ne sais pas.

Ne pas pleurer. Ne pas pleurer. Ne pas pleurer.

— C'est juste que…

Ma voix s'est mise à trembler :

— Que je ne voulais pas que tu aies honte de moi…

— Honte de vous ?

J'ai mis une seconde ou deux à me rappeler la présence de M. Solomon.

— Vous pensez que votre mère aurait pu s'en tirer aussi bien que vous à votre âge ? a-t-il continué.

Il a éclaté de rire, puis il a souri. Bon, OK, M. Solomon est vraiment craquant.

— Vous ne tenez pas d'elle pour ça. Mais de votre père.

Il s'est avancé vers la fenêtre. J'ai vu sa silhouette se refléter dans la vitre.

— Il disait souvent que vous feriez une très bonne espionne… Cammie, j'ai été un peu dur avec vous ce trimestre. Vous savez pourquoi ?

« Parce que vous me détestez », ai-je pensé en sachant que ce n'était pas vrai.

— J'ai perdu un ami que j'appréciais beaucoup. Un membre de la famille Morgan. Et j'estime que ça suffit. Alors, j'ai fait tout ce que j'ai pu pour ne plus vous voir à mon cours.

J'étais tellement sous le choc que je ne pouvais même plus le regarder. Il a fouillé dans sa poche pour en sortir mon formulaire.

— Vous êtes certaine de ne pas vouloir choisir une voie moins risquée. Un travail en laboratoire, par exemple ?

Comme je ne répondais pas, il a fini par ranger le papier.

— Eh bien, si c'est vraiment ce que vous désirez… alors vous serez bientôt prête. Je dois bien ça à mon vieil ami.

Il semblait vraiment triste tout à coup et, pour la première fois, je me suis rendu compte qu'il avait un cœur.

— Je lui dois même beaucoup plus…

J'ai lancé un coup d'œil interrogateur à ma mère, qui m'a souri d'un air entendu.

— Profitez bien de vos vacances, Cammie, a-t-il recommandé en gagnant la porte d'un pas lourd. Reposez-vous. Le deuxième semestre n'aura rien à voir avec le premier. Ce que vous avez vécu jusqu'à présent est de la rigolade à côté de ce qui vous attend.

De la rigolade ? Qu'est-ce que ça signifiait ? J'ai voulu lui crier de s'arrêter, mais il avait déjà disparu. J'avais un tas de questions à lui poser. Est-ce qu'il avait bien connu mon père ? Pourquoi est-ce qu'il avait rejoint la Gallagher Academy juste cette année-là ? Pourquoi est-ce que j'avais l'impression qu'il ne m'avait pas tout dit ?

J'étais seule avec ma mère, à présent… Je n'avais plus aucune raison de ne pas me laisser aller. Je n'avais qu'une envie : me blottir contre elle et dormir jusqu'à Noël.

Elle est venue s'asseoir à côté de moi.

— Cammie. Je ne suis pas ravie que tu m'aies menti, tu sais. Ni que tu aies enfreint les règles. Mais je suis quand même très fière de toi sur un point.

— Le piratage informatique ? Parce que, en fait, ce n'est pas moi. C'est Liz. Je…

— Non, ma chérie. Je ne parle pas de ça. (Elle m'a pris la main.) Sais-tu que, ton père et moi, on n'était pas certains de vouloir que tu intègres cette école ?

J'avais entendu pas mal de trucs dingues, dans ma vie, mais cette info-là me laissait sans voix.

— Quoi ? Pourtant, t'es une ancienne élève… Et…

— Écoute. Quand on est venus vivre ici, je savais qu'il faudrait faire une croix sur tout ce qui n'était pas en rapport avec la Gallagher Academy. Et je ne souhaitais pas que ce soit la seule chose que tu connaisses de la vie. (Elle m'a caressé les cheveux.) Ton père et moi, on s'est demandé si tu serais vraiment heureuse ici.

— Mais… Comment vous vous êtes décidés ?

J'avais à peine posé la question que j'ai su qu'elle était stupide.

— Eh bien. Quand ton père est mort, j'ai réalisé qu'il était temps pour moi d'arrêter les missions.

— Et t'as eu besoin d'un autre boulot, c'est ça ?

— J'ai eu besoin de rentrer chez moi.

Quand est-ce que j'ai commencé à pleurer ? Je n'en avais aucune idée. Et je m'en fichais pas mal.

— Mais ce qui m'inquiétait le plus, a repris ma mère, c'était que tu passes ta jeunesse à t'endurcir. (Elle s'est penchée vers moi pour m'obliger à la regarder.) Être un espion ne veut pas dire oublier qu'on a un cœur, Cammie. J'ai aimé ton père. J'*aime* ton père. Et je t'aime. Si j'avais pensé que tu devrais te changer en machine dénuée de sentiments, je t'aurais emmenée très loin d'ici.

— Je sais.

— Très bien. Je suis contente que tu comprennes ça. Je te laisse partir, maintenant. Tu as un examen à passer.

J'ai essuyé les larmes sur mon visage avant de me lever et de me diriger vers la sortie.

— Tu sais… a-t-elle encore dit. Je ne t'en aurais pas voulu si tu avais coché l'autre case…

Je me suis retournée vers elle. Ce n'était plus la directrice que j'avais en face de moi. Ni l'espionne. Ni même ma mère.

Mais la femme que je savais capable de pleurer. Et dire que je pensais ne pas pouvoir l'aimer plus !

— Je ne toucherais pas à ça, si j'étais toi.

Josh a pivoté vers moi. Ses doigts étaient toujours à quelques centimètres de l'épée de Gilly.

— On ne lésine pas sur les moyens, ici, quand il s'agit de protéger les objets précieux, tu sais.

Il a enfoui les mains dans ses poches. C'était sans doute là qu'elles étaient le plus en sécurité. Mais moi, ça me rappelait notre toute première rencontre. Qu'est-ce que j'aurais donné pour faire machine arrière et repartir de zéro !

— Alors, comme ça, t'es une espionne, hein ?

Il avait reporté les yeux sur l'épée. Je ne pouvais pas lui en vouloir. Et d'ailleurs, moi aussi, je préférais ne pas croiser son regard.

— Eh oui.

— Ça explique bien des choses…

— Ils t'ont tout raconté ?

— Ils m'ont même fait visiter.

J'avais du mal à y croire. Mais bon, ce n'était pas vraiment le moment de lui demander « Alors, t'as vu l'aéroglisseur nucléaire qu'on planque au sous-sol ? » et je me suis contentée d'opiner.

— Josh, tu sais que tu ne peux parler de ça…

— … à personne ? (Il m'a enfin regardée.) Oui, ils me l'ont dit.

— Jamais ?

— Je suis au courant. Je sais garder un secret.

Et des secrets, il y en avait un tas dans la salle où on était. Josh les avait juste sous le nez. Et moi, j'avais l'impression de me retrouver complètement à nu. Il connaissait tout de moi, à présent.

— Je suis désolée de t'avoir menti. Je suis désolée de ne pas être… une fille normale.

— Écoute, Cammie. Je comprends pourquoi tu m'as caché la vérité à propos de ton école. Mais tu ne t'es pas arrêtée là. (Sa voix s'est durcie, et il avait vraiment l'air blessé.) Et je ne sais toujours pas qui tu es.

— Mais si, tu sais.

— Et ton père ?

Je me suis figée.

— Ce qui s'est passé… est classé secret défense. Je ne peux rien te raconter…

— Alors, dans ce cas, pourquoi ne pas m'avoir dit tout simplement qu'il était mort ? Pourquoi ne pas m'avoir avoué que ta mère ne sait pas faire la cuisine et que tu es fille unique ? Tu t'es carrément inventé une famille… Et une autre vie. (Il a baissé les yeux vers le Grand Hall, en bas de l'escalier.) Qu'est-ce que tu trouves de si bien à avoir une vie banale ?

C'était peut-être moi le génie dans l'histoire mais, sur ce coup-là, Josh avait raison. Pendant un moment, j'avais éprouvé le besoin de me construire une autre existence. Plus normale, si on peut dire.

Et maintenant, je devais regarder dans les yeux quelqu'un qui m'était vraiment cher et lui dire que je n'avais pas le droit de l'aimer parce que… sinon, je serais obligée de le tuer…

C'est là que j'ai vraiment réalisé la situation. Josh *savait* ! Je n'avais plus besoin de mentir. Il faisait presque partie des nôtres…

Mais il a filé vers l'escalier. J'ai couru derrière lui en criant :

— Attends, Josh ! Attends ! Tout est arrangé, maintenant. C'est…

Arrivé en bas, il a sorti une main de sa poche.

— Tu les veux ?

Les boucles d'oreilles brillaient dans sa paume ouverte.

— Oui.

J'ai ravalé mes larmes pour descendre l'escalier à toute allure. Il m'a mis les bijoux dans la main tellement vite que j'ai à peine senti le contact de sa peau.

— Je les adore, tu sais ? Je ne voulais pas…

— Bien sûr.

Il s'est éloigné. J'avais beau connaître une dizaine de moyens de maîtriser un type de son gabarit, je n'avais envie d'en essayer aucun. Même si j'y ai pensé, je l'avoue…

Oh, mon Dieu ! Il s'en allait ! Je ne savais pas si je devais être triste de le voir partir, ou paniquée parce qu'il sortait d'ici en emportant tous nos secrets. Comment pouvaient-ils le laisser s'enfuir ? À moins qu'il ne leur paraisse entièrement digne de confiance… À moins que quelqu'un n'ait décidé qu'il n'avait pas besoin d'un sérum d'amnésie dans son thé.

À moins qu'on ne m'autorise à l'aimer…

Il a attrapé la poignée de la porte. Si la Gallagher Academy lui donnait sa chance, je devais au moins mettre les choses au clair.

— Je… Je vais au Nebraska pendant les vacances de Noël. Chez mes grands-parents – les parents de mon père. Mais je reviendrai.

— OK. J'imagine qu'on se reverra, alors.

Ça n'a duré que le temps d'un éclair, mais il m'a souri. Et ça m'a suffi pour me persuader d'une chose : il avait vraiment l'intention de me revoir.

J'étais en train d'imaginer à quoi ressemblerait l'année qui venait – un nouveau semestre, un nouveau départ sans mensonges entre nous – quand il a lancé :

— Oh, au fait, remercie ta mère de ma part pour le thé.

Il a ouvert la porte et s'est précipité dehors. Je suis restée au milieu du Grand Hall un long moment. Après tout, les films d'amour se finissent rarement par de simples adieux. En général, juste après être parti, le héros surgit de nouveau pour donner un dernier baiser passionné à sa dulcinée… Et, tant qu'il n'y aurait pas de baiser passionné, je ne bougerais pas de là.

Tout à coup, quelque chose de doux et de chaud s'est frotté contre ma jambe. C'était Onyx, qui enroulait sa queue autour de moi en ronronnant, comme s'il voulait me réconforter. Enfin… elle, puisque c'est une femelle. C'est là que j'ai su que la boucle était bouclée.

Derrière moi, des filles commençaient à descendre les escaliers pour avaler un petit déjeuner avant leurs examens. Quand elles sont passées devant moi, j'ai deviné tout de suite quel serait le sujet principal de leur conversation. Qu'est-ce que vous croyez ? Il n'y a pas que les adolescentes ordinaires qui aiment les potins ! Les élèves de la Gallagher Academy les adorent !

Mais je me fichais pas mal des coups d'œil qu'elles me lançaient. Je suis restée immobile au milieu du flot de pensionnaires jusqu'à ce que Bex se poste à côté de moi.

Elle m'a mis un livre et un petit pain dans les mains avant de me tirer par le bras.

— Hé, tu viens ? On a notre examen de géopolitique dans pas longtemps, tu te rappelles ? Liz a préparé des fiches.

J'ai suivi mon amie dans l'escalier, où je me suis retrouvée noyée dans une marée de filles qui portaient le même uniforme que moi, qui avaient suivi le même entraînement et qui partageaient le même univers.

Est-ce que c'est cet univers que je choisirais si je pouvais revenir en arrière, à l'époque où j'étais une gamine ignorante, insouciante et heureuse ? Ou est-ce que je préférerais une existence ordinaire dans une rue aux belles maisons blanches et aux pelouses impeccables, en ignorant qu'à l'autre bout du monde des gens risquent leur peau ? Je ne sais pas. Peut-être que c'est ce que je déciderais si ma mémoire ressemblait à un écran magique et que je pouvais tout effacer d'un seul coup. Mais c'est impossible. Parce que je sais ce qui se trame dans l'ombre. Et je sais aussi comment le combattre.

Liz et Macey nous ont rejointes dans l'escalier. J'ignore ce que le semestre prochain me réserve. Ni si Josh me reparlera un jour. Je n'ai aucune idée de ce dont il se souviendra, ou de ce qui nous attend en cours d'opérations secrètes. Mais je suis sûre d'une chose. Que mes amies seront à mes côtés. Et finalement, c'est tout ce qui compte.

Découvrez un extrait de

Médiator

Tome 1

Terre d'ombre

de Meg Cabot

1

On m'avait promis des palmiers, des tas de palmiers.

Je n'y croyais pas, mais on me les avait promis. J'étais même censée les voir depuis l'avion.

Ça va, ne me prenez pas pour une courge, je *sais* qu'on trouve des palmiers en Californie. Y a pas marqué « *debilus maximus* » sur mon front, quand même. J'ai regardé les séries genre *Miami Beach* et tout... Mais, moi, j'emménageais en Californie du *Nord*. Pas en Californie du *Sud*. Vous saisissez la nuance ? J'avais peur qu'il y eût beaucoup moins de palmiers au nord qu'au sud. Voire qu'il n'y en eût pas du tout.

Surtout que, au moment de partir, maman m'avait dit de ne pas me débarrasser de mes affaires d'hiver, Californie ou pas.

« Tu risques d'en avoir besoin, m'avait-elle prévenue.

— Je peux garder un pull au cas où..., avais-je concédé.

— Non, non, garde tous tes pulls, ça vaudra mieux. Et tes manteaux, aussi.

— Mes *manteaux* ? En Californie ? »

Elle avait expliqué :

« Il peut faire plutôt frisquet, là-bas...

— Comme à New York ?

— Euh, pas tout à fait, mais le thermomètre peut descendre, oui. »

Ce qui avait eu deux conséquences.

D'abord, j'avais arrêté de croire aux palmiers. Adieu, bikinis, Ray-Ban et cocktails sirotés sur la plage. Snif.

Et ensuite, j'avais passé mon Perfecto en cuir noir pour prendre l'avion. J'aurais pu le ranger dans mes valises, mais je me sentais mieux avec lui. Il me réconfortait.

C'est pas la peine de se moquer. On se rassure comme on peut.

Bref, j'étais dans l'avion, à côté du hublot, avec mon Perf, quand je les ai vus. Qui ça ? Ben, les palmiers, bananes ! Et j'ai pensé : « Wouah ! Il y a vraiment des palmiers ! Elle est pas belle la vie ? » (Je *sais* que je n'ai pas toujours des pensées profondes, désolée, va falloir vous y habituer.)

Seul bémol : maman n'adore pas mon blouson. Quand elle me verrait, elle râlerait. Pourtant, attention, je ne l'avais pas mis pour l'agacer. Elle pouvait se remarier avec un type qui vit à quatre mille kilomètres de chez nous, ça m'était égal. Franchement. Et qu'elle m'oblige à quitter mon lycée au beau milieu de la seconde, ça ne me cause aucun souci. Et que j'abandonne ainsi ma meilleure – et pratiquement seule – amie d'enfance, voire de petite enfance. Et que je m'éloigne de la ville où j'ai vécu mes seize premières et uniques années. Sincèrement, total respect, zéro reproche.

Au contraire : j'aime bien Andy, mon beau-père. Il a un effet ultra positif sur ma mère. Il la rend heureuse. C'est un beau compliment, non ? Si vous y réfléchissez deux secondes, vous vous apercevrez que les gens qui rendent heureuses d'autres personnes ne sont pas si nombreux que ça.

En plus, Andy est sympa avec moi. Très sympa. Que demander de plus ?

Dans l'idéal, ce que j'aurais demandé, ç'aurait été de continuer comme avant. Ne pas déménager en Californie. Surtout en Californie du *Nord*. Raté.

Et je n'aurais pas hésité si j'avais pu ne pas hériter de trois demi-frères – Dormeur, Stone et Doc. Perdu : ils étaient là pour m'attendre à l'aéroport, avec Andy et maman qui s'égosillait de l'autre côté du hall d'arrivée.

— SUSIE ! SUUUUUUSIIIIIIIE !

Prudents, ils avaient envisagé la possibilité que le voyage m'eût rendue sourde. Andy et ses deux plus jeunes descendants agitaient une énorme pancarte :

BIENVENUE, SUSANNAH !

La honte !

Au propre comme au figuré, j'étais affichée.

Et tous les passagers autour de moi murmuraient :

— Oh, comme c'est mignon !

Aaargh !

Et mes ex-voisins d'avion me regardaient avec un mélange d'affection, d'émotion et d'envie qui me donnait envie de vomir.

« Super ! ai-je essayé de penser. Je vais bien, tout va bien, je suis gaie, tout me plaît... »

— Ça va, ça va, ai-je grommelé en m'approchant de ma tribu. Je vous ai repérés, vous pouvez détruire les pancartes, maintenant...

Sauf que ma mère était trop occupée à me serrer dans ses bras pour prêter la moindre attention à ce que je racontais. Elle répétait : « Oh, Susie, Susie... »

Je détestais les deux trucs : et qu'elle m'embrasse pendant des plombes, et qu'elle m'appelle Susie.

J'ai pointé mes yeux revolver sur mes demi-frères pour qu'ils ne s'avisent pas de se servir de ce diminutif. Mais ces chacals se sont contentés de continuer à sourire bêtement en agitant leur pancarte.

Stone, c'est normal : il est trop à la masse pour changer d'attitude rapidement. Doc – eh bien, tant pis si ça paraît prétentieux : je crois que c'est parce qu'il était content de me voir. Dormeur, lui, se contentait de tenir debout avec son air habituel de fracassé de la vie. Comme son surnom l'indique, il paraît perpétuellement dans les bras de Morphée. Et, ce jour-là, il était à la hauteur de sa réputation.

— Alors, la puce, ton vol s'est bien passé ? m'a demandé Andy en récupérant mon sac de voyage. La vache ! Tu sais qu'on n'a pas le droit de transporter des hippopotames dans des sacs de voyage ? L'importation d'animaux rares en provenance de New York City est très réglementée !

Je lui ai décoché un sourire. Andy ne joue pas au comique troupier. Il est comme ça en permanence. On a souvent l'impression qu'il anime une émission de divertissement sur une chaîne de grande écoute et qu'une caméra cachée traîne dans les parages. Mais non. Il ne se moque pas. Il est... comment dire ? Voilà : il est d'une nature joviale.

Quant à la réglementation new-yorkaise, je parie mon Perfecto qu'il n'y connaît rien. Il s'est rendu, quoi ? peut-être cinq fois à New York – et encore, je suis généreuse. Mais pourquoi y serait-il allé davantage ? Cinq fois, ça a suffi pour convaincre ma mère de l'épouser. Alors...

— Soulage ta conscience, ai-je répondu, ce n'est pas un hippopotame.

— Alors, c'est quoi ?

— On ne pose pas ce genre de questions aux jeunes filles, ai-je rétorqué. Et prépare tes épaules : y a quatre autres sacs qui t'attendent...

— Quatre autres sacs avec des hippopotames dedans ! Mais qu'est-ce qui se passe ? Tu déménages ton zoo ou tu commences un élevage ?

Dieu ayant parfois bien fait les choses, Andy n'est pas comédien de profession : il est charpentier. Et baraqué. Ses protestations étaient de pure forme.

Tant mieux, car j'avais vraiment cinq gros sacs à son service.

Doc m'a interpellée :

— Suze, t'as remarqué que la queue de l'appareil a été secouée quand vous avez atterri ? Ce phénomène était dû à un courant d'air ascendant. Il est provoqué par la rencontre de deux masses d'air se déplaçant rapidement dans des sens opposés et entraînant le choc d'une force F avec une force F' d'importance équivalente ou supérieure.

Doc a douze ans, même s'il en paraît quarante d'âge mental. Il a passé toute la cérémonie qui a suivi le remariage de ma mère avec Andy à me raconter comment le gouvernement tentait d'empêcher les Américains d'avoir accès à l'information la plus importante : Nous Ne Sommes Pas Seuls Dans L'Univers.

— Oh, Susie, Susie..., continuait de répéter ma mère. Je suis tellement contente que tu sois là. Je suis sûre que tu vas adooorer la maison. Sans toi, je ne m'y sentais pas vraiment chez moi, mais maintenant que tu es là... Oh, Susie, Susie... quand tu vas voir ta chambre ! Andy l'a préparée spécialement pour toi.

Mon beau-père et ma mère ont passé les semaines qui ont précédé leur mariage à chercher une maison qui permette à chacun de leurs enfants d'avoir une chambre rien qu'à eux.

Ils ont fini par dénicher ce dont ils rêvaient : une énorme bâtisse sur les collines de Carmel. Ils ont pu l'acheter car elle était dans un état de délabrement plus qu'avancé. Une entreprise de BTP avec qui Andy travaille beaucoup leur a proposé des tarifs ultra avantageux. (Précision, au cas où vous voudriez apprendre du vocabulaire : BTP, ça veut dire Bâtiments et Travaux Publics.) Et il paraît que, dans ce nouveau palais, « ma chambre est le bijou dont la maison est l'écrin ».

Je ne sais pas combien de temps ma mère a mis pour trouver cette phrase mais, très honnêtement, j'estime que ça valait le coup.

— La vue que tu as est hal-lu-ci-nante ! s'est extasiée maman, plus émoustillée qu'un agent immobilier sur le point de conclure une affaire. Tu pourras admirer l'océan à travers une grande baie vitrée... Oh, Susie, Susie... Je suis sûre que tu vas craquer !

Yeah, yeah, yeah... Bien sûr que je vais craquer. Déjà que j'avais adoré l'idée de troquer mes bagels préférés pour la spécialité du coin ou le sport national new-yorkais (prendre le métro aux heures de pointe sans mourir étouffée) pour le surf, ou la pollution pour les embruns de l'océan. Oui, bon, finalement, peut-être que je vais aimer mon nouveau chez-moi...

— T'as kiffé la pancarte ? m'a demandé Stone.

J'ai été surprise qu'il m'adresse la parole. Cela dit, venant de lui, le plus surprenant serait l'absence de surprise.

Par exemple, pour info, Stone a mon âge. J'ai du mal à le croire. Il a une passion dans la vie : la lutte. Le sport, hein, pas la baston. Il est dans l'équipe du lycée. Soulève de la fonte. Avale « des protéines qui favorisent le développement de sa musculature ». Chacun son trip, pas vrai ?

— Ouais, super, ai-je grommelé en lui enlevant le panneau des battoirs qui lui servaient de mains. On y va ? J'aimerais bien récupérer mes autres valises avant que quelqu'un d'autre ne s'en charge...

— D'accord ! a lancé maman en battant des mains. Mais avant ça...

Elle a changé de ton d'un seul coup. Son visage est devenu grave, et elle a sifflé de façon à ce que personne d'autre ne l'entende :

— Je t'ai déjà dit de ne plus mettre ce manteau, Susie. Et ces jeans, tu m'avais promis de les jeter !

Tout ça parce que je portais mes plus vieux jeans (ceux qui ont des trous aux genoux)... Je trouve qu'ils sont vraiment classe. Surtout avec mon sweat-shirt noir et mes bottes à fermeture Éclair. Ajoutez mon cuir de motard et mon sac kaki « US Navy » : j'ai le look parfait de l'ado en cavale, version film hollywoodien.

Rebelle, furieusement rebelle. Tout moi.

Je comprends que ma mère ne soit pas fan. Mais merci bien, quand je dois me taper un voyage de huit heures, je préfère être à l'aise.

C'est ce que j'ai expliqué à ma costumière. Elle a grimacé et laissé tomber. Voilà un trait de caractère que j'apprécie chez elle. Elle dit ce qu'elle a sur le cœur, et elle ne s'acharne pas. Dormeur, Stone et Doc ne connaissent pas encore leur chance.

— Bon, on y va ! a-t-elle lancé. Jake, tu viens ?

Dormeur, *alias* Jake (ou l'inverse), avait les yeux dans le vague, comme s'il venait de s'endormir debout. Je ne sais pas comment il peut être en terminale, avec cette indolence (hé ! pas mal, comme mot, « indolence », non ?). J'avais demandé à maman si Jake était atteint de narcolepsie ou s'il abusait juste du haschich. Elle avait esquivé la question et joué les étonnées, genre : « Ah bon ? Qu'est-ce qui te fait penser qu'il a un problème ? »

Alors je précise pour que ce soit clair : je ne pense pas qu'on doive tous se comporter de la même façon. J'aurais du mal.

Cela étant, le seul signe de vie de Dormeur consiste à battre des paupières de temps en temps. Il ne parle pas. Il ne réagit pas. Il n'entre jamais en communication avec les autres. Ou pas souvent. Il m'avait adressé la parole une fois auparavant. Au mariage. Il voulait savoir si je faisais partie d'une bande. Tout ça parce que j'avais passé mon blouson en cuir pardessus ma robe de demoiselle d'honneur pour sortir griller une cigarette.

Hé, c'est pas la peine de hurler ! Genre ça n'arrive qu'aux nazes, de cloper. Détrompez-vous, il y a des gens très bien qui fument. En plus de moi, je veux dire. En plus, je n'ai fumé qu'à cette occasion. Rassurés ? Simplement, à l'époque, j'étais sur les nerfs.

Ma mère épousait un mec que je ne connaissais pratiquement pas. Elle ne pensait qu'à deux choses : à Andy et à la Californie du Nord. Elle m'avait oubliée.

Ou, du moins, c'est l'impression que j'avais.

Mais, à propos d'impression, je ne voudrais pas en donner une fausse de Jack. Il mesure presque deux mètres. Il a la chevelure blonde en bataille et les yeux bleus étincelants de son père. En clair, Gina – ma meilleure amie – l'aurait étiqueté « premier choix ». Même si, au rayon des luminaires, on l'aurait plus classé dans les veilleuses que dans les lampes allogènes, si vous me suivez – en clair, c'était pas une lumière. Et même si Gina avait tendance à classer pas mal de mecs au rayon « premier choix », elle ne plaisait pas à tout le monde, mais pas mal de monde lui plaisait.

Pendant que nous nous dirigions vers le tapis roulant, Doc continuait de parler de vitesse V du vent et de masse M de l'air, et du fait que, en prenant l'avion, on brisait le champ gravitationnel qui nous retenait sur la Terre. J'ai pensé qu'il avait beau être trois classes sous moi, il me serait peut-être utile pour faire mes devoirs.

Autour de nous, l'ambiance n'était carrément plus new-yorkaise. C'était la première fois que je venais en Californie, et on n'était encore qu'à l'aéroport international San José. N'empêche, il y avait déjà un détail qui changeait tout – la propreté.

Pas de poussière.

Pas de papiers gras.

Pas de tags.

Et pourtant, les murs étaient pastel, autant dire dans des tonalités qui révèlent la crasse. Pourquoi croyez-vous que, à New York, on s'habille tous en noir ? Pour avoir l'air *in* ? Raté ! Juste pour ne pas avoir à porter nos vêtements au Lavomatic dès qu'on les met. Le noir cache les taches qui fâchent. Redites ça dix fois très vite, et vous deviendrez un parfait New-Yorkais.

En Californie, peut-être à cause du soleil, le problème n'était pas la saleté. Ici, le noir était carrément *out*. Pour être branché, il fallait taper dans le pastel.

La femme qui marchait à côté de nous était résolument pastel : pantalon rose moulant et top blanc en Lycra. Point barre. Je veux dire qu'elle ne portait rien d'autre. Si cette nana était représentative de la mode californienne, j'allais devoir affronter un choc culturel intense... et refaire ma garde-robe du tout au tout. Ouais, ma garde-robe et ma silhouette aussi, tant que j'y étais.

Il y avait un autre détail qui détonnait par rapport à New York : l'absence d'altercation. Parfaitement, d'altercation. Pas mal, hein ? Bref... Des passagers attendaient çà et là ; pourtant, personne n'agressait les employés, de l'autre côté du comptoir. À New York, le principe consiste à engueuler quiconque se trouve de l'autre côté d'un guichet dans un aéroport, d'une caisse dans un magasin, d'un gril dans un magasin de *hot dogs*. N'importe quel motif fera l'affaire. Et si vous ne trouvez aucun motif, ça marche aussi.

Ici, ce n'était pas le cas. Tout le monde était z-e-n.

Et j'avais une idée du pourquoi de l'affaire : il n'y avait pas de raison de s'énerver. La vie était belle. Détendue. Lumineuse.

Dehors, le soleil faisait chatoyer les feuilles des palmiers que j'avais aperçus du ciel. On voyait des mouettes – pas des pigeons : des grosses mouettes blanches et grises – qui voletaient sur le parking. De même, quand nous sommes arrivés devant le tapis roulant pour récupérer mes affaires, personne n'a vérifié si c'étaient vraiment mes sacs. Non, les vigiles semblaient juste là pour nous sourire et nous souhaiter une excellente journée.

Une excellente journée. Un vigile.

Je rêve !

Avant mon départ, Gina – je rectifie ce que j'ai dit plus haut : plus que ma meilleure amie, c'était carrément ma seule amie ; mais bon, l'un n'empêche pas l'autre, au contraire – prétendait qu'il pouvait y avoir des avantages à avoir trois demi-frères. Elle parlait d'expérience : elle, elle en a quatre, de frères entiers, soit huit demi-frères. Pour être franche, j'en doutais. Comme je doutais de voir vraiment des palmiers.

Sauf que quand Dormeur a pris deux sacs et Stone les deux autres, je me suis donc retrouvée sans rien puisque Andy avait mon sac à dos d'une tonne, j'ai pensé que Gina avait eu raison. Les frères peuvent être utiles. Ils sont capables de porter vos sacs.

Youpi.

Et non seulement ils n'avaient pas l'air ennuyés, mais ils se sentaient obligés de paraître décontractés, genre « même pas mal ».

Ils bluffaient, évidemment. J'étais bien placée pour le savoir. C'est moi qui les avais remplis, ces sacs. Laissez-moi vous dire que, s'il y a une chose qu'ils n'étaient pas, c'était : légers. Même sans hippopotames à l'intérieur.

Mais Dormeur et Stone n'étaient pas de mon avis. Ils étaient prêts à virevolter en dépit de leur fardeau, comme si les tonnes qu'ils portaient n'avaient pas pesé plus lourd qu'une plume de poussin nain.

Des mecs, quoi.

2

Dès que les portes vitrées de l'aéroport se sont ouvertes devant nous, Andy, maman et mes demi-frères ont porté la main à leur poche pour dégainer leur arme fatale : des lunettes de soleil. Car tous savaient une chose à laquelle je n'avais pas pensé – et dont je n'ai pas tardé à me rendre compte une fois dehors.

C'est que, en Californie, il fait soleil.

Après le pastel *in* et la zen attitude, je venais de prendre ma troisième grande leçon de vie locale.

Je précise : dehors, la luminosité est telle, les rayons si puissants, les couleurs si vives, que ça donne mal aux yeux. Prudente, j'avais pris mes lunettes de soleil. Sauf que, en quittant New York, je n'avais pas eu l'idée judicieuse de les placer dans un endroit accessible.

J'ai des excuses. On ne m'avait pas prévenue.

Et puis, quand ma mère m'avait dit que nous

allions déménager – Andy et elle avaient décidé que ce serait plus simple que *nous* déménagions, elle et moi, vu qu'elle n'avait qu'un enfant, d'une part, et que, d'autre part, ça n'interfèrerait pas trop avec son travail de journaliste de télévision, elle n'aurait qu'à se faire muter d'une antenne à l'autre, alors qu'Andy avait trois enfants et une entreprise –, elle m'avait affirmé que j'allais adorer la Californie du Nord.

« C'est là-bas qu'ils ont tourné un tas de films avec Goldie Hawn et Chevy Chase ! » m'avait-elle lancé, plus qu'enthousiaste.

J'aimais bien Goldie Hawn[1] et Chevy Chase[2], même si j'ignorais qu'ils avaient joué ensemble en Californie du Nord.

« C'est aussi là-bas que se passent toutes les histoires de Steinbeck que tu as lues à l'école, comme *Le Poney Rouge...* »

Et alors ? Sincèrement, j'avais connu des arguments plus impressionnants. Du *Poney rouge*, je ne me rappelais à peu près rien, sinon qu'il y avait des tas de collines dedans et pas l'ombre d'une fille. Et effectivement, depuis le parking de l'aéroport, on voyait des tas de collines couvertes d'une herbe sèche brunie. La seule différence avec mes souvenirs, c'est que, autour de nous, il y avait des filles.

Sur les flancs des promontoires, on voyait aussi des

---

1. Actrice et productrice américaine née en 1945 et Oscar en son temps du meilleur second rôle.

2. Acteur américain né en 1943.

arbres comme je n'en avais jamais vus. Ils étaient élancés et un peu écrasés au sommet. On aurait dit qu'un point géant était tombé du ciel pour les tasser d'un grand coup. C'étaient des cyprès, ai-je appris peu après.

Cours de botanique, leçon numéro un.

Autour du parking, un système d'irrigation arrosait de gros bosquets couronnés de gigantesques fleurs rouges (des hibiscus, m'a-t-on expliqué plus tard – botanique, leçon numéro deux) au pied de ces improbables palmiers, au tronc incroyablement épais. Au-dessus des fleurs bourdonnaient des espèces de grosses mouches : des colibris, aussi appelés oiseaux-mouches.

La leçon d'ornithologie débutait à son tour.

— Il y en a partout, de ces oiseaux, m'a affirmé maman en suivant mon regard. On a des mangeoires pour eux, à la maison. Tu pourras en suspendre une à ta fenêtre, si tu veux...

Avoir des oiseaux-mouches juste à ma fenêtre ? Trop fou ! Auparavant, les seuls volatiles qui venaient toquer à ma chambre étaient des pigeons ; et maman ne m'avait pas vraiment encouragée à les nourrir.

Mon petit moment de bonheur ensoleillé a volé en éclats quand Stone s'est dirigé vers le siège avant gauche en déclarant :

— Je vais conduire[1].

---

1. Aux États-Unis, les jeunes peuvent conduire seuls dès seize ans. Jaloux ?

PAPIER À BASE DE FIBRES CERTIFIÉES

Le Livre de Poche s'engage pou
l'environnement en réduisant
l'empreinte carbone de ses livre
Celle de cet exemplaire est de :
250 g éq. CO_2
Rendez-vous sur
www.livredepoche-durable.fr

« Pour l'éditeur, le principe est d'utiliser des papiers composés de fibres naturelles, renouvelables, recyclables et fabriquées à partir de bois issus de forêts qui adoptent un système d'aménagement durable. En outre, l'éditeur attend de ses fournisseurs de papier qu'ils s'inscrivent dans une démarche de certification environnementale reconnue. »

Édité par la Librairie Générale Française - LPJ
(58 rue Jean Bleuzen, 92178 Vanves Cedex)

Composition Nord Compo
Achevé d'imprimer en Espagne par BLACKPRINT CPI IBERICA
Dépôt légal 1re publication janvier 2015
23.9951.6/01 - ISBN : 978-2-01-319304-7
Loi n° 49-956 du 16 juillet 1949 sur les publications destinées à la jeunesse
Dépôt légal : février 2016